LES ÉVADÉS
DE SANTIAGO

ANNE PROENZA ET TEO SAAVEDRA

LES ÉVADÉS DE SANTIAGO

Préface d'Olivier Duhamel

ÉDITIONS DU SEUIL

ISBN 978-2-02-082690-7

www.editionsduseuil.fr

Préface

Un jour, au tournant du siècle, mon ami Teo m'en a parlé. Juste une fois, juste un peu. Quelques mois plus tard, j'ai interrogé son copain Pancho. Guère bavard, il s'est contenté de répondre par quelques « oui », ou « c'est ça ». Il y avait bien eu une évasion. De la prison de Santiago, au Chili. Des résistants au dictateur Pinochet s'étaient fait la belle. Une « grande évasion »… Et pas n'importe laquelle.

Les souvenirs se sont entrechoqués dans ma tête. Ceux de 1963, lorsque le film est sorti, les mottes de terre, le tunnel, Steve McQueen et sa batte de base-ball… Ceux de 1973, du coup d'État le 11 septembre, les images du président Allende dans le palais de la Moneda en flammes, la photo de Pinochet avec ses lunettes noires…

Les mois ont passé. Teo est revenu sur le sujet. Il a raconté les politiques emprisonnés, torturés, qui, dans la prison publique de la capitale chilienne, se sont organisés et ont creusé, un an et demi ! Quarante-neuf ont pu prendre le tunnel… Et il m'a décrit le scandale de leur situation. Des héros politiques traités comme des criminels de droit commun, toujours poursuivis par la justice chilienne, interdits de séjour dans leur propre pays. En 1990, la dictature était tombée, la démocratie avait été rétablie, mais pas pour eux. Il fallait le faire savoir. Anne, une journaliste amie de Teo, a voulu s'en charger.

Anne Proenza et Teo Saavedra. Deux parcours franco-latinos parmi des milliers d'autres.

Teo, ou avoir vingt ans lors du coup d'État, déjà militant et plus, traverser la ville sous la noria des hélicoptères, être chargé d'attaquer l'école d'aviation de Santiago au bazooka, y renoncer lucidement à la dernière minute ; du coup entrer en clandestinité, pour résister, pour survivre ; être dénoncé, arrêté, torturé, réussir à se faire passer pour bien moins que ce que l'on est, tenir, chanter en prison, recevoir sans relâche les visites de sa mère, de lieu de détention en lieu de détention.

Un jour tout bascule du mauvais côté, un autre jour du bon côté. Teo figure dans un lot de relâchés et d'expulsés, en réponse aux pressions internationales. Il se retrouve entre les mains de la Croix-Rouge, avec une minute pour choisir son lieu de destination, la France ou l'Angleterre ?

Pas l'Angleterre, trop de brouillard, la France donc ; Paris, un amour et un nouveau prénom, Teo, parce que *te amo* donné par une amante ; plus tard travailler pour nourrir les siens, une petite entreprise de bâtiment, maçonnerie, peinture, plomberie, électricité, s'en lasser, créer un festival à Vence, pour que la ville fasse la fête, *Les Nuits du Sud*, s'y donner pleinement, garder les liens avec la grande famille des Chiliens, en tisser d'autres, les entremêler…

Anne, la journaliste, a voyagé, bossé ici et là, et s'est posée en Colombie, pour *Le Monde* et RFI en 1993. Juste avant de traverser l'Atlantique, elle a rencontré Carlos, un architecte colombien de passage en France. Ils ne se quitteront plus.

1998, retour de Bogotá. À Paris, elle discute avec Teo de l'arrestation de Pinochet à Londres. Les récits de nombreux réfugiés la bouleversent. Elle écrit une page « Horizons » pour *Le Monde*, sur la torture. Teo lui présente Pancho, et ses deux potes, Germán et Lautaro – trois des évadés. En 2005, ils reviennent à la charge. Le Chili n'intéresse plus guère, mais ils voudraient faire connaître leur histoire. Ce sera un article dans *Libération*.

À sa lecture, j'ai voulu la voir. Nous avons déjeuné dans un troquet de la rue de Tolbiac, près de la Très Grande Bibliothèque. Et décidé de ne pas lâcher cette aventure.

L'histoire commence après un rêve brisé. En 1970, Santiago s'est rapprochée de Paris, et la gauche française de la chilienne, avec l'élection de Salvador Allende à la présidence du Chili. L'une, comme l'autre, reposait sur une union des différentes familles de la gauche, socialiste, communiste, chrétienne, radicale. L'une, comme l'autre, voulait changer profondément la société mais en respectant la démocratie et le pluralisme. L'une, comme l'autre, se distinguait autant des partisans de la révolution par les armes que des tenants d'un réformisme prudent. L'Unité populaire, qui gouvernait le Chili, fut donc accueillie avec autant d'espérances que d'inquiétudes. Enfin la gauche au pouvoir changerait vraiment les choses. Avancer vers l'égalité sans sacrifier la liberté, ce rêve a traversé les frontières. J'y ai consacré mon premier travail universitaire, devenu livre [1]. Pour beaucoup, le Chili d'Allende ranimait l'espérance. Mais ses adversaires, à Santiago et à Washington, le laisseraient-ils faire ? Régis Debray, à peine libéré de sa prison bolivienne à Camiri, interrogeait Allende, et publiait l'entretien aux éditions Maspero ; Pierre Kalfon rendait compte des événements

1. *Chili ou la Tentative, révolution/légalité*, Gallimard, 1974.

dans de vibrants articles du *Monde*. François Mitterrand, à peine devenu le nouveau chef du PS, faisait le voyage de l'autre côté de la Cordillère. L'aventure ne dura pas trois ans, le coup d'État de l'armée chilienne, activement soutenu par Nixon et Kissinger, y mit un terme.

Les fils noués entre Français et Chiliens ne se brisèrent pas, bien au contraire. Le Chili devenait comme notre second pays. Comités, manifestations, meetings se multiplièrent contre la dictature. Une nouvelle trame prit forme, plus concrète, humaine, personnelle. Des centaines de réfugiés furent accueillis dès les lendemains du 11 septembre 1973 à l'ambassade de France, tenue par François de Menthon, un vieux diplomate démocrate-chrétien, grand résistant, qui avait représenté la France au procès de Nuremberg. Des milliers d'exilés ou d'expulsés prirent un aller Santiago-Paris sans retour. Ils bâtirent de nouvelles vies. Entre eux, avec nous. Teo est devenu mon ami.

L'immense majorité des Chiliens ne pouvait cependant partir. Certains s'en réjouissaient, le régime militaire leur convenait. D'autres le subissaient, en attendant des jours meilleurs. Et d'autres encore ont résisté, de multiples manières.

L'une d'entre elles vous est ici contée. À dire vrai, plusieurs d'entre elles, comme vous le lirez dans le récit croisé des prisonniers et du juge chargé de l'enquête sur l'évasion. Beaucoup les sépare, quelque chose les réunit.

Ne pas lâcher cette histoire. En faire un film, ou écrire un livre, ou les deux. Anne et Teo ont commencé leur enquête. Puis ils ont écrit. Et voici l'ouvrage.

Ce livre est un récit, puisque tout part des témoignages donnés par les protagonistes. Il raconte la résistance, la prison, les espérances, les doutes, les désillusions. Récit d'une aventure collective et d'entre-chocs individuels. Extraordinaire histoire d'un groupe d'hommes et de femmes qui, avec leur intelligence et leur savoir-faire, vont tenter une évasion *a priori* impossible.

Pour raconter sans lasser (et faire vivre…), ses auteurs ont imaginé les pensées des principaux personnages et inventé les mots qu'ils ont échangés. Anne écrit en français, Teo en espagnol ; petit à petit, les écritures d'Anne et de Teo se sont enchevêtrées.

Ce livre est politique, puisqu'il raconte le parcours d'une génération de jeunes militants qui décidèrent de lutter contre une dictature militaire féroce les armes à la main. Des militants communistes, ce qui, en Amérique latine, n'avait pas du tout le même sens que jadis en Union soviétique. Des militants pour l'égalité qui deviendront des combattants pour la liberté.

Ce livre est un message. Une transmission, entre le monde d'avant et celui d'après. Celui d'aujourd'hui, où, partout, l'engagement s'évanouit. Où un milliardaire ayant fait fortune grâce à la dictature, et soutenu par ses suppôts, devient, en 2010, président du Chili.

Toute comparaison est déraison, toute résonance possède sa pertinence. Les parents d'Anne, tout petits enfants, vécurent chacun la guerre cachés dans des villages du centre de la France pour ne pas être raflés. Un de ses grands-pères a rejoint Alger et s'est engagé dans l'armée américaine. Là libératrice, ailleurs complice des tortionnaires – tout peut s'inverser, selon l'époque, selon le côté de l'Atlantique.

Tout a encore changé depuis. L'histoire des évadés demeure, singulière et exemplaire, petit morceau entre deux mondes, précieux fragment de notre humanité.

Olivier Duhamel

Introduction

Le coup d'État militaire du 11 septembre 1973 au Chili, la mort tragique du président socialiste Salvador Allende font partie de ces événements terribles de l'histoire contemporaine qui restent fortement ancrés dans la mémoire collective. Les images du palais présidentiel de la Moneda en flammes, les files d'opposants arrêtés et détenus dans le grand stade de Santiago au lendemain du *golpe* ont maintes fois fait le tour du monde. Moins connues sont en revanche les années qui ont suivi le coup d'État : la dictature du général Pinochet a duré dix-sept ans. Dix-sept longues années pendant lesquelles des hommes et des femmes se sont battus sans relâche, et souvent dans l'indifférence générale, contre ce régime ultra-répressif. Et que sait-on de la résistance chilienne, de ses défis à la dictature, de ses échecs et de ses réussites ?

Dès le début, la dictature chercha à anéantir toutes les formes d'opposition et porta des coups sévères aux mouvements de résistance qui s'étaient organisés et armés comme le MIR (Mouvement de la gauche révolutionnaire). Décapités, atomisés, ceux-ci se contentèrent longtemps de survivre plutôt que d'attaquer.

Le Parti communiste chilien se tint, les premières années de la dictature, lui aussi à l'écart de toute forme de lutte armée. Les années 1980 marquèrent cependant un tournant. Après l'assassinat de la troïka qui dirigeait le Parti communiste dans la clandestinité, une femme prit pour la première fois la tête de l'organisation : Gladys Marín, dont le compagnon, et père de ses deux enfants, Jorge Muñoz, arrêté en 1976, faisait partie de la longue liste des « disparus ».

Face à la dictature qui semblait inamovible, à la crise économique, à la paupérisation engendrée par l'ultralibéralisme imposé par Pinochet et ses *Chicago boys*, le choix d'une « politique de rébellion populaire » commença de prendre corps. La direction du Parti décida donc de former militairement certains cadres.

La dictature avait déjà dix ans lorsque, en 1983, les jeunes communistes reçurent l'ordre de créer un organe indépendant, le Frente Patriótico Manuel Rodríguez (FPMR), du nom d'un héros populaire de la guerre d'indépendance. Les actions menées par le Frente – comme on appela très vite ce bras armé – devaient conduire au soulèvement populaire. L'organisation clandestine grandit très rapidement, intégrée par de jeunes gens sans parti politique, dont l'unique idéologie consistait à mettre à bas la dictature. La plupart d'entre eux étaient des enfants de victimes de la dictature. Les actions entreprises furent spectaculaires : en plus des manifestations régulièrement organisées dans les banlieues oubliées de Santiago, les militants du Frente détruisaient sans relâche des pylônes haute tension, des ponts, organisaient des coupures générales d'électricité, des attentats, des enlèvements, voire des braquages pour financer leur cause.

L'année 1986 devait être « l'année décisive » : le Frente avait programmé une importation massive d'armes de tous calibres en provenance de Cuba et du Nicaragua et minutieusement préparé l'opération qui aurait pu changer le cours de l'histoire : l'assassinat du despote.

Comment la violence engendre-t-elle la violence ? Jusqu'où peut-on aller dans le combat contre un pouvoir, si tortionnaire et assassin soit-il ? Qu'a-t-on à gagner et à perdre dans ce combat inégal pour la liberté ? Autant de questions universelles dont les réponses ne sont pas si simples.

L'attentat du Frente contre le général Pinochet était préparé comme une opération militaire, mais il échoua et l'histoire ne changea pas. Bien au contraire. La répression qui n'avait jamais cessé depuis le coup d'État de 1973 redoubla. Elle sévissait particulièrement dans les grandes villes, notamment à Santiago, la capitale du pays.

Depuis 1980, le régime de Pinochet tentait d'abriter ses crimes sous un masque légal. La nouvelle Constitution adoptée alors, conçue « sur mesure » par le tyran, lui permettait de conserver le pouvoir absolu. Officiellement, la fin de la période d'exception avait été décrétée et une prétendue démocratie était tombée du ciel. Au royaume de la dictature, il n'y avait aucune opposition légale, et pas non plus de prisonniers politiques. Selon le vocabulaire restreint des militaires, il n'existait que deux sortes de sujets : les amis et les ennemis du régime et, dans cette dernière catégorie, n'entraient que les « délinquants politiques » et les « terroristes ».

Pendant toutes les années 1980, les arrestations et les assasinats d'opposants ne cessèrent jamais. Le monde et une grande partie de la société chilienne s'étaient en quelque sorte habitués à la pérennité de la dictature et tout avait lieu dans une indifférence quasi générale. Les prisons du pays étaient surpeuplées, les droits des « terroristes » jamais respectés. Les opposants arrêtés étaient d'abord systématiquement torturés dans des centres clandestins. Puis, à Santiago, les survivants étaient transférés, soit au centre pénitentiaire de Santiago, une prison qu'on surnommait la « péni », avec les condamnés de droit commun ; soit à la prison publique de Santiago où les militaires amenaient les détenus en attente d'un procès. Les femmes étaient envoyées à la prison des femmes, rue Vicuña Mackenna, établissement administré par les carmélites. Dans la réalité, le régime utilisait ces lieux à sa guise. Et les prisonniers qui avaient réchappé aux tortures ou qui n'avaient pas été exécutés lors de leur arrestation risquaient, dans le meilleur des cas, de croupir dans les geôles chiliennes jusqu'à la fin de leurs jours. La plupart sans avoir été jugés.

Le rêve d'évasion appartient à tous les prisonniers. Certains se l'approprient plus que d'autres. Pour les prisonniers politiques, s'évader représentait non seulement un rêve, mais aussi un devoir. Un militant ne cesse jamais son combat, un homme est libre s'il ne courbe pas l'échine, un prisonnier est digne. Il s'agissait pour eux non seulement de recouvrer la liberté, mais aussi de blesser le régime dictatorial.

Cette intime conviction mena un petit groupe de détenus de la prison de haute sécurité de Santiago à préparer avec acharnement ce qui semblait impossible : une évasion collective. Pendant qu'ils s'affairaient, la situation politique commençait à changer. En octobre 1988, contre toute attente, un référendum obligea Pinochet à renoncer au pouvoir absolu. En décembre 1989, après beaucoup de négociations, Patricio Alwyn, démocrate-chrétien et représentant de la « Concertation [1] »,

---

1. *Concertación* : coalition de partis du centre et de la gauche qui regroupe la Démocratie chrétienne (DC), le Parti socialiste (PS), le Parti radical social-

fut élu président. Le lent et mûr projet d'évasion des militants du Frente coïncidait avec la fin officielle de la dictature. Persuadés – toutes les déclarations politiques du nouveau gouvernement allaient dans ce sens – qu'ils ne seraient pas amnistiés, car accusés de « terrorisme », ils décidèrent cependant d'aller jusqu'au bout de leur rêve.

démocrate (PRSD) et le Parti pour la démocratie (PPD), partis qui se sont unis contre Pinochet en 1989 pour la première élection démocratique d'après dictature. La Concertation est restée au pouvoir de 1990 à mars 2010, date à laquelle Sebastián Piñera (Rénovation nationale-Coalition pour le changement, droite) a succédé à Michelle Bachelet (socialiste). C'est la première fois depuis la chute du dictateur que le pays est dirigé par la droite.

CHAPITRE 1

Mai 1986
Centre pénitentiaire de Santiago Sud

Vu du ciel, le centre pénitentiaire de Santiago ressemble à une étoile, à un heptagone cerné par de hauts murs qui s'élèvent à plus de cinq mètres. Construit en 1887, ce vieil édifice de pierre est situé au sud du fleuve Mapocho, dans les faubourgs de la capitale. Il a été conçu pour recevoir trois cent cinquante détenus, et en compte, cent ans plus tard, près de deux mille, dont dix pour cent à peine sont des prisonniers politiques. La plupart des détenus y purgent de très longues peines, ils sont considérés comme « dangereux » par les autorités. Au centre, une construction en rotonde permet d'accéder à chaque aile de la prison.

Après treize ans de dictature, la péni, comme les prisonniers l'appellent, est au bord de l'implosion. Les « terroristes » ou les « délinquants politiques », selon le vocabulaire du régime dictatorial, sont confinés dans l'aile nº 5 et soumis à un régime disciplinaire sévère. Ils n'ont aucun droit, et personne pour les représenter. Ailleurs, dans la plupart des camps de détention de la dictature, les prisonniers politiques ont adopté une tradition indienne selon laquelle les plus âgés, regroupés au sein du « conseil des anciens », décidaient en dernière instance du devenir de la tribu. Dans les prisons, le conseil des anciens est composé de représentants des différentes organisations politiques, qui se réunissent pour coordonner des actions, des grèves de la faim, afin de protester collectivement et d'établir des relations avec l'administration pénitentiaire. Le régime accepte *de facto* l'existence de cette instance qui lui permet, de son point de vue, de mieux contrôler la vie quotidienne des prisonniers.

Mais, dans cette prison, seuls ont droit de cité les clubs de football et les *carretas*, une cuisine en commun permettant aux prisonniers de préparer leur tambouille pour échapper à l'immonde nourriture de l'institution. Dans ces conditions, l'affrontement entre les politiques et la gendarmerie [1] est permanent. L'administration évite soigneusement toute forme de dialogue et ne réagit qu'à coup de brimades et de répression. Pour les militants aguerris du Frente, la situation n'est pas inédite. Le dur combat mené contre la dictature se poursuit à l'intérieur comme à l'extérieur des murs de la prison. La violence des conditions d'incarcération n'a en rien entamé leur esprit de lutte, intact.

Manuel Fuenzalida est détenu depuis cinq mois à la péni. D'un caractère affable, cet homme souriant et tranquille laisse à peine entrevoir sa détermination farouche et sa grande vivacité intellectuelle et manuelle. Il a vingt-six ans et milite au Frente depuis sa création. En trois ans, il a vu tomber beaucoup de ses camarades, parmi lesquels son propre frère. C'est un des durs du Frente et, comme tel, il ne rêve que de revenir au combat. Depuis des semaines, à chaque promenade, il s'isole, n'osant pas partager avec ses camarades de détention l'idée fixe qui s'est imprimée dans son cerveau.

1. Le corps national de la gendarmerie gère tous les gardiens de prison, qu'on appelle donc les gendarmes, ainsi que le bataillon de répression antimutinerie créé par Pinochet.

Aussi, lorsque ce jour-là il reconnaît l'homme qui pénètre dans la cour de la prison, son cœur se met à battre un peu plus rapidement et une lueur d'espoir éclaire furtivement ses yeux tristes. Si cet homme, petit, brun, râblé, qui jure sans retenue à l'autre bout de la cour est bien Miguel Montecinos, il a enfin retrouvé un compagnon à qui parler. Miguel était son chef à Concepción, sa ville natale. Un type pas facile à vivre, mais doté d'une véritable âme de meneur, et qui avait dirigé avec brio toutes les actions armées de la région, au tout début du Frente. Miguel, chef autodidacte qui s'était même offert le luxe d'être éjecté des Jeunesses communistes avant d'y être réintégré !

L'heure de la promenade touche à sa fin. Les deux hommes n'ont pu encore se parler, mais leurs regards se sont croisés et ils se sont reconnus. Manuel sait désormais qu'il y a quelqu'un dans cette fichue prison à qui se confier. Cela fait des siècles, lui semble-t-il, qu'il n'a pas ressenti ce genre de connivence avec quelqu'un.

Car tout le monde parle de la promiscuité en prison, mais qui sait le silence ? La méfiance ? L'isolement ? Ces compagnons à qui on a du mal à faire confiance car, tous ayant été torturés, on ne sait lequel d'entre eux a été retourné ?

Miguel et Manuel se connaissent depuis longtemps déjà. Leur première rencontre date des JC. À Concepción, Miguel appartenait au groupe de l'université. Pas qu'il soit d'un milieu bourgeois. Bien au contraire. Ce petit dernier d'une famille sans le sou de quatorze enfants avait réussi à étudier à la force du poignet et surtout grâce à la volonté de ses frères et sœurs aînés, qui souhaitaient pour lui une vie moins pourrie que la leur ! Un vrai miracle dans le Chili d'alors. Son père gardien de nuit et sa mère femme de ménage, ne pouvant joindre les deux bouts, laissaient forcément travailler leurs quatorze enfants ; les deux aînés à la mine, les autres où ils pouvaient. À quatre ans, Miguel avait vendu des cigarettes et des bonbons dans la rue et il n'était pas près de l'oublier.

Manuel, lui faisait partie du groupe ouvrier de la JC. Il n'avait pas longtemps été à l'école et travaillait dans un atelier. Menuisier, comme son père, communiste, comme tous les membres de la famille. Il avait commencé à militer à quatorze ans, le jour même du coup d'État, le 11 septembre 1973. L'image de leur voisine pleurant, « ils ont tué notre président, on en prend pour vingt ans », lui revenait souvent à l'esprit. La lutte armée s'était imposée peu à peu, naturellement. Le simple fait d'être jeunes et modestes suffisait à faire d'eux des suspects dans ces années-là. Manuel et ses compagnons pensaient alors qu'il s'agissait de sacrifier deux ou trois années de leur jeunesse avant de commencer enfin les études dont chacun rêvait.

Manuel respectait Miguel. L'homme avait prouvé, en combattant et sous la torture, qu'on pouvait lui faire confiance. Les premiers coups effectués à l'aveugle avec de vieux fusils enrayés marquent les hommes et fondent les amitiés. Ils avaient ensuite fait, chacun de leur côté, leur chemin dans l'organisation. De Concepción, ils étaient montés à Santiago, la capitale. Miguel avait vite pris part à la direction centrale. Manuel était devenu « spécialiste ès caches et camouflages » ; d'ébéniste, il était devenu inventeur, planquant armes, argent, messages dans les lieux les plus improbables.

En dépit de leur émotion, immense, leurs retrouvailles devaient être discrètes. En prison, l'ennemi est toujours tapi quelque part et observe. Ils ne purent se parler que le lendemain.

– Putain merde, c'est toi ! T'es tombé quand ?

– Il y a un mois et demi. Une éternité ! Et alors, quand est-ce qu'on se tire d'ici ?

Manuel n'en attendait pas moins de Miguel. Celui-ci ne lui avait-il pas dit un jour, la première fois qu'il était sorti de prison : « Il y a deux types de prisonniers, ceux qui sont prisonniers moralement, qui s'accommodent de la routine, et ceux qui restent libres dans leur tête et ne pensent qu'à se tirer. Si t'es pris, démerde-toi pour faire partie des seconds, c'est la seule porte de salut, la seule manière de ne pas s'avouer vaincu. Sinon tu crèves. »

Il s'en souvenait comme si c'était hier. Il se rappelait encore mieux la fin de la conversation : « Le mieux est cependant de ne pas se faire prendre : c'est le devoir numéro un du combattant. »

Pour ça, il était déjà trop tard !

Quinze jours « disparu », otage d'une de ces prisons clandestines qu'affectionnait la sécurité militaire ; trois jours de tortures – matin, midi et soir –, de sévices et d'humiliations, six mois de tôle au secret, sans parler à personne : Manuel avait eu le temps de ruminer cette drôle de classification des humains décrite par son chef. Et il s'était rangé pour la vie dans la catégorie des Hommes Libres.

Les camps de concentrations – stades ou autres – où la police de Pinochet enfermait les prisonniers politiques au début de la dictature étaient fermés depuis la fin des années 1970. La répression était quasi régularisée. Dans la péni où croupissait Manuel depuis cinq mois, prisonniers politiques et détenus de droit commun étaient mélangés. Les militants de gauche avaient vite appris les codes de cette microsociété, ce monde à part que constitue la prison. Dans la hiérarchie carcérale, l'homme qui a porté une arme est d'emblée considéré comme un dur. Les membres du Frente étaient donc respectés. Cela ne voulait pas dire qu'ils étaient intégrés. Le rite carcéral est d'une violence extrême, fait d'humiliation et de viols en tout genre. Les nouveaux arrivants doivent allégeance aux caïds. Chacun paye de sa personne. Et personne ne se plaint – à qui ? –, car, dans le code non écrit des prisonniers, on ne dénonce jamais un codétenu. Les prisonniers politiques les plus chanceux ne partageaient pas leurs cellules avec des détenus de droit commun. Les autres tâchaient à grand-peine de se maintenir à l'écart. Et, dans tous les cas, il leur fallait fermer les yeux sur les pratiques les plus sombres de la société humaine.

La vie d'avant, la clandestinité, était aussi une drôle de vie. Manuel y songeait souvent. Un jour, il avait écrit à ses parents :

> Un bon clandestin est celui qui rompt avec son passé, avec ses amis. Il oublie qu'il a une mère qui lui a donné le nom de Pedro à la naissance, parce qu'il s'appelle désormais Juan, Diego ou Manuel, peu importe. Il doit oublier qu'il est le fils d'un menuisier de Concepción pour se transformer en fils aîné d'un pêcheur des îles du Sud. Pour survivre, il doit s'inventer une vie qui ressemble le moins possible à celle qu'il avait avant. Parfois, afin que le passé et le chagrin ne le submergent pas, il s'endort en pensant qu'un jour il sera réellement celui qu'il veut vraiment être. Dans un régime dictatorial, la clandestinité est une forme de liberté, mais aussi de souffrance et de solitude. Mais nous les jeunes du Chili, avons-nous d'autres choix ? Moi et mes camarades pensons que non, c'est pour cela, et malgré la douleur que je peux vous causer, que je revendique le droit de me rebeller contre la pire lèpre que le Chili ait connue. Ma vie clandestine est un choix, la prison une conséquence, la résistance à la dictature une nécessité.

Car, hors de la prison, on est libre certes, mais la possibilité de tomber, d'être pris, d'être torturé ne vous quitte jamais. On est libre évidemment, mais tout entier dévoué à l'organisation. Celle-ci se transforme en véritable famille, avec ses moments de bonheur, d'intensité, de questionnement, de solitude et parfois d'incompréhension... Et on y tient, comme on y tient !

Manuel savait que la prison représentait la conséquence minimale de ses engagements ; la mort était la plus radicale, et la plus probable aussi.

Alors, que ressent un militant politique qui débarque en prison ? La rage d'avoir été pris s'est assagie sous la torture, la peur, l'incertitude. Elle cède le pas devant ce paradoxe terrible : on se sent en sécurité entre ces quatre murs. Le pire est passé. La prison octroie au prisonnier un nouveau statut social. Elle lui permet aussi de retrouver sa famille. Pour une mère de combattant, la prison est la moindre des calamités. Manuel avait vu le soulagement de la sienne à la première visite. Mais il avait aussi compris très vite les réflexions de Miguel. Il n'était pas question de se laisser véritablement enfermer, de se reposer, de pactiser avec certains gardiens. Surtout après cette autre épreuve que leur avait réservée la dictature : la torture. Entre la clandestinité et la prison, il y avait aussi *ça*. Tous les combattants avaient beau savoir que *ça* existait, qu'ils devaient irrémédiablement s'y préparer, l'affronter, l'imagination leur manquait.

« La torture est le moyen de combattre le plus inégal inventé par l'homme », disait Miguel. Mais on avait beau s'être préparé au pire, le pire était pire. Nombre de discussions avaient eu lieu auparavant, puis en prison, sur ce thème. Les stakhanovistes du militantisme assuraient qu'il suffisait d'être préparé et courageux pour ne pas parler. Mais ce n'était pas vrai. Et tout le monde le savait. De bons bourreaux sont capables de briser n'importe qui. En quelques heures. Ce n'est pas la douleur qui démolit : on s'habitue à ses propres cris d'animal, on s'habitue au point de ne plus se souvenir de l'absence de douleur. C'est la peur qui vous anéantit. La peur d'avoir peur. Et les bourreaux ont mille façons de vous l'instiller. Alors au final, chacun a son histoire, et ce que vous arrache ou ne vous arrache pas le bourreau dépend de tant de facteurs. Pas seulement du courage.

Manuel s'y était attendu, préparé, bien avant son arrestation. Il avait cru pouvoir anticiper. Son frère aîné était « disparu » depuis des mois déjà. Il avait tenté d'imaginer ce que cela représentait d'endurance, de souffrance. D'autres camarades, torturés, arrêtés puis relâchés avaient raconté à leur tour. Comme tous les autres, Manuel savait que les sévices l'obligeraient à parler. Il avait donc préparé des réponses toutes prêtes pour les bourreaux, seule stratégie pour résister. À donner : des noms de camarades déjà morts, des adresses déjà éventées, des actions sans conséquences. Chaque militant devait se forger une « légende » à servir au bourreau. Pour tenir. Pour tenir jusqu'à ce que cessent les questions. Pour passer ce moment où l'on ne sait plus s'il s'est écoulé une heure ou bien un jour, si l'on était éveillé ou si l'on a rêvé, si l'on a parlé, si l'on a pensé. Tenir jusqu'à ce que l'ennemi ait jugé que l'on est inutile, juste bon à jeter en prison. Là où le combat pouvait continuer.

Le pire était donc venu. Mais la souffrance n'avait pas fait fléchir son engagement. Il y avait deux sortes de prisonniers, avait dit Miguel : il était de ceux qui sortiraient. Homme Libre.

Les jours étaient passés, les semaines, les mois. À la péni de Santiago, le temps semblait interminable, de doute et de silence, tout ce temps pendant lequel Manuel n'avait pensé qu'à cela : s'évader.

Un bruit rompait parfois l'interminable attente.

En prison, l'ouïe s'aiguise. Chaque sonorité prend une signification qu'il faut apprendre à décoder. Il y a le bruit des repas, le bruit des pas ordinaires des gardiens, le bruit des pas pressés d'une ronde surprise, le bruit des vieux cadenas Yale qui se balancent aux grilles de fer et qui annonce généralement l'arrivée de nouveaux prisonniers. Un bruit de grilles qui s'entrouvrent, mais qui n'est pas le bruit de la liberté. Curiosité, animation, serrements de cœur. Tout un tas de sentiments vous étreignent alors, des sentiments dont l'arrière-goût est amer. Encore un militant qui a échappé à la mort, soit. Mais contre quoi ? À quel prix ? Il faut le débriefer, connaître les conditions de son arrestation, savoir qui est tombé avec lui. De quoi l'a-t-on accusé ? Qu'a-t-il dit ? Qu'a-t-il subi ? Le nouveau prisonnier est laissé en quarantaine plusieurs jours, observé. La méfiance plane. C'est la règle. La dictature et ses bourreaux ont fait d'eux des êtres suspicieux. Où est l'optimisme généreux de leur militantisme adolescent ?

Plus les actions du Frente s'intensifiaient à l'extérieur, plus le nombre de camarades tombés augmentait. Certains n'allaient-ils pas à l'abattoir ? Depuis la fondation de l'organisation le 14 décembre 1983, combien étaient morts, combien disparus ? Et combien, comme lui, restent tout simplement abîmés pour la vie ?

Après Miguel, d'autres camarades de Concepción étaient arrivés. Les nouvelles qu'ils apportaient n'étaient pas bonnes. Les actions du Frente rencontraient certes de plus en plus d'échos à l'extérieur, mais la répression s'intensifiait proportionnellement. Il était de plus en plus difficile de tenir. Raison de plus pour chercher à sortir, disaient les prisonniers. Il fallait inverser la vapeur, prouver que la lutte continuait, marquer des points. Rester en prison était en quelque sorte un renoncement, une façon de céder, l'acceptation de la défaite. Et même si la vie était parfois plus dure à l'extérieur qu'entre ces quatre murs, il était hors de question de donner satisfaction aux tyrans.

À la péni, la question devenait donc de plus en plus manifeste. Manuel ne se demandait pas que faire, mais comment ? Comment s'évader ? Seul, c'était impossible. Pas besoin d'être Einstein pour se rendre compte qu'il fallait pouvoir compter sur des camarades à l'intérieur et à l'extérieur de la tôle. Et surtout qu'il fallait pouvoir parler, échafauder, confronter des idées. Pour cela, l'arrivée de Miguel semblait providentielle. Manuel avait l'avantage sur lui de connaître déjà sur le bout des doigts l'organisation de la prison. Il avait pu mesurer les faiblesses de la plupart des prisonniers et des gardiens. Il connaissait les tours de garde, savait lorsque la vigilance retombait. Et Miguel avait la foi. Toutes leurs conversations se terminaient par la même conclusion : une seule solution, se tirer, se tirer à n'importe quel prix.

Le bruit des grilles et des cadenas usés avait annoncé ce jour-là l'arrivée de Hugo Neculeo Montupil, « el Indio », qui venait lui aussi de Concepción. Il était d'origine mapuche. Peu d'Indiens militaient au Frente de manière individuelle. Ils se méfiaient en général de tous les Blancs, même de gauche, et préféraient rester entre eux. Hugo avait vingt-sept ans, la peau très mate, les yeux noirs, les cheveux drus. Il était petit, costaud, volontaire, fidèle comme la plupart des militants du Frente qui avaient engagé leur vie contre la dictature. Il était de la trempe de Miguel.

Dans cet endroit sinistre, il y avait peu de place pour exprimer l'émotion des retrouvailles. Mais de rares mots suffisaient. Manuel, Miguel et Hugo, les trois compagnons de Concepción savaient qu'ils poursuivaient ensemble un même but : le combat pour la liberté, pour leur liberté. Non seulement il leur semblait possible de s'évader, mais cela leur paraissait facile. Ils firent un pacte : tous leurs gestes et pensées seraient désormais concentrés sur cette unique issue. S'évader était leur devoir.

Un des plans qu'ils avaient imaginés consistait à former avec cinq ou six prisonniers, pas plus, un petit groupe qui se procurerait des armes et de la dynamite. Ils profiteraient d'une nuit d'orage pour organiser une prise d'otage. À l'intérieur de la cellule plusieurs caches seraient aménagées. Pour les armes, ils avaient réussi à faire entrer deux pistolets en pièces détachées grâce à la complicité de leurs avocats. Ils avaient aussi de la poudre.

Mais le chemin vers la sortie n'est pas une mince affaire. Ce matin-là, vers 7 heures, les prisonniers avaient été évacués de leurs cellules pour une fouille routinière. Les matons avaient découvert un papier que Hugo avait fait tomber par inadvertance, un papier sur lequel il y avait un plan détaillé de la prison. Panique générale. Les gendarmes s'étaient mis à retourner la cellule. Angoisse générale. Toute la matinée, les gendarmes avaient cherché… sans rien trouver. La cache de Manuel avait fonctionné. Mais les soupçons étaient semés. Une nuit avait passé. Hugo et Manuel craignaient d'être interrogés, d'être envoyés au mitard, voire renvoyés au bourreau. Mais rien ne se passait. La vie carcérale semblait ne pas avoir bougé.

Dehors, les nouvelles qui parvenaient du Frente étaient confuses. La rumeur d'une grande opération en préparation avait couru jusqu'à eux malgré les murs de la prison. Tous savaient que 1986 devaient être la grande année du Frente : « l'année décisive ». Le Parti l'avait planifiée depuis déjà deux ans. La rage d'être en prison n'en était que plus forte. Aussi lorsque le 6 août 1986 les journaux télévisés passèrent en boucle l'autosatisfaction des généraux qui venaient de découvrir un arsenal d'armes à Carrizal Bajo, un petit village de pêcheurs de la côte nord du pays, Miguel, Manuel et Hugo eurent du mal à se retenir de pleurer devant l'écran grésillant de la prison. Sur le sable chaud désertique, les militaires, vitupérant contre les « terroristes », alignaient leur butin : 3 115 fusils, 300 lance-roquettes, des dizaines de mitraillettes, 2 000 grenades, des kilos d'explosif… Les compagnons du Frente n'en finissaient pas de mesurer l'ampleur de la débâcle. Toutes ces armes acheminées par bateau avec l'aide des Cubains et qui avaient servi à battre le dictateur Somoza à la fin des années 1970, devaient permettre de déclencher le Grand Soulèvement populaire contre la dictature. L'opération avait été préparée de très longue date. Le butin des militaires était-il complet ? Toutes les armes étaient-elles là ? Restait-il des caches quelque part ? Et qu'allait-il advenir des opérations suivantes planifiées par le Frente ?

CHAPITRE 2

7 septembre 1986
Entre Cajon del Maipo et Santiago

El Melocoton est la résidence préférée du dictateur Pinochet. Située à une cinquantaine de kilomètres au sud-est de Santiago, dans la vallée du Maipo – célèbre pour ses vins –, le général y passe, en ces temps de dictature, la plupart des beaux week-ends de l'année.

Ce dimanche-là, le ciel est sans nuage. L'hiver 1986 a été plutôt rude et c'est un des premiers week-ends de printemps. L'après-midi est bien avancée. Il est temps de rentrer. Le dictateur s'installe au hasard, avec son petit-fils, dans une des trois Mercedes blindées – toutes identiques – qu'il emprunte pour chaque déplacement. Deux motards, partis quelques minutes auparavant, ouvrent la route. Le cortège, composé des trois Mercedes et de plusieurs autres voitures sécurisées, s'ébranle. C'est une fin de dimanche ordinaire de dictature. La chasse aux « terroristes » bat son plein. L'arsenal militaire découvert à Carrizal quelques semaines auparavant permet de justifier – s'il en est besoin – la répression permanente. Ces dernières semaines, les journaux télévisés ont passé en boucle les images de « l'arsenal de Carrizal » : explosifs, lance-roquettes, fusils-mitrailleurs alignés sous le soleil à la sortie d'une mine, en plein désert, rappellent à l'opinion publique qu'il ne fait pas bon menacer le régime. Les descentes de la police de Pinochet dans les quartiers populaires se multiplient et les arrestations de « terroristes » mises en scène devant les caméras sont quotidiennes.

Pour aller à Melocoton et en revenir, Pinochet a trois possibilités : en hélicoptère, ou en voiture selon deux itinéraires différents. L'un des accès est une route que le dictateur a spécialement fait construire pour lui. Mais il continue d'emprunter de préférence la route nationale G-25, celle que prennent les touristes, pour admirer le fleuve Maipo, les paysages verdoyants, les contreforts des Andes, sans compter les nombreux restaurants et les jolies résidences secondaires. La direction du Frente sait tout cela. Depuis des mois, elle a mobilisé une large équipe. C'est cet itinéraire qu'emprunte naturellement le dictateur le 7 septembre 1986.

La nuit vient de tomber, sans lune. Les phares des motards éclairent la route dans l'obscurité. Les trois Mercedes se suivent. Elles ont amorcé la longue courbe qui précède le hameau de La Vizcaya. Au lieu-dit « el Buffalo » juste au centre du virage, un lance-roquettes envoie sa première charge. La première Mercedes est éventrée. À peine le temps d'entendre les crissements de pneus et les premiers cris. Deuxième charge. La seconde Mercedes est touchée. Panique générale. Des ombres tombent. Les tirs continuent… La troisième Mercedes recule et fait demi-tour dans les hurlements. Elle repart à toute allure.

Les tirailleurs se retirent. Personne ne mesure exactement ce qui est arrivé.

À quelques centaines de kilomètres de là, à vol d'oiseau, César Bunster se ronge les ongles dans sa chambre d'hôtel du centre de

Buenos Aires. Ce grand jeune homme âgé de vingt-cinq ans, aux cheveux châtains coupés court, d'allure plutôt BCBG, n'en peut plus d'attendre des nouvelles. Il guette les journaux télévisés, laisse la radio allumée en permanence depuis qu'il est arrivé là, il y a exactement vingt-quatre heures. Aucune nouvelle de Santiago ne lui parvient. Il a vérifié plusieurs fois si le téléphone était bien raccroché sur la table de nuit. Évidemment. Il aimerait tant qu'une sonnerie retentisse et interrompe sa nervosité. César tourne en rond. Il a vraiment besoin de prendre l'air. En dépit des instructions, il se lève, enfile une perruque noire, un chapeau, un pardessus, et s'en va. Dehors, c'est la fin de l'hiver. Il marche sans but dans la capitale argentine, il a froid, s'engouffre dans le métro. Il pense aux semaines qui se sont écoulées. Depuis le jour où sa chef lui a demandé s'il désirait participer à une opération d'envergure. Quelle question ! N'était-il pas revenu de son exil doré d'étudiant en Angleterre pour cela : agir, participer. Le militantisme au sein du cercle restreint des exilés londoniens lui pesait. Quel soulagement lorsque finalement la JC lui avait proposé une formation à Cuba avant de l'envoyer à nouveau au pays, pour lutter. De retour à Santiago, quand Cecilia Valdés lui avait expliqué son rôle, la déception avait été grande.

« Nous avons besoin de quelqu'un comme toi, qui présente bien, qui parle plusieurs langues, qui ait un emploi stable. » César avait trouvé en arrivant un emploi au consulat du Canada. Mais je me suis engagé dans la lutte armée ! avait-il pensé.

« Le Frente a besoin de gens comme toi. Nous avons été très ingénus jusque-là et nous manquons de personnes diplômées, avec permis, avec papiers, avec des noms de bonne famille, qui parlent anglais… Tu es un des rares militants issus d'une famille bourgeoise. L'opération est d'envergure, je ne peux pas t'en dire plus pour l'instant. Ce n'est pas rien ce que l'on te demande : offrir ton identité à l'organisation, ton nom, ta vie donc, comme tous les autres combattants. Tu loueras des véhicules et une maison sous ton vrai nom, et le jour venu il faudra peut-être t'exiler à nouveau. »

Il avait accepté et Cecilia avait été plus claire : « Il s'agit de tuer Pinochet. » Dès l'instant où il avait entendu cette phrase, l'enthousiasme de César n'eut plus de bornes. « Tuer Pinochet » : la perspective lui donnait des ailes. La mort du tyran entraînerait un cataclysme, un soulèvement populaire. Tout serait changé. Il n'avait plus pensé à l'exil, certain que l'avenir du Chili était enfin devant eux.

Ensuite tout avait été très vite et très lentement à la fois. L'opération portait déjà un nom : opération « Siglo XX ». L'opération « XXe siècle » parce qu'elle devait changer le cours de l'Histoire. Il avait fallu trouver un local à louer sur la route de Maipo, monter un commerce pour endormir la suspicion du voisinage. On avait choisi un magasin de fleurs et horticulture. Parce qu'il fallait percer un tunnel, donc évacuer la terre sans susciter la méfiance. Puis, de nuit, on avait commencé à creuser du magasin à la route. Il était programmé de faire exploser huit cents kilos de TNT au moment où passerait le convoi. Imparable. La technique était empruntée aux Basques de l'ETA qui avaient, en 1973, réussi à tuer l'amiral Carrera Blanco, le Premier ministre de Franco, dans un spectaculaire attentat. Malheureusement, la confiscation des armes à Carrizal avait fait voler ce plan en éclats. Le Frente n'avait plus assez d'explosifs à sa disposition.

Désespérée, la direction ne savait comment faire. Tant de préparation et devoir abandonner l'objectif ? L'idée d'une attaque au lance-roquettes, plusieurs fois examinée dans le passé, avait alors ressurgi. Seulement, à Carrizal, les autorités avaient aussi confisqué les lance-roquettes soviétiques du Frente. Et il ne restait plus que quelques lance-missiles américains moins précis. Mais il n'était pas question de reculer. Le lieu de la possible embuscade avait plusieurs fois été étudié. Il fallait cependant faire venir une autre équipe, trouver une autre maison sur le parcours, louer de nouvelles voitures et des camionnettes pour amener les combattants. Avec Cecilia, ils avaient visité plusieurs maisons sur la route de Cajon del Maipo. Ils se présentaient comme un jeune couple, cherchant une résidence secondaire. Au numéro 335 de la route nationale, le mur d'enceinte de la belle villa moderne et blanche avec son jardin descendant en contrebas de la route leur avait semblé une cachette parfaite.

Une seule chose chagrinait réellement César : il ne participerait pas à l'attaque. Le jour J, on lui avait demandé de disparaître. Direction Buenos Aires, sous une fausse identité.

César se remémorait tout cela lorsque tout à coup une voix familière l'extirpa de sa rêverie : « … pas un de ces terroristes ne sortira vivant ». Sur l'écran de télévision de la station Colon, le général Pinochet pérorait, le bras en écharpe.

MERDE !!! hurla César dans sa tête en rentrant les épaules. Le journaliste argentin expliquait que le chef d'État chilien avait échappé de justesse à un attentat sur la route de Cajon del Maipo. Revenu à la réalité, César reprit, comme un somnambule, le métro dans l'autre sens. Direction l'hôtel. Que s'était-il passé ? Pourquoi l'opération avait-elle raté ? Il se souvenait des derniers préparatifs. L'opération Siglo XX avait déjà été retardée une fois : prévue le dimanche 25 août, Pinochet était ce jour-là revenu trop tôt de sa maison de campagne. Tout avait été annulé. Les frentistes avaient ensuite pris de nouvelles précautions. Tout en avançant tête baissée, César se les remémorait. Isabelle avait pris une chambre dans un hôtel situé sur la route en contrebas de la résidence de Pinochet. Elle devait téléphoner dès que le premier motard sortirait de la maison. Toute l'équipe était prête alors à prendre son poste. Tout avait été calculé, minuté, il n'y avait pas de raisons d'échouer. César était resté jusqu'au dernier moment au cas où un contretemps se produirait.

De retour dans sa chambre d'hôtel, César alluma fébrilement la télévision. Quelle ne fut pas sa surprise de voir apparaître sa propre figure sur l'écran. Le principal suspect, poursuivait le présentateur, s'appelle César Bunster. C'est en tout cas sous cette identité qu'il a loué les véhicules ayant servi à l'attentat et la maison d'où a été organisée toute l'opération. Suivait une interview de Marcelino, le gardien de la maison, qui racontait que les nouveaux locataires lui avaient toujours semblé suspects...

César pleurait de rage dans la solitude de sa chambre d'hôtel. Tous leurs efforts réduits à néants ! Un attentat de cette ampleur ne pouvait pas, ne devait pas rater. Les conséquences seraient terribles. César imaginait déjà la suite des événements : Pinochet apparaissant comme une victime, les divisions des différents mouvements d'opposition rejetant la faute sur le Frente, la marginalisation de la résistance armée... par où reprendre le combat ? Sans compter la vengeance du dictateur, contre ses camarades, contre lui-même, contre sa famille. À l'heure qu'il était, tous savaient que César Bunster était impliqué. Il pensait à sa mère vivant à Santiago, à son frère aussi. Qu'allait-il leur arriver ? Quand les reverrait-il ?

Il pensait aussi à son père, diplomate, qui avait été ambassadeur de Salvador Allende à Londres, à sa famille, des intellectuels de gauche qui avaient vu d'un œil si inquiet son désir de rentrer au pays pour lutter. La route de l'exil allait-elle être encore longue ?

César se mit réfléchir à son avenir, longuement et calmement.

La décision survint, subitement, naturellement et apaisa son désespoir. Il n'était pas question d'abandonner. Il rentrerait au Chili le plus vite possible, la lutte continuerait, l'attentat était évidemment un échec, mais montrait aussi qu'après treize ans de répression, de crimes et de torture, une poignée de Chiliens étaient encore prêts à tout sacrifier pour faire tomber le dictateur.

CHAPITRE 3

Septembre 1986
Prison publique de Santiago

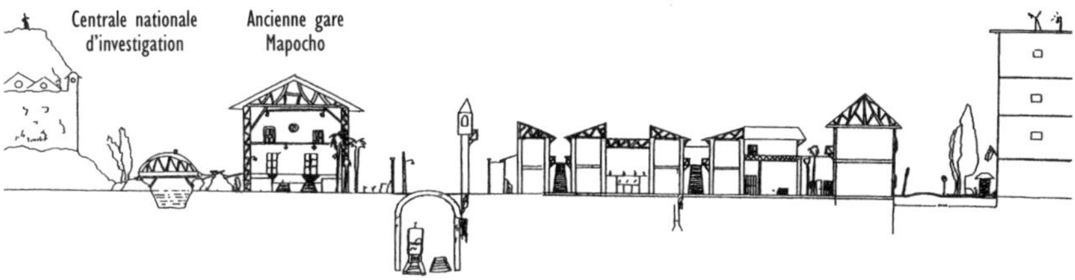

Vue générale de la prison

La prison publique de Santiago s'élève sur une vaste place à l'extrême ouest de la capitale, à deux cents mètres à peine du fleuve Mapocho. Officiellement, c'est un lieu de transit pour les détenus qui n'ont pas encore été condamnés. Contrairement à la péni, le bâtiment de la prison publique n'a pas toujours servi de prison. Cet ancien dépôt d'armes militaire, transformé dans les années 1930 en centre de détention, devait recevoir six cents prisonniers au maximum. En 1986, ils sont trois mille cinq cents. Face à la surpopulation pénitentiaire, et pour éviter les conflits, l'administration a été obligée de faire des concessions.

Les « délinquants politiques » sont regroupés dans une même aile, la fermeture des cellules est plus tardive qu'à la péni et le conseil des anciens négocie régulièrement avec les gendarmes chargés de la sécurité.

Ce 7 septembre 1986, vers 23 heures, plusieurs détenus sont agglutinés devant un écran de télévision, des jurons fusent. Et pour cause. Flash d'information : le général Pinochet vient d'échapper à une embuscade… son cortège a été attaqué au lance-roquettes… cinq de ses gardes du corps sont morts… deux des Mercedes blindées qui composaient son cortège sont éventrées… Les déclarations se succèdent. Le dictateur apparaît le bras en écharpe. Il annonce que les représailles seront terribles. « Les auteurs de l'attentat appartiennent tous au Frente Patriótico Manuel Rodríguez, une organisation d'extrême gauche issue du Parti communiste, qui a déclaré, en décembre 1983, la lutte armée contre le régime », conclut le flash.

Devant l'écran, se trouvent plusieurs militants du Frente justement, d'autres du PS, du PC, du MIR. La consternation est générale. Comment peuvent-ils l'avoir raté ? Les représailles vont être terribles !

À la péni, c'est la même consternation. Manuel, Miguel et Hugo ont appris la nouvelle. L'idée d'éliminer Pinochet n'est pas neuve. Depuis des mois, l'organisation étudiait les faits et gestes du dictateur pour tenir à jour ses habitudes quotidiennes. La décision de passer à l'acte avait été prise en mai 1986 au moment où la répression s'intensifiait. 1986 devait être la grande année du Frente, avait annoncé le Parti. Mais ni Manuel ni Miguel n'avaient imaginé la forme que prendraient les opérations en cours. Ils étaient tombés trop tôt. La déprime est immense. L'échec d'une telle opération va entraîner une nouvelle répression. Mais Miguel et Manuel ne sont pas d'accord.

Pour l'un, le coup porté au régime, même raté, revêt tout de même une certaine force : cela signifie qu'on peut le faire. Pour l'autre, l'échec est total, la répression va s'intensifier, le Frente risque d'être anéanti.

La nouvelle n'est pas encore digérée qu'un groupe militaire anti-émeute envahit le centre pénitentiaire. Réveil en fanfare. Tous les prisonniers sont rassemblés dans la cour. Les gardes égrènent les noms d'une vingtaine de personnes. Tous prisonniers politiques. Pourquoi ? Que se passe-t-il ? La peur à nouveau ? La torture ? Manuel, Miguel et Hugo font partie du lot. Sans explication ni ménagement, on leur annonce qu'ils sont transférés à la prison publique de Santiago.

Dès leur arrivée, ils apprennent qu'une spectaculaire tentative d'évasion de la prison de Valparaiso s'est soldée par deux morts. Les autorités ont donc décidé de regrouper tous les prisonniers politiques. Ce n'est pas trop tôt ! Depuis 1978, une résolution de l'ONU exige du gouvernement chilien qu'il sépare les prisonniers politiques des détenus de droit commun.

Une aile de la prison publique est désormais transformée en « quartier de haute sécurité ». Sous cette appellation ronflante ne se cache pas une prison hypermoderne refaite pour l'occasion… loin de là. Les murs de la prison publique de Santiago ont eux aussi des siècles. Ils sont épais comme ceux des anciennes demeures coloniales. Tout est vétuste. La « haute sécurité » consiste surtout en l'isolement d'une aile, la surveillance renforcée des gardiens et la restriction de la plupart des « libertés » dues aux prisonniers. C'est le début de la réponse du régime à l'attentat effectué contre son chef suprême. Dehors, les descentes de la police secrète s'intensifient. Les arrestations se multiplient.

Dans les journaux, les résistants sont devenus des « rats » dont on expose les corps à chaque opération.

Dans la prison publique, un sentiment étrange de soulagement étreint les prisonniers à leur arrivée. Leurs nouveaux compagnons sont tous des leurs. Un mince bonheur les submerge du seul fait qu'ils se retrouvent entre eux et ne vont plus avoir à partager le quotidien des droits communs. Certes, à la péni, les militants du Frente avaient su se faire respecter. Mais la vie de prison n'est pas belle à voir. La promiscuité, les déviances, les viols, les meurtres. Se battre contre la dictature est une épreuve permanente. Tenir tête aux bourreaux en est une autre. Mais partager sa vie avec des violeurs et de simples pauvres types n'aide pas à garder l'optimisme. Cela vous renvoie une telle image de la société et du genre humain qu'il devient difficile d'espérer en une société meilleure, belle et égalitaire.

Retrouver tous ces camarades prisonniers n'est cependant pas un motif de réjouissance, soupire Manuel. Tous ont traversé les mêmes épreuves, l'horreur. Il y a là des gens du MIR, du Parti socialiste, du Parti communiste et évidemment du Frente.

Les prisonniers qui arrivent de la péni sont installés pour l'heure dans la galerie 5-6, assez déglinguée.

Les nouvelles de l'extérieur ne sont pas bonnes. Elles sont même exécrables ! L'échec de l'attentat du 7 septembre a porté un coup aux prisonniers du Frente. Non qu'ils l'attendaient. Mais ils savaient que quelque chose d'envergure se préparait. Et ils ne peuvent s'empêcher de penser que le cours de l'histoire a bien failli être modifié. Les autorités ne savent pas à quel point la dictature a été sur le point de tomber. La découverte de l'arsenal de Carrizal et de ses tonnes d'explosif a sans conteste sauvé Pinochet. Dans les cellules, les conversations vont bon train.

Après la confiscation des armes de Carrizal, le Frente n'avait plus à sa disposition que des lance-roquettes de mauvaise qualité. Tout le monde le savait... Pinochet s'en est sorti à cause de ce matériel défectueux. Le résultat est là.

La direction du Frente avait-elle eu raison de poursuivre l'opération malgré ces mauvaises conditions, n'aurait-il pas fallu la reporter à un moment plus adéquat ? Et maintenant ?

Toutes ces questions fusaient et tournaient dans la tête des prisonniers politiques. La réponse des autorités ne s'était pas fait attendre : descentes, assassinats, arrestations. Encore des morts, encore des tortures, et tout ça pourquoi ? Pour que la dictature continue de s'installer ?

Le régime carcéral de haute sécurité est sévère. Les cellules sont bouclées à 17 heures, jusqu'au lendemain 8 heures. Le temps semble interminable sans activités, sans pouvoir bouger. Dans la galerie 5-6, Manuel partage sa cellule avec Eduardo Rosentreter, un beau jeune homme qui s'est engagé dans les jeunesses communistes à quinze ans, exalté comme un guerrier grec du temps de l'*Iliade*. Eduardo vient de Valparaiso. Il a lui aussi été happé par l'action et le Frente. Arrêté, relâché au bout de quelques mois, il était monté à Santiago dans la clandestinité totale. Le 4 mai 1986, à dix-huit ans, il s'était retrouvé – même histoire : « disparu », torturé – dans la prison publique de Santiago, accusé de détention d'armes. Il était passé d'abord par « Borgoño ». Le siège principal des services secrets du régime, situé rue Borgoño, était devenu le pire des centres de torture de la dictature. Les agents de la CNI [1] l'avaient même surnommé

1. La Centrale nationale d'investigation (CNI) regroupe les services secrets et la police politique du régime militaire depuis août 1977 et remplace de fait

« la maison du rire ». Eduardo n'en parlait jamais si ce n'est pour dire que ce passage aux mains des bourreaux représentait un véritable trou noir. Tout ce qui lui était arrivé dans sa courte vie d'avant n'était que des « caresses » au regard de Borgoño, avait-il l'habitude de dire sur un ton de fausse ironie.

Eduardo partage sa cellule avec Manuel. Ils sympathisent, passent leurs nuits à délirer, en tout cas c'est ainsi qu'ils décrivent leurs conversations interminables chuchotées à longueur de veilles, ne songeant qu'à se tirer. Se tirer, toujours la même rengaine. La cellule est à trente mètres de la rue. Pourquoi ne pas faire un tunnel ? Quelle imagination ! Mais que faire de la terre ? Et comment camoufler l'entrée ? Toutes les nuits, une fois la cellule bouclée, Manuel et Eduardo font des plans sur la comète. Au bout de leur seul rêve : la liberté !

D'autant que la vie n'est pas rose dans la prison. Même si les prisonniers, tous militants politiques, sont habitués à la discipline. Pour commencer, ceux de la galerie 5-6 tentent de faire « adoucir » leur régime à coup de grèves de la faim et de manifestations bruyantes. Ils savent que d'autres politiques se trouvent dans les galeries voisines. Ils veulent pouvoir les rencontrer et demandent qu'on leur permette de circuler d'une galerie à l'autre, que les cellules soient bouclées de plus en plus tard.

Manuel continue de réfléchir aux possibilités techniques de construire un tunnel. Pour ce spécialiste des caches et camouflages, cela ne semble pas plus compliqué qu'additionner deux et deux. Un plan prend forme. La porte du tunnel ne doit pas être camouflée dans le sol comme tous les tunnels de tous les

---

la DINA (direction nationale des services secrets) créée lors du coup d'État et chargée d'éliminer toutes les formes d'opposition.

évadés du monde. Mais dans le mur. Système savant, échafaudé si simplement que seul un spécialiste pouvait y penser. Dessins à l'appui, Manuel tente, nuit après nuit, de convaincre Eduardo : à quelques centimètres du sol, on découpe un bloc vertical dans le mur. Là où prendra naissance le tunnel. Mais pas question que cela sonne creux. Le bloc épais doit s'emboîter parfaitement dans le mur. Peint avec du thé, il ne se verra pas, restera patiné et si les gardes sondent les murs à la recherche de caches, cela sonnera plein, pas creux.

Au fil des jours, le plan élaboré par Eduardo et Manuel se précise, ils finissent par croire dur comme fer à leur délire. Manuel a commencé à calculer combien d'hommes devront travailler pour que le tunnel avance à une allure raisonnable. Il sait déjà que l'opération sera lente et de longue haleine.

Et pour cela il leur faut un chef.

– Ce ne peut être que Miguel, affirme Manuel. Nous devons lui faire part du plan. Ce n'est pas sûr qu'il accepte, car il aime les solutions rapides et la manière forte. Mais il faut lui parler. Je le ferai à la première occasion.

– Mais il a un caractère de merde. C'est impossible de travailler avec lui, remarque Eduardo.

– Oui, je sais, mais, tous seuls, nous n'arriverons nulle part, et si Miguel a des défauts, il a aussi de vraies couilles. Je le connais depuis assez longtemps pour ne pas l'idéaliser, mais j'ai confiance en ses capacités de dirigeant. Pour monter une opération comme celle-ci, il nous faut quelqu'un comme lui. Et tu sais bien, mon ami, un chien qui aboie ne mord pas… termine Manuel en souriant.

Miguel et Manuel avaient pris l'habitude de se retrouver pour discuter toutes les deux semaines. N'étaient-ils pas tous deux de Concepción ? Au rendez-vous suivant, Manuel lâcha :

– J'ai un plan. Un tunnel. Nous sommes à trente mètres de la rue, nous pouvons avancer d'un mètre et demi par jour. Si nous sommes six personnes à travailler, en un an, au pire en deux nous sommes sortis.

Manuel savait que Miguel comprendrait vite : tous cherchaient un plan. La décision de s'évader à tout prix avait été prise officiellement lorsqu'ils s'étaient retrouvés à la péni. C'était devenu non seulement une obsession, mais surtout un devoir. Miguel, Hugo et Manuel avaient tous la mission de cogiter sur la question. Leurs rendez-vous toutes les deux semaines n'étaient pas si innocents. Manuel craignait cependant les réactions de Miguel, ce sanguin, ce chef qui n'aimait pas qu'on prenne des initiatives sans lui. C'était aussi un rapide. Et Manuel imaginait qu'il allait l'envoyer balader, parce qu'un plan sur deux ans risquait de ne pas l'intéresser, lui qui n'avait jamais craint de manier le pistolet ou la grenade. Pourtant, au fur et à mesure qu'il parlait, les yeux de Miguel s'éclairaient, brillaient. Rassuré, Manuel continua.

– Je suis capable de faire une porte qui ne se voit pas.

Il expliqua son camouflage, tant de fois rabâché à Eduardo.

– Tout le monde a toujours fait des tunnels qui partent du sol, mais, pour le nôtre, la porte sera dans le mur. Elle sera masquée par le meuble sur lequel nous faisons la cuisine.

Il fit un croquis.

– Qui est au courant ? demanda Miguel immédiatement.

– Eduardo Rosentreter.

– Ce cinglé ? Pas question qu'il participe. En général ce n'est pas seulement un problème de camouflage, les évasions, mais de fuites… parce qu'il y a des gens qui parlent trop. Je n'ai pas confiance en ce petit con. On va faire un truc. Tu vas lui dire que j'ai refusé : Miguel est contre, ça ne vaut pas la peine de s'évader maintenant, il y a des négociations en cours avec une amnistie à la clé, ce serait trop con de se faire prendre… Et à la première occasion, pour ne plus l'avoir à tes basques, on te change de cellule.

Manuel n'en revenait pas de l'accord de Miguel. Il savait que si celui-ci se mouillait, l'affaire pouvait prendre forme. Pour Eduardo, l'opération allait être si longue que Miguel avait peut-être raison. Il serait toujours temps de le prévenir plus tard. Il était désolé, car il s'était attaché à son compagnon de cellule. Et, sans ses encouragements, y aurait-il jamais cru ? Mais Miguel avait posé ses conditions et il n'était pas question de les outrepasser. Le projet devait être monté comme une opération militaire, avait-il dit. Pas question de désobéir. Tous leurs gestes devaient désormais tendre vers cette issue, la seule possible, qui menait vers l'extérieur.

Miguel avait ajouté en partant :

– Pour l'heure, je ne vois qu'un hic à ton plan : que fait-on de la terre ? Un tunnel de trente mètres, cela fait combien de tonnes de terre ? Que va-t-on en faire ? Concentre-toi sur ce problème afin que nous puissions avancer !

Comme si Manuel et Eduardo n'y avaient pas songé…

CHAPITRE 4

Février 1990
Tribunal de grande instance de Santiago

Le juge Juan Amaya présente bien. Les mouvements qu'il fait avec ses mains sont généreux et suggèrent une culture raffinée, ses yeux, grands et brillants, donnent l'impression d'une fragilité mal cachée. Il faut attendre qu'il s'exprime pour comprendre. Il donne alors cette curieuse et rare impression de parler comme il pense, ne laissant planer aucun doute sur ses capacités à enquêter avec détermination et sagacité.

Cette nuit-là, le 31 janvier 1990, il avait mal dormi. Un vieil ulcère s'était réveillé deux jours auparavant et, au matin, la convocation du président du tribunal de grande instance de Santiago, lui annonçant qu'il venait d'être désigné en tant que juge d'instruction sur cette affaire, ne l'avait pas rassuré.

Comme s'il lisait un formulaire administratif, le président avait expliqué : « Suite à l'évasion collective de quarante-neuf prisonniers de la prison de Santiago dans la nuit du 29 au 30 janvier 1990, vous avez un mois pour éclaircir et déterminer les responsabilités ou les supposées complicités qui ont généré un tel désastre. Je me permets d'ajouter qu'il s'agit d'une affaire délicate et que l'on vous conseille d'être prudent. » Telle était l'unique recommandation que lui avait donnée son supérieur en le raccompagnant à la porte de son bureau.

L'avertissement en forme de conseil avait résonné dans sa tête tout au long de la journée, puis toute la nuit suivante. En d'autres termes, le président lui avait simplement dit : le pouvoir à besoin de coupables, trouvez-les !

Habitué et fatigué de cette justice à la botte du pouvoir politique, le juge Amaya se préparait pour un long et dangereux processus de révélation de la vérité.

Il avait derrière lui vingt ans de barreau. Et il connaissait l'incapacité, doublée de complicité, de la justice face à la dictature. Le naufrage moral des juges qui par peur ou par intérêt de carrière fermaient les yeux. Toutes ces tares auxquelles il avait assisté en silence, incapable d'intervenir pendant ces longues années. Il était conscient aussi que, face à la dictature, on ne pouvait que se sentir coupable ou impuissant. Un dilemme qui laissait transparaître sa propre fragilité. L'élection d'un président élu au suffrage universel en décembre 1989 avait créé un nouveau climat au sein de l'institution judiciaire. Comme si la justice était de nouveau autorisée à respirer et pouvait espérer reconquérir son indépendance. Mais ce citoyen instruit savait aussi que la démocratie chilienne n'en était encore qu'à ses balbutiements.

Et Pinochet, il en était certain, ne pouvait supporter que les hommes mêmes qui avaient voulu l'éliminer puissent tranquillement s'évader par un tunnel, à la barbe des gendarmes et des autorités ! Le juge songea un instant à l'engueulade carabinée qu'avait dû recevoir le ministre de la Justice. Le porte-parole du gouvernement, Cristian Labbé, n'avait-il pas affirmé devant la presse que l'évasion de ces cinquante détenus politiques était un fait extrêmement grave, puisque « les évadés sont impliqués dans l'attentat contre le général Pinochet et dans l'entrée massive et illégale d'armes par Carrizal » ?

Le juge savait que ses investigations se termineraient brutalement au moment où il faudrait évoquer publiquement les méthodes utilisées par les militaires contre les opposants et notamment l'usage systématique de la torture. Le procès retomberait alors dans les mains de la justice militaire et du terrible procureur militaire Fernando Torres Silva [1]. « Nous allons marcher sur des œufs pourris, monsieur le juge », ne put s'empêcher de murmurer le secrétaire d'Amaya, d'habitude plus réservé, après avoir lu le document officiel définissant leurs nouvelles responsabilités.

Les deux hommes savaient que la CNI ferait une enquête parallèle. Toutes leurs conversations seraient écoutées, on lirait leurs fax et ils subiraient des pressions. Et s'il avait existé des complicités de la part de la gendarmerie, comme l'insinuaient les déclarations publiques de l'amiral José Toribio Merino, second homme de la junte, les services secrets de la dictature appliqueraient une justice expéditive, comme ils en avaient l'habitude. Le juge regarda avec détermination son secrétaire et lui dit :

– Nous allons devoir agir vite, Sergio.

---

1. Fernando Torres Silva fut un des hommes forts du gouvernement militaire. Procureur et auditeur général de l'armée, il a eu à sa charge la plupart des cas liés aux actions des groupes de gauche contre le régime militaire. Il a notamment instruit le procès de l'attentat contre Pinochet en 1986 et a couvert les crimes de l'opération Albania au cours de laquelle ont été assassinés douze membres du Frente.

CHAPITRE 5
Juin 1987
Prison publique de Santiago

Cela faisait déjà dix longs mois que le dictateur avait échappé aux balles du FPMR. Comme prévu, tout le pouvoir répressif de la dictature s'était mis au service d'un seul objectif : la capture des « terroristes » qui avaient tenté en vain de tuer le général. Le bilan des opérations était déjà désastreux pour le Frente – trois morts et des centaines de détenus –, mais le pire restait à venir.

Tous les jours ou presque, de nouveaux prisonniers politiques arrivaient à la prison de Santiago. Les rafles étaient nombreuses : suspects, petites mains, amis du Frente ou militants aguerris, tous passaient par les centres de torture avant de se retrouver en prison. Ceux qui étaient considérés comme les plus dangereux étaient enfermés dans la galerie 4, dont le régime était le plus sévère, sans visite, sans information extérieure et avec interdiction de voir d'autres détenus.

Les prisonniers du Frente n'avaient pas pour autant baissé les bras. Disciplinés et organisés, ils décidèrent d'entamer une grève de la faim pour exiger la fin de l'isolement et le droit de circuler librement à l'intérieur de la prison. Cette grève allait être suivie par l'ensemble des prisonniers politiques du pays. Au bout de quinze jours, l'administration céda : l'isolement était suspendu et une circulation limitée entre les différentes galeries était autorisée.

À son habitude, le général Pinochet avait frappé des deux mains : de l'une il avait brutalement écrasé la résistance armée, de l'autre il avait terrassé tous les obstacles politiques qui s'élevaient contre son projet personnel. Il s'en était pris non seulement à l'opposition déclarée de gauche ou de centre droit, mais profitait aussi de la situation pour écarter toutes les ambitions qui le gênaient dans son propre camp. Civils ou militaires, ils étaient des dizaines à être mis à l'index pour des soupçons infimes, accusés d'avoir voulu faire de l'ombre au dictateur. Plusieurs officiers de haut rang, qui avaient participé au coup d'État du 11 septembre 1973, étaient morts dans des conditions étranges. L'ancien président Eduardo Frei, une des personnalités civiles qui avaient soutenu le coup d'État et figure emblématique de la droite, avait ainsi péri subitement en 1982 d'une maladie mystérieuse [1]. Aucun de ces crimes, plus d'une quinzaine, ne pouvant être attribué à la résistance…

« Il ne se passe rien dans ce pays que je ne sache », se vantait régulièrement le dictateur. Et pour cause, sur les treize millions d'habitants du pays qu'il dirigeait d'une main de fer, six cent

1. Vingt-cinq ans après, un rapport d'autopsie a confirmé que celui qui se profilait en 1982 comme une possible figure de l'opposition avait été empoisonné, alors qu'il était hospitalisé pour une intervention bénigne, par une bactérie administrée par le chimiste de la DINA (la police politique), Eugenio Berrios. Ensuite Berrios fut enlevé et expulsé du Chili au cours d'une opération menée par des militaires chiliens et uruguayens pour l'empêcher de témoigner lors du procès pour l'assassinat de l'ancien ministre des Relations extérieures chilien Orlando Letelier, survenu à Washington en 1976. Le chimiste fut aperçu une dernière fois vivant en novembre 1992 en Uruguay où il tenta de révéler à la police sa séquestration. Sa trace disparaît jusqu'à ce qu'on retrouve, en avril 1995, son cadavre sur une plage, ligoté et criblé de balles.

mille travaillaient directement dans les organes répressifs. Et lorsque ses services secrets n'avaient pas été capables de veiller sur lui, « c'était alors Dieu et la justice divine qui le protégeaient », affirmait le général, exhibant pour preuve l'attentat raté de 1986.

Pinochet avait réussi à convaincre une grande majorité de militaires et la droite qu'il était le seul homme capable de maintenir l'ordre dans ce pays. Il en était si convaincu lui-même qu'il souhaitait, après avoir déguisé son régime en démocratie, faire approuver par référendum un amendement de la Constitution qui lui permettrait de gouverner dix ans de plus. N'avait-il pas déjà réussi à la faire adopter en 1980, sa Constitution sur mesure ? Et s'il devenait ensuite l'unique candidat à la présidence, il n'avait plus aucun risque de perdre, d'autant que ce serait son ministre de l'Intérieur qui superviserait les votes. En tout cas, c'est ce qu'imaginait le dictateur.

Mais pour l'heure, tout en gardant un œil sur son futur, le général avait d'autres chats à fouetter. Ses services venaient d'achever avec brio l'opération dite « Albania », une vengeance sanglante contre les terroristes, lui permettant encore une fois de manipuler l'opinion. Les titres des journaux étaient à la hauteur de ses espérances. Douze terroristes se sont entre-tués, proclamaient-ils… comme des rats ! Les services secrets du dictateur avaient bien travaillé. Depuis plusieurs mois, ils pistaient les principaux chefs du FPMR. Entre le 15 et le 16 juin, douze d'entre eux avaient été exécutés dans différents endroits de Santiago. Il ne restait plus qu'à rassembler leurs corps et les mettre en scène pour l'opinion et les médias.

CHAPITRE 6

17 juin 1987
Prison publique de Santiago

Le 17 juin 1987, à 7 heures du matin, le directeur de la prison convoqua Raúl Blanchet dans son bureau. Les mauvaises nouvelles se répandaient vite, la tension était latente et l'administration craignait une mutinerie sanglante des prisonniers.

Le directeur soupçonnait Raúl de faire partie du triumvirat dirigeant le Frente dans la prison. Mais il n'en avait pas la certitude.

Avant de sortir de sa cellule, Raúl lança à ses compagnons avec sa malice bien connue :

– Ne vous inquiétez pas, je ne crois pas que ce mange-merde m'ait sonné pour me frapper.

Le directeur de la prison ne se trompait pas, Raúl Blanchet était bien le chef du Frente au sein de la prison publique. Respecté par les prisonniers, ceux-ci appréciaient non seulement son calme et sa capacité à négocier, mais aussi sa détermination, son intelligence et sa culture politique. Tous savaient que cet homme de réflexion ne prenait jamais de décisions hâtives, ni sans consulter.

Raúl était détenu depuis deux ans déjà. Son physique correspond à l'origine française de son nom : les yeux clairs, la peau blanche, une taille moyenne. Les services de police n'ont jamais pu prouver, ni comprendre son rôle dans l'organigramme du Frente. L'hyperactivité développée par le Frente obligeait à prendre des risques. Cadre dirigeant, Raúl avait participé au dernier moment à une opération de sabotage d'un intérêt mineur, à laquelle il n'aurait pas dû prendre part, mais il manquait un chauffeur. L'opération était mal planifiée, les carabiniers le capturèrent au moment où il sortait de la zone d'affrontement dans une voiture volée. Deux ans plus tard, il avait été condamné à onze ans de prison pour transport d'armes et d'explosif.

Accompagné par un garde, Raúl, pensif, traversait la rotonde centrale de la prison. En lui-même, il hurla un « merde ! » retentissant. Il savait parfaitement pourquoi il était convoqué.

Le directeur le salua avec une certaine déférence.

– Asseyez-vous, dit-il sans proposer de partager le café qu'il était en train de boire. J'imagine que vous êtes au courant des nouvelles de l'extérieur. Les informations circulent vite ici…

– Oui, nous sommes au courant, répondit Raúl sans lever la tête.

– Il paraît qu'ils se sont entre-tués…

Raúl se leva.

– Écoutez, monsieur le directeur, si c'est pour me dire cela que vous m'avez convoqué, je préfère retourner immédiatement dans ma cellule. Vous savez comme moi que mes camarades ont été assassinés par la CNI et de toute façon ce n'est pas la peine d'en parler parce que nous ne serons jamais d'accord tous les deux.

– Bon, bon, ne le prenez pas mal. Moi je ne connais rien à la politique, je suis fonctionnaire et j'essaie juste de faire mon devoir.

– Alors dites-moi ce que vous attendez de moi…

– Écoutez bien ce que je vais vous dire, déclara le directeur sur un ton gêné qui ne se voulait ni autoritaire ni conciliant. Je ne veux pas de problèmes dans ma prison. Tenez-vous pour dit que les autorités publiques et pénitentiaires sont disposées à réprimer sans sourciller la moindre tentative de trouble.

Raúl répondit en serrant les poings :

– Comme d'habitude le régime nous frappe, nous menace. Je pense que vous vous êtes trompé de personne, monsieur le directeur, et que je ne peux rien faire pour vous. Je ne suis qu'un simple prisonnier politique. Le Frente Patriótico Manuel Rodríguez prendra ses décisions sans tenir compte de vos intimidations.

– Ne faites pas l'idiot, Blanchet. Nous savons très bien que vous avez un pouvoir de décision. Ne m'obligez pas à prendre des mesures qui causeront des ennuis à tout le monde et surtout aux familles des prisonniers. Au moindre trouble, nous appliquerons le régime pénitentiaire le plus sévère et, croyez-moi, ce sera pire qu'à la péni.

Raúl, tout se préparant à partir, lança pour achever la discussion :

– Vous connaissez ma position, monsieur le directeur, que voulez-vous que j'ajoute ?

Le directeur rassemblait des papiers dispersés sur son bureau et les classait nerveusement. Il prit un ton plus conciliant :

– J'ai dit ce que j'avais à vous dire (puis, comme se contredisant, il poursuivit, un peu excité) pour que vous vous rendiez compte de ma bonne volonté, je vous autorise à passer un jour avec les prisonniers de la galerie 4-3. Mais j'attends, dans les cinq heures, une réponse positive de votre part, c'est-à-dire l'assurance qu'il ne se passera rien dans l'établissement qui soit contraire au règlement. Sinon, la circulation générale des détenus et toutes les visites seront suspendues.

– Je dois réfléchir, monsieur le directeur. Je vous tiendrai informé.

Au moment où il se levait pour partir, le directeur lui tendit un exemplaire du journal *El Mercurio.*

– Vous trouverez là toutes les informations qui vous intéressent…

Raúl s'empara du journal et se laissa conduire par le garde jusqu'à sa cellule.

Dans la galerie 5-6, lorsque la grille s'ouvrit, tous les prisonniers attendaient Raúl. Celui-ci s'adressa d'un ton sérieux à tous ses camarades :

– Rien de grave, compagnons. Le directeur craint que nous ne réagissions violemment aux assassinats de nos camarades. Il a raison d'avoir peur. Ces crimes ne resteront pas impunis !

Des applaudissements et des cris de victoire retentirent.

– Mais, pour le moment, je vous prie de rester calmes. Chaque cellule va discuter de ce qu'il convient de faire, et nous verrons quelle est la meilleure décision à prendre.

Raúl se dirigea vers la cellule où se trouvait Luis Melo, le chef du Parti communiste dans la prison. Il était surnommé le Vieux Melo, car, même s'il n'avait pas encore quarante-cinq ans, il était plus âgé que la plupart des militants du Frente dont la moyenne d'âge était vingt-cinq ans. Son surnom marquait aussi le respect que cet homme d'appareil, qui n'avait pas hésité à passer à l'action, inspirait aux militants.

Raúl lui résuma sa conversation avec le directeur et Luis Melo lui répondit spontanément :

– N'hésite pas, va voir les camarades de la quatre, ça leur

fera du bien de te voir. De toute manière, je pense qu'il n'y a rien à faire pour le moment. La gendarmerie est prête à tout contre nous. Et comme tu sais, la surprise a toujours été notre meilleure alliée.

À 11 h 30, Raúl se présenta accompagné d'un garde à la grille principale de la galerie 4-3.

CHAPITRE 7

9 février 1990
Prison publique de Santiago

À 7 heures du matin ce 9 février, accompagné de son secrétaire, de trois ingénieurs en constructions souterraines et de cinq représentants de la gendarmerie, le juge se rendit devant l'entrée du tunnel de la cellule 4 de la galerie 7-8 de la vieille prison publique de Santiago. Il observa pendant de longues minutes les bords polis de l'entrée du tunnel.

– Ce travail ne date pas d'hier, ils ont dû ouvrir et fermer cette pierre des millions de fois.

– Pendant deux ans au moins, ne put s'empêcher de dire, admiratif, un des ingénieurs qui observaient la profondeur du trou.

– Eh bien, messieurs, annonça le juge sur un ton monocorde et esquissant un geste de rassemblement autour de lui, comme vous le savez, le code pénal chilien ne considère pas l'évasion comme un délit, pas plus que la tentative d'évasion, seules les complicités sont punies de peine de prison. Notre travail consistera donc à établir, à découvrir si les évadés ont été aidés par des gens à l'intérieur et à l'extérieur de la prison. Le reste n'est pas du ressort de notre enquête. Je pars de l'idée que tout est possible. Pour le moment j'ai besoin de deux choses pour commencer à comprendre cette histoire : une corde de cent vingt mètres et un volontaire disposé à parcourir le tunnel, dit-il en regardant le colonel de la gendarmerie.

L'opération ne put commencer qu'à 13 h 50. Le gendarme désigné fit un signe de croix et s'introduisit dans la bouche du tunnel. On aurait dit une grenouille plongeant dans une piscine. Il lui fallut exactement douze minutes et trente secondes pour aller de la cellule à la sortie du tunnel de l'autre côté du mur. Le juge l'attendait impatiemment. La respiration entrecoupée, crachant de la terre, le gendarme tendit la main pour qu'on l'aide à s'extraire. On mesura la corde qu'il avait attachée à sa ceinture. « Longueur du tunnel : 61 mètres et 16 centimètres, largeur 60 centimètres », nota le secrétaire du juge sur le procès-verbal.

Tentant d'éviter une question trop ingénue, le juge demanda au gendarme :

– Dans quel état se trouve le tunnel ?

– Impeccable. Seuls les cinq derniers mètres sont en mauvais état car il y a eu pas mal d'éboulements. Mais sinon, il n'y a pas de problème, les parties les plus fragiles ont été renforcées avec des poutres en bois, c'est une œuvre de professionnels. Cinquante personnes de plus auraient pu encore passer par là, affirma le gendarme devant les officiels stupéfaits. (Puis il se reprit :) Au milieu on manque d'air, mais lors de l'évasion ils n'ont pas dû avoir de problème, j'ai vu les restes d'un moteur et des tubes faits avec des bouteilles en plastique qui ont sans doute servi à faire passer de l'air frais.

Le juge le remercia pour sa coopération et, s'assurant que tout le monde écoutait, il dit que le gendarme méritait une journée de congé pour se reposer. Il s'approcha de son secrétaire qui achevait de noter toutes les informations données par le courageux gendarme.

– Rédige une ordonnance afin que les huissiers de la police

civile ramassent le plus rapidement possible tous les objets nécessaires à l'instruction.

Il appela les trois ingénieurs et demanda :

– Combien de tonnes de matière pensez-vous qu'ils ont dû extraire de ce trou ?

La question était précise et la réponse ne pouvait être ambiguë.

– Donnez-moi cinq minutes, monsieur le juge, répondit le plus âgé d'entre eux. (Puis il annonça :) Entre quarante-huit et cinquante tonnes de terre.

Le juge ne montra aucune émotion. Il plongea la main dans sa gabardine et chercha avec dextérité une pastille pour calmer l'acidité qui augmentait dans son estomac. Il demanda à retourner dans la cellule 8, qu'on lui apporte une chaise et une bouteille d'eau fraîche. Une fois installé, il annonça qu'il n'avait pas faim et préférait être seul pour digérer toutes ces informations. Il ordonna à son secrétaire d'aller déjeuner avec les autres.

Le juge s'assit face à l'entrée du tunnel. À peine son secrétaire avait-il refermé la porte de la cellule qu'il se prit la tête dans les mains en répétant : cinquante, cinquante tonnes !

Le secrétaire n'avait pas terminé son dessert lorsque le vibreur de son Bip commença à émettre un signal. C'était le juge :

– Revenez immédiatement.

Il se leva précipitamment.

– Messieurs, le café attendra, monsieur le juge a besoin de nous.

En pénétrant dans la cellule 8, les membres de la commission trouvèrent le juge observant une par une les affiches plus ou moins pornographiques qui ornaient le plafond. Se tournant vers le colonel, il lui dit d'un ton grave :

– Trouvez une échelle et enlevez-moi tout ça.

L'officier incrédule balbutia :

– Pas de problème monsieur le juge, mais soyez tranquille, je vous promets que cette cellule sera fermée définitivement dès que votre enquête sera terminée.

Le juge Amaya le foudroya du regard :

– Je me fiche bien de ce qu'on voit, ce qui m'intéresse c'est ce qui ne se voit pas, colonel.

CHAPITRE 8

Juin 1987
Prison publique de Santiago, galerie 3-4

Jorge Angulo, prostré, se prend la tête dans les mains. Incarcéré dans la galerie 4-3, avec vingt autres détenus appartenant presque tous au Frente, il n'a eu longtemps aucun contact avec les autres galeries où sont entassés les autres prisonniers politiques. Depuis un mois, après une longue grève de la faim, la direction de la prison a enfin consenti à ouvrir, à certaines heures, les passages entre les différentes galeries. Jorge, soupçonné d'avoir participé à l'attentat du 7 septembre 1986 contre le chef suprême, a, à ce titre, eu droit à un traitement «privilégié». Il était tombé, avec quatre de ses compagnons de l'opération Siglo XX, le 21 octobre 1986, un peu plus d'un mois après l'attentat. Comme les autres il avait passé trois jours à «Investigación», rue Général Mackenna, menotté, les yeux bandés, attaché, torturé. Puis pendant près de huit mois, il avait connu un isolement presque total.

Le voici aujourd'hui face à Raúl Blanchet qui lui montre la première page d'*El Mercurio*, daté du 16 juin 1987. Le journal pro-Pinochet étale sa hargne sur cinq colonnes : «Morts comme des rats !» vitupère le titre en dessous d'une photo en noir et blanc qui arrache de drôles de sanglots à Jorge. Cela fait longtemps qu'il ne sait plus pleurer. Douze corps sont étalés, exposés.

Il reconnaît José Joaquín Valenzuela Levi le « Commandant Ernesto », Esther Cabrera Hinojosa, allongés, ensanglantés. Ce sont les deux chefs de l'opération Siglo XX. Il y a aussi Ricardo Silva, son compagnon d'armes. Il lit la légende avec difficulté : « Les forces de l'ordre ont été appelées dans une maison de la calle Pedro Donoso à la suite d'un règlement de comptes entre terroristes. Ceux-ci se sont entre-tués. Bilan : douze morts. Ils avaient tous participé à l'attentat qui a échoué contre notre général suprême », se délecte le journal. Le lance-roquettes de Jorge avait pourtant bien atteint sa cible. Mais ensuite, dans la panique, ils s'étaient tous retirés comme prévu sans attendre le résultat de l'opération. Jorge y avait cru, il avait vu une voiture exploser. Tristesse, colère. Le cœur de Jorge bondit de fureur devant l'évident mensonge.

– Le Frente a perdu deux de ses plus brillants combattants : Ernesto et Esther, s'écrie-t-il en jetant de rage le journal par terre. L'attentat raté. La débandade après la défaite. La clandestinité redoublée. L'arrestation. La prison. Vous trouvez qu'on est vivants ? Vivants ? Quand les autres ont été exécutés « comme des rats » ! Merde alors !

Raúl regardait le groupe qui entourait Jorge, sans pouvoir prononcer une parole. Leurs yeux brillaient de peine et de colère. L'un d'entre eux rompit le silence en criant :

– Camarade Esther !

Et le chœur répondit :

– Présente !

– Maintenant et toujours !

– Camarade Ernesto !

– Présent !

– Maintenant et toujours !

Les prénoms de ceux qui étaient tombés furent déclamés, un à un sans exception.

Un lourd silence suivit l'hommage, ce qui permit à Raúl de prendre la parole, la gorge sèche d'émotion :

– Camarades, l'assassinat de nos compagnons par les sbires de la dictature ne fait que renforcer notre détermination à continuer de lutter. En ce jour terrible pour le Frente, j'envoie un salut fraternel aux familles des compagnons qui sont morts. Si la justice chilienne ne juge ni les commanditaires ni les exécuteurs de ces meurtres, le Frente fera justice lui-même.

Un militant cria :

– Y en a marre des paroles ! Prenons la prison, au prix de notre vie s'il le faut.

Une autre voix ajouta :

– Mettons le feu, merde à tous !

Un brouhaha général gagnait la galerie 4-3.

Raúl craignit un instant d'avoir perdu le contrôle de la situation.

– Camarades, compagnons, ne nous laissons pas emporter par la colère. Si nous devons prendre une décision politique comme celle que vous venez de proposer, prenons-la de façon collective, votons à la majorité, car c'est une résolution grave qui concerne tous les prisonniers politiques qui se trouvent dans cette enceinte. Mon opinion est la suivante, compagnons : ne facilitons pas le travail de la dictature, je vous en prie. Une mutinerie aujourd'hui, c'est un bain de sang assuré, un cadeau au régime qui en profitera pour nous porter des coups fatals. Ils n'attendent que ça, ils sont prêts et, au moindre indice de révolte, les sbires de la dictature, les mêmes qui ont assassiné nos compagnons, entreront ici, trop contents d'en finir avec les militants et les cadres du Frente. C'est à nous de décider du meilleur moment pour frapper. Gardons le secret, réservons-leur une surprise. Peu m'importe que la dictature pense que nous sommes terrorisés. Nous sommes l'orgueil du peuple parce que nous avons déjà montré par des actes que nous n'avions pas peur du dictateur. Comme en signe d'assentiment, le silence s'installa tout à coup dans la cellule. Les prisonniers, désarçonnés, attendaient la suite.

– Camarades ! dit Jorge en se levant avant que les esprits ne s'échauffent à nouveau. Raúl a raison, la vengeance est la pire ennemie de la sagesse, attendons tranquillement le moment adéquat, ne transformons pas la lutte contre le régime en combat du Frente contre les appareils répressifs. Je propose simplement d'observer le silence pendant vingt-quatre heures dans toutes les galeries de la prison, en signe de deuil.

Tout le monde comprit que la discussion était terminée. Raúl serra la main et embrassa chacune des personnes présentes, sans dire un mot, et s'approcha de la grille pour qu'on le ramène dans sa cellule.

Deux heures plus tard, il fit à nouveau signe au gardien de s'approcher.

– Dites au directeur que je ne peux pas lui parler parce que nous avons décidé de ne plus dire un mot pendant vingt-quatre heures à partir de maintenant, mais remettez-lui cette enveloppe, il comprendra.

Le directeur de la prison sentait qu'il se passait quelque chose d'étrange à l'intérieur de la prison. Un silence inquiétant avait envahi les vieux murs. Il commença à réviser rapidement sa tenue anti-mutinerie lorsqu'on frappa à la porte. C'était le garde avec l'enveloppe de Raúl.

– Que se passe-t-il ? demanda le directeur.

– Rien de grave, monsieur le directeur, les prisonniers ont fait vœu de silence pour vingt-quatre heures. Et Blanchet m'a dit de vous remettre ça, dit le garde avant de disparaître dans les couloirs.

Le directeur ouvrit avec précaution l'enveloppe. À l'intérieur, il trouva la photo en noir et blanc du *Mercurio* montrant les corps sans vie des militants du FPMR. On y avait ajouté une légende à l'encre rouge : « Assassinés ».

Le directeur froissa avec rage la photo avec la main gauche et de la main droite décrocha le téléphone. Le standardiste répondit immédiatement :

– Oui, monsieur le directeur, je vous le passe, ne quittez pas. (Deux secondes plus tard :) Allô, monsieur le directeur, oui, je vais voir. (Cinq secondes plus tard :) Allô, monsieur…

Le directeur l'interrompit :

– Non, non, ce n'est rien, veillez à bien rester informer sur ce qui se passe dans la galerie des prisonniers politiques.

Il raccrocha sans même écouter le « à vos ordres » de son subalterne. Il finit par s'asseoir et alluma une cigarette. Avec l'allumette, il mit le feu à la photo que Blanchet lui avait envoyée.

CHAPITRE 9
Juillet 1987
Prison publique de Santiago

Le temps passe lentement en prison. Un mois après les assassinats de l'opération Albania, le désespoir de Manuel était toujours aussi profond. Il avait lui aussi reconnu ses compagnons et se demandait où pouvait bien avoir été emmené son frère aîné disparu depuis plusieurs mois, pris dans une rafle punitive juste après l'attentat raté contre Pinochet. C'est sa mère qui lui avait appris la nouvelle. Elle-même avait été arrêtée juste après l'attentat, les militaires voulaient savoir où était son autre fils. Ils avaient fini par le trouver.

Quant à l'évasion, elle semblait bien compromise. Depuis l'entrevue décisive avec Miguel, tout était en attente. Le problème de la terre n'était pas résolu. Ils avaient retourné la question des dizaines de fois, envisagé plusieurs solutions. Faire sortir la terre au fur et à mesure lors des visites : trop long. Soudoyer les gens des poubelles : trop risqué. Il fallait vraiment trouver un endroit pour la dissimuler à l'intérieur de la prison et c'était à lui, le spécialiste des caches, de le trouver.

Ce dimanche, toutes ces pensées défaitistes se bousculaient dans la tête de Manuel. La plupart des détenus étaient dans la cour. Un match de foot avait été organisé.

Miguel joue et Manuel regarde.

Happé par cette envie de liberté, il ne peut s'empêcher de suivre le vol d'un oiseau qui tournoie au-dessus de la prison. L'oiseau a quitté ses compagnons qui poursuivent leur route comme si de rien n'était. Le ciel est bleu. Il n'y a pas un nuage à l'horizon. L'oiseau vole, descend, virevolte, il se pose sur le toit de la prison. Les pensées de Manuel vagabondent, elles avaient un moment suivi la nuée qui l'emmenait vers des ailleurs, mais l'oiseau solitaire le ramène en prison, sur le toit de ses barreaux. Le toit justement. Il ne l'avait jamais vu, jamais regardé. Ce toit-là est en pente, posé sur une charpente. Le menuisier qui dort en lui se réveille. Des toits comme ça, il en connaît, et entre le plafond du bâtiment et le toit en pente se dessine un espoir : n'y a-t-il pas là un espace, un grenier, un faux plafond qui court au-dessus des cellules ? Manuel calcule de tête. Il connaît par cœur les dimensions du bâtiment, il estime la hauteur de la pente. Et si c'était là qu'on allait cacher la terre ? Manuel en tremble. L'arbitre siffle la mi-temps, ses compagnons s'arrêtent de jouer. Il faut qu'il parle à Miguel.

Manuel songea tout l'après-midi au toit de la prison, au message subliminal que lui avait envoyé l'oiseau. Il avait hâte de pouvoir vérifier son intuition. Mais, pour cela, il fallait se retrouver seul dans une cellule. Et pour l'heure, l'important était de trouver une vrille qui permette de percer le plafond. À l'atelier, là où les prisonniers fabriquaient des objets d'artisanat, il y avait du matériel. Avec du fil de fer un peu rigide, Manuel se débrouillerait. Mais il fallait trouver un moment de calme. Manuel avait changé de cellule depuis plusieurs semaines déjà. Pour répondre aux ordres de Miguel. Ses conversations avec Eduardo Rosentreter lui manquaient. Il avait dû s'éloigner de lui, pour ne pas avoir à lui mentir. D'autant qu'il se sentait observé. Eduardo était loin d'être idiot et ne pouvait sans doute pas croire que Manuel abandonnerait son rêve comme ça. Il lui avait même proposé de continuer sans Miguel. Il y avait d'autres chefs possibles en prison, avait-il suggéré. Mais Manuel s'était tenu à son discours, éminemment politique et optimiste, se servant du casse-tête qui se posait aux militants.

La direction du Parti communiste avait décidé en 1987 de « dissoudre » le Frente : son chef avait été assassiné, la direction de l'organisation était décapitée. Après l'échec de l'attentat contre Pinochet, le principe même de la lutte armée était remis en question. Des négociations avaient lieu. Manuel savait que cette posture était difficile à avaler, surtout pour des combattants comme eux. Mais il était trop fidèle au Parti pour désobéir, et Miguel aussi – tu penses, Miguel ! Une évasion, un tel coup d'éclat, gâcherait toutes les négociations en cours. Et Miguel avait même eu l'assurance que les prisonniers politiques pourraient être libérés.

– Tu te fous de moi, avait maugréé Eduardo en partant, sans se douter à quel point il avait raison.

Quelques jours plus tard, arguant qu'un de ses anciens compagnons de Concepción avait besoin de lui et qu'une place dans sa cellule s'était libérée, Manuel avait déménagé.

La galerie 5-6 où se trouvait Manuel, comme toutes les galeries de l'aile de haute sécurité, comportait une vingtaine de cellules, chacune disposée sur deux étages. Il y avait six prisonniers par cellules : trois en haut, trois en bas. On accédait à l'étage du haut par un escalier. En quittant Eduardo, Manuel avait pris garde à s'installer en bas : pour pouvoir commencer à creuser le tunnel. Or voilà qu'il avait besoin d'un plafond…

CHAPITRE 10

Août 1987
Prison publique de Santiago

La tâche de Raúl Blanchet n'est pas facile. C'est un homme posé, cultivé, qui a tout appris par lui-même. Condamné à onze ans de prison pour port d'armes illégal et d'explosifs, il est tombé pour rien. Il se trouvait au mauvais endroit, au mauvais moment. Résultat : une arrestation stupide. Les militaires n'ont jamais su vraiment qu'ils avaient affaire à un cadre de l'organisation. Mais l'effervescence politique de l'extérieur commence à contaminer l'intérieur de la prison, et il a du mal à calmer ses troupes, lui, le chef politique du Frente de la prison publique. Une fois par semaine, les représentants de chaque organisation politique se réunissent dans sa cellule. Il y a là le PC, le PS, le MIR et lui, qui représente le Frente. Mais quel Frente ? La dernière réunion était houleuse. À l'extérieur, la scission a eu lieu depuis quelques mois déjà : la part historique du Frente a décidé de cesser la lutte armée et de retourner dans le giron du Parti communiste. Certains militants ont refusé : ils veulent continuer. Pour eux, tous les moyens sont bons pour faire tomber le dictateur. Ils ont fondé le Frente Autonomo.

Et lui qui représente-t-il ? L'échec des dernières opérations et la vague de répression ont réduit à néant la direction historique du Frente. La plupart des chefs sont morts, ou emprisonnés.

Et ceux qui restent veulent repenser les actions, ne plus courir au suicide, se ménager une porte de sortie. Dans la prison, les discussions vont bon train et une partie des militants s'insurge contre la décision unilatérale de baisser les armes. Mais les liens créés depuis l'enfance sont trop forts. Raúl ne peut pas claquer la porte du Parti communiste. C'est sa vie. Et même Miguel ne le peut pas. Ils en ont discuté des heures. Chacun gardant son quant-à-soi. Au fond, ils campent sur la même position.

Ils en ont aussi profité pour parler d'un fait qui leur tient particulièrement à cœur.

– On m'a informé de dehors que tu avais un plan, Miguel ?

– Oui, j'ai demandé un appui.

– Tu aurais pu passer par moi.

– Tu sais que j'ai des amis.

– Bien sûr. Mais il se trouve que moi aussi. Et moi aussi j'ai étudié la question. Je suis là depuis plus longtemps que toi. Et je suis convaincu comme toi que nous ne pouvons compter que sur nos propres forces pour nous en sortir. Tu sais aussi que si je voulais t'empêcher…

– J'ai demandé un avis dehors. Ils m'ont laissé quartier libre pour l'instant et disent qu'ils viendront à notre rencontre. Je te raconte.

Techniquement, le plan proposé par Miguel est viable. Même bougrement intelligent. C'est Manuel, bricoleur de génie, qui en est à l'origine. Un tunnel, l'idée n'est pas neuve. Mais il semble bien que ce soit la seule qui vaille. Raúl a confiance dans ces compagnons-là. Même dans Miguel, bien qu'il s'inquiète de la forme que prendrait son commandement.

Ils se sont mis d'accord. L'opération Exito – ils viennent de lui donner un nom – sera montée par les gens réglo du Frente, non par les dissidents qui viennent d'adhérer au nouveau Frente Autonomo. La décision a été difficile à prendre. La division au sein de la prison est politique. Mais, physiquement, ils sont tous dans le même sac. Et certains ont tout partagé. Les rapports humains n'en sont que plus dégradés, la scission a exacerbé les sentiments. Raúl n'a pas longtemps hésité. La lutte armée, il a donné. Et l'adhésion au Parti est une question de cœur, quasi innée.

L'opération Exito s'est donc mise en place. Exito : « Réussite », « Succès », car il n'est plus question d'échouer. C'en est fini des défaites. Plutôt mourir.

– Combien de gens sont au courant ?

– Pour l'instant nous sommes six. Mais on a besoin d'être plus. Et je déciderai qui.

– Nous déciderons : chacun à notre tour. Et tout nouveau participant sera négocié.

– Pour l'instant, j'ai une bonne nouvelle. Tu connais Germán. Lui aussi a longtemps étudié la question. Avant d'être arrêté, il voulait faire évader Pancho qui est le plus ancien d'entre nous ici et sur qui il faudra compter.

– Le Pancho, je n'en veux pas, je te dirai pourquoi en temps voulu. Mais raconte l'histoire de Germán.

– Il voulait aussi creuser un tunnel, à partir de l'extérieur : il a donc étudié tous les accès, il a les plans de la prison en tête. L'idée à l'époque était de louer une maison dans le quartier nord, celui des putes, et de creuser à partir de là. Quant à Pancho, tu ne peux pas l'évincer : tu sais bien que c'est lui qui est chargé officiellement des relations avec la direction du Frente.

– De toute façon, le Parti fournira sa liste. Pour l'instant ils ont donné des directives : nous devons creuser à six mètres de profondeur et consolider une espèce de cave d'un mètre de large, emmagasiner là de quoi fuir. Ils viendront nous chercher. C'est eux qui creuseront à partir de l'extérieur. Ils doivent s'installer dans les caves de l'immeuble des laboratoires Norgine. Dans le quartier à l'est de la prison.

– Tu en es sûr ?

– Ce sont les ordres.

– Il y aura des armes ?

– La commission exige qu'il n'y en ait pas.

Le noyau dur de l'opération a été désigné : Miguel, bien sûr commandant militaire, Raúl, commandant politique, chargé des relations avec la direction du Frente à l'extérieur, Manuel, directeur technique assisté de Hugo et de Germán, ainsi que Ricardo Contreras qui s'occupera de la sécurité de l'opération, ce qui dans le jargon de Miguel signifie un travail d'espionnage et de contre-information. Ces deux derniers personnages appartiennent tous deux à la hiérarchie du Frente et du Parti dans la prison. Le cas de Francisco Peña, dit « Pancho », que Raúl veut imposer, attendra la prochaine discussion avec Miguel.

La cellule se réunira une fois par semaine. Tous les samedis matin, ils se débrouilleront pour être à l'atelier d'artisanat en même temps. Chacun devra faire part, pour l'heure, de l'avancement de ses réflexions, puis des travaux, dès qu'ils commenceront. Pour l'instant, l'urgence est de vérifier le faux plafond. Germán et Raúl qui partagent une cellule en hauteur se chargeront de percer le plafond avec une vrille pour vérifier que les combles existent. Ils doivent commencer cette nuit même.

CHAPITRE 11

Septembre 1987
Prison publique de Santiago

Depuis quelques jours, la prison est en effervescence. La dernière grève de la faim a porté ses fruits : il n'y aura plus aucun prisonnier politique à l'isolement – même ceux qui avaient participé à l'attentat ; les horaires d'ouverture des cellules et des galeries vont être allongés. Et les prisonniers pourront donc communiquer entre les galeries.

Mais, soudainement, les prisonniers sont convoqués dans le patio. On leur annonce qu'ils vont encore déménager. C'est le branle-bas de combat. Les gars de l'opération Exito veulent profiter de ce changement pour se regrouper dans une même cellule. Ils seront désormais dans la galerie 7-8. Raúl, Manuel et Ricardo s'installent dans la cellule 4, en bas. Miguel, el Indio et Germán, dans la cellule 5, en haut. Tous les six sont de confiance. Manuel s'est installé en bas parce qu'il est chargé du tunnel. Miguel doit s'occuper du faux plafond. La nouvelle galerie est située bien plus au centre de la prison, ce qui veut dire que le tunnel sera beaucoup plus long que prévu initialement.

Depuis la découverte des combles et la certitude que la terre peut être emmagasinée quelque part, les choses ont avancé. Un vrai groupe s'est constitué.

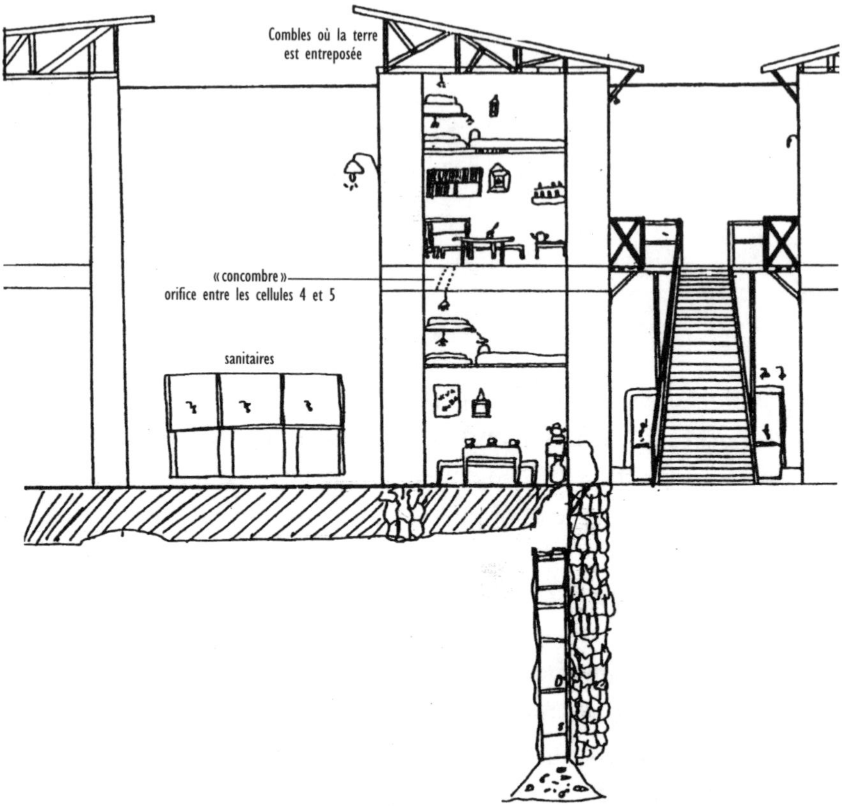

Coupe transversale des cellules 4 et 5 et du tunnel

Passé le moment de désespoir dû au déménagement, l'équipe de l'opération Exito s'est ressaisie ; les hommes en ont profité pour récupérer du matériel pouvant servir : planches, meubles, fil de fer... Ils ont choisi leurs cellules au centre de la galerie : un peu loin des gardiens, tout en veillant à ce que la distance avec l'extérieur ne soit pas trop longue. Dans toutes les cellules alentour des gens de confiance dont certains déjà dans la confidence. Luis González dit « el Chino » et Daniel Alfaro, deux bricoleurs de génie, capables de résoudre n'importe quel problème technique, vivent dans la cellule 3. Il y a aussi Juan Dios Márquez Miranda qui déteste son prénom et sa référence à Dieu et dont le nom de guerre est Iván. C'est Miguel qui a désigné Iván, car il compte sur ses connaissances médicales en cas de nécessité.

Pour l'heure il y a trois urgences : fabriquer l'ouverture camouflée du tunnel en bas de la cellule 4, ouvrir l'accès aux combles et faire communiquer les cellules 5 et 6 par un orifice qui permette de transporter la terre. Lorsque Manuel et Germán avaient percé avec une vrille le plafond de leur ancienne cellule, ils avaient clairement senti un courant d'air : preuve qu'il y avait un espace au-dessus. Il fallait maintenant l'explorer. Sachant que c'était le Parti qui, depuis l'extérieur, creuserait la majeure partie du tunnel, ils avaient besoin de moins de place que prévu pour cacher la terre. Mais même pour creuser six mètres et faire une cavité d'un mètre de diamètre, il fallait extraire beaucoup de gravats, et donc les cacher.

CHAPITRE 12

Décembre 1987
Prison publique de Santiago

Cela faisait donc maintenant trois mois que Germán, Luis, Manuel et Daniel travaillaient avec deux satanés fils de fer et un crochet. Ils avaient percé côte à côte des milliers de trous, dessinant un carré de soixante centimètres de côté dans le plafond de la 5. Leurs poignets fatigués obéissaient automatiquement au mouvement de va-et-vient de leurs vrilles de fortune. Allongés sur la couchette du haut, ils travaillaient à tour de rôle tôt le matin, le soir et même parfois dans la journée lorsque tous les détenus étaient occupés à une activité. L'un d'eux montait la garde. Parfois aussi c'était Manuel, Miguel, Raúl ou Ricardo, qui faisaient semblant de lire, affalés sur le sol, à l'entrée des cellules, dans la galerie. Les affiches étaient raccrochées au plafond à la moindre alerte.

Dans la cellule 4, en bas, le travail avançait aussi : mêmes vrilles, même but. Seule la position différait : le bloc découpé dans la cellule 4 était vertical, contre la paroi. Dans la cellule 5, on travaillait allongé. La besogne du jour terminée, le plafond était recouvert de posters sexy. La plus moche des pin-up affichées cachait le trou en cours. D'autres, plus belles, attiraient le regard comme des aimants. Cela convenait parfaitement, avait dit Raúl, personne n'imaginerait ce qu'il y avait en dessous !

Trois semaines de travail de fourmi. Et voilà, le bloc carré était pratiquement découpé. Miguel avait décidé d'attendre le dimanche pour y donner le coup final : c'était le jour des visites familiales, tous les détenus se retrouvaient dans la cour et il n'y avait plus personne dans les galeries.

Il était 8 heures du matin ce dimanche et tout était prêt. Manuel avait préparé un cadre en bois à appliquer au plafond pour « démouler » le bloc carré. Luis et Germán montaient la garde pendant que Daniel et Manuel s'affairaient. Les deux hommes étaient concentrés, le moment de vérité approchait : ils allaient enfin savoir vraiment ce qu'il y avait au-dessus de leur tête. D'un geste précis, Manuel appliqua le cadre puis le retira d'un coup sec. C'est alors que l'enfer s'abattit sur lui. Le bloc qu'il pensait retirer d'une seule pièce se transforma en poussière. Une pluie de gravats qui semblait ne jamais devoir s'interrompre s'écoulait du plafond.

– Merde ! hurla Daniel.

Un trou béant s'ouvrait là-haut. Et sur la couchette, sur le sol, les gravats s'éparpillaient. Les deux hommes étaient pâles, hébétés. Ils se regardèrent d'un air désespéré et commencèrent à rassembler frénétiquement les gravats. Toutes les pensées du monde se bousculaient dans leur tête. Mais pas une parole ne pouvait sortir de leur bouche. Tout ça pour ça ! Ils n'avaient pris aucune mesure pour consolider le bloc avant de le retirer et, maintenant, comment reboucher le trou ? Et si quelqu'un venait ? Tout était foutu. Il n'y aurait donc pas d'évasion. Des images se pressaient sous le crâne de Daniel : cette poussière blanche, ses premiers chantiers de maçonnerie et, plus loin dans le temps, le jour où à l'école il s'était bagarré, l'arcade sourcilière ouverte, le sang qui pissait, la panique... L'histoire se répétait : le pire est toujours à prévoir et on ne le prévoit jamais.

Daniel dit à Manuel :

– Appelle Luis. Il a toujours des bonnes idées, il faut qu'il nous sorte de ce merdier…

Celui-ci vit jaillir Manuel de la cellule, pâle et défait.

– Viens !

– Que se passe-t-il ?

La vue du trou et de la cellule lui fit lâcher son juron préféré :

– Fils de ta mère…

– Il faut trouver une solution et vite, dit Manuel sans conviction.

– Du calme camarade, il faut reformer le morceau qui est tombé avec les gravats…

– Et on le colle avec quoi ? Avec notre salive ? demanda Daniel en colère.

– Non, mais j'ai une idée, dit Luis assez excité, tout en sortant de la cellule pour appeler Germán qui faisait le guet dans le couloir.

– Va prévenir Miguel et dis-lui que nous avons besoin d'œufs, de tous les œufs disponibles.

– Tu te fiches de nous !

Mais vu la gravité de la situation, Germán obéit et sortit, sans comprendre, d'un pas pressé vers le patio.

– Tu te souviens, reprit Luis, haletant, le pont de Cal y Canto ? Les Espagnols. On apprend ça à l'école.

Daniel et Manuel le regardaient d'un air défait. Sans comprendre.

– Mais si, ils ont construit le pont avec de la chaux mélangée à des blancs d'œufs : ça fait comme du plâtre. Une partie du palais de la Moneda a été construite comme ça. Mon père me l'a souvent raconté. On va pouvoir refaire le bloc, mais il nous faut des œufs, beaucoup d'œufs.

Miguel venait d'arriver. Il pâlit lui aussi, puis, se reprenant, jaugea la situation d'un air calme.

– Qu'est-ce que c'est que cette histoire d'œufs ?

Daniel lui raconta en deux mots.

– C'est bon. On va te les trouver, tes œufs. Nettoyez-moi ça. On va s'en sortir.

Ils travaillèrent toute la nuit, mélangeant la douzaine d'œufs récupérés et les gravats, refaisant le bloc plan de soixante centimètres de côté de plafond effondré, complété par une pyramide inversée de papier mâché faite avec des vieux journaux, de l'eau et de la farine, pour lui donner du poids et de la stabilité. Le tout reposait sur quatre fines poutres au bord du trou. La porte de la liberté ne pesait pas plus de huit cents grammes.

Lorsque l'ouverture fut presque achevée, Manuel et Miguel grimpèrent dans l'espace mansardé. Le cœur des deux hommes battait fort. L'opération tout entière dépendait de cette visite. L'obscurité était totale, et seuls de minuscules trous laissaient passer la lumière. Ils parcoururent l'ensemble des combles avec précaution, en retenant leur respiration et sans dire un mot. Ils faisaient l'état des lieux, observaient tout : la longueur du toit de tôle ondulée, son inclinaison, les soixante-dix centimètres de hauteur maximale – il y ferait froid la nuit, chaud le jour –, la solidité du plancher, estimant enfin les tonnes supplémentaires que pèserait la terre. La circulation ne sera pas aisée, souligna Manuel en chuchotant ; en se déplaçant au-dessus des cellules, ils entendirent un brouhaha : il allait falloir faire attention au bruit. Parvenus à l'extrême nord de la cellule 5, ils s'arrêtèrent un instant. Entre les tôles ondulées, des interstices permettaient d'observer la périphérie de l'ancienne gare Mapocho. Miguel montra la rue du doigt et leva le poing en signe de victoire. Les deux hommes se serrèrent chaleureusement les mains. Leurs yeux brillaient d'espoir dans l'obscurité silencieuse du toit de la prison publique de Santiago.

CHAPITRE 13

Février 1990
Prison publique de Santiago

L'équipe convoquée par le juge Juan Amaya se retrouve dans la cellule 5 de la galerie 8. L'officier supérieur qui les accompagne ne demande rien au juge, il fait enlever les posters qui couvrent le plafond de la cellule. Sans quitter des yeux un bloc de pierre carré, d'environ soixante centimètres de côté qui tranche sur les autres, le juge ordonne au gendarme qui est juché sur l'échelle de pousser ce bloc vers le haut. Sans aucun effort, le faux morceau de pierre est enfoncé et tout le monde peut observer le toit de tôle de la prison publique. Le magistrat reprend son souffle et d'un ton professionnel exulte :

– Ceci est la première réponse aux incertitudes que cette évasion a provoquées. Faites venir une grue, nous allons tous monter là-haut. Les cinquante tonnes de pierres et de terre ne se sont pas volatilisées.

Tel un capitaine sur son navire, le juge Juan Amaya, juché sur la grue, observe le toit de la prison, les vieilles plaques de tôle ondulée à moitié arrachées qui forment des vagues irrégulières, comme une sorte de mer agitée, mais à la place des poissons des pierres et de la terre parfaitement disséminées sur chaque millimètre de l'espace mansardé.

Face à l'incrédulité générale, le juge laisse transparaître un instant une admiration toute professionnelle et humaine pour ces hommes qui ont réussi à déplacer ces tonnes de matériel. Il imagine les difficultés gigantesques qu'ils ont dû rencontrer pour bouger dans cet espace qui ne fait pas plus de soixante-dix centimètres de haut.

Il était satisfait : sept heures de travail lui avaient suffi pour découvrir l'un des plus grands secrets de l'histoire des prisons chiliennes. Il avait aussi compris que les hommes qui avaient creusé ce tunnel, au péril de leur vie, n'étaient pas des prisonniers ordinaires, que le désir de liberté qui les avait motivés était aussi fort que le courage et l'intelligence qui leur avaient été nécessaires pour résoudre les milliers de problèmes que leur évasion impliquait. Il regarda le soleil qui commençait à se cacher derrière la cordillère des Andes et murmura entre ses dents :

– Incroyable !

L'ingénieur avait terminé ses calculs et confirmait ce que le juge savait déjà :

– À quelques kilos près, je peux vous assurer que tout le matériau extrait du tunnel, soit cinquante tonnes de terre, se trouve là, monsieur le juge, et permettez-moi d'ajouter que l'amener jusque-là représente un véritable travail de fourmi.

Les dernières paroles du technicien laissèrent le juge pensif. Les fourmis construisent leurs fourmilières avec une organisation parfaite, mais seules. Était-ce vraiment le cas de ces évadés ?

CHAPITRE 14

Mai 1988
Prison publique de Santiago, galerie 7-8

Six mois après avoir trouvé la solution qui leur permettait d'accumuler la terre, les membres de l'opération Exito avaient, conformément aux ordres du Parti, achevé de creuser le puits de six mètres de profondeur. La mécanique d'excavation fonctionnait parfaitement. L'entrée du tunnel se trouvait dans la cellule 4, dans le mur porteur du côté de la porte. Manuel et son équipe avaient retiré un bloc de soixante-dix centimètres de côté et en avaient fabriqué un faux, dans le même matériau que l'ouverture du plafond de la cellule 5. Caractéristique supplémentaire, celui-ci sonnait comme un mur plein au cas où les gardiens donneraient des coups de sonde. L'entrée du tunnel se trouvait derrière un meuble de cuisine rudimentaire, fabriqué par Manuel pour l'occasion, sur lequel une plaque et les ustensiles pour préparer le maté ou faire cuire de la nourriture étaient simplement posés. L'ensemble semblait solidement encastré dans le mur, mais en réalité le meuble était facilement manœuvrable et, en cas de fouille, on pouvait le fixer rapidement. « Tu es un génie », avait dit Miguel. Un désordre organisé donnait au lieu un air négligé, voire pas très propre. Une fois l'équipe entrée dans le tunnel, la porte était refermée et le désordre autour réinstallé. En cas de visite intempestive, un signal avertissait les compagnons à l'intérieur du tunnel pour qu'ils arrêtent l'excavation. L'équipe se laissait rarement surprendre. L'organisation du travail était simple : une équipe creusait le jour, une autre remplissait les sacs de terre la nuit puis les passait dans la cellule 5 à travers un trou de vingt centimètres creusé dans l'angle du plafond de la cellule 4. L'accès en était facile : la couchette supérieure permettait de toucher le plafond avec les mains et l'orifice était camouflé par un petit meuble – encore fabriqué par Manuel – qui servait officiellement à ranger des effets personnels et dont il suffisait de retirer le double fond. En haut, dans la cellule 5, le trou donnait sous la première couchette. Après avoir récupéré les sacs, l'équipe de la cellule 5 répartissait la terre dans les combles.

Tout fonctionnait, mais des doutes envahissaient la tête des militants. La direction du Parti communiste leur avait donné des ordres très clairs : creuser un trou de six mètres de profondeur, avec au fond une base d'un mètre de large, puis attendre. On viendrait les chercher. L'ordre datait de six mois et répondait au plan proposé par Miguel. La commission militaire s'était engagée à construire un tunnel à partir des caves de l'immeuble des laboratoires Norgine à l'est de la prison. On ne discutait pas les ordres. Les militants de l'opération Exito avaient donc patiemment creusé le trou aux dimensions spécifiées. Cela leur avait pris six mois. Mais Miguel venait de dire que, pendant tout ce temps, aucune nouvelle de l'extérieur ne lui était parvenue. Les camarades dehors avaient-ils commencé à creuser ? Miguel en doutait. Et s'ils ne s'y étaient pas mis, quand le feraient-ils ? Les détenus avaient tout le temps de moisir en prison et d'être découverts. Miguel avait donc convoqué cette réunion d'urgence dont l'ordre du jour était tout à fait shakespearien : fallait-il continuer à attendre ou continuer à avancer ?

En effet, même si certains ne voulaient pas encore se l'avouer, les prisonniers ressentaient la terrible impression d'avoir été abandonnés par le Parti.

– Voilà la situation, avait conclu Miguel : ou nous attendons que les compagnons arrivent de l'extérieur et fassent le tunnel, ou nous le commençons nous-mêmes à partir d'ici, et s'ils arrivent les premiers, tant mieux, on ne perd rien à commencer.

Luis González, dit el Chino, un des gars les plus âgés de l'équipe, avait demandé la parole. Membre du Parti communiste depuis son adolescence, il avait contribué à la formation de la commission militaire du Parti, puis à celle du Frente. Il était en prison depuis 1985.

– Il y a très longtemps, lorsque je suis entré au Parti communiste, je pensais que tous les militants étaient comme moi, qu'ils pensaient comme moi, qu'ils essayaient comme moi d'être de « bons communistes » et de « bons révolutionnaires »...

Lorsque Luis prenait la parole, ses interlocuteurs savaient que ce n'était pas pour rien. Le silence s'installa, total, et tout le monde se prépara à l'écouter avec attention. Luis poursuivit de sa voix calme et réfléchie.

– En vingt ans de militantisme, j'ai appris que le Parti était composé de gens qui ne sont pas tous dignes d'être communistes. Il y a des militants qui mentent, qui trompent et qui consciemment ou inconsciemment abîment notre Parti, il y a des militants qui tentent d'imposer leur point de vue en dépit des idées des autres. Cela m'a rendu méfiant et il me semble qu'il y a aujourd'hui quelque chose d'étrange dans les relations que nous entretenons avec le Parti.

Raúl écoutait en silence, concentré. Miguel faisait, par moments, des signes d'assentiment de la tête.

– Six mois de travail, vu de l'extérieur, c'est assurément assez pour creuser ce fichu tunnel. Ils devraient déjà être là, à la base. Ils ne nous ont envoyé aucune aide, aucun signe, ce qui prouve le peu d'intérêt qu'ils ont pour l'opération. Je tiens à vous préciser que l'idée d'un tunnel n'est pas neuve : je suis là depuis 1985 et j'ai déjà envoyé plusieurs plans de ce type à la direction, qui les a tous refusés. Le dernier ressemblait étrangement à celui-ci : on partait aussi des laboratoires Norgine.

Germán l'interrompit brièvement :

– Ce que dit le compagnon est vrai.

– Je suis donc d'avis de continuer à travailler même si cela implique de ne pas obéir aux ordres. Pour ma part, je suis prêt à assumer cette responsabilité. Par ailleurs, nous devons revoir le plan original : un tunnel qui débouche dans les laboratoires Norgine demande une aide de l'extérieur. Ils sont censés occuper les lieux, sinon nous serons pris comme des rats dans une souricière. Il y a d'autres alternatives. J'ai eu le temps d'y penser.

Germán prit la parole immédiatement :

– Je voudrais juste confirmer que j'ai eu connaissance des plans proposés par Luis, il y a plus de deux ans. Je le sais parce que c'est moi qui avais été chargé d'examiner de l'extérieur toutes les issues possibles. Je me souviens aussi des réactions que ce plan avait suscitées : la direction considérait que la répression qui suivrait une possible évasion serait terrible. Notamment pour les compagnons du dehors – il y aurait des arrestations, des razzias –, mais aussi pour les compagnons restés en prison.

Ricardo Contreras renchérit :

– Parfois les décisions sont prises à des niveaux intermédiaires et personnels. Si ça se trouve, la direction n'est même pas au courant de notre plan. Et donc je pense qu'il faut faire un effort pour communiquer avec eux et savoir exactement où ils en sont, et si la direction a pris réellement connaissance de cette opération.

Daniel Alfaro se manifesta avec plus de prudence :

– Le manque d'information est flagrant. Nous n'avons pas besoin qu'ils nous indiquent exactement où ils en sont, mais au moins qu'ils disent de combien de mètres ils ont avancé et combien il leur manque pour savoir si nous pouvons aller à leur rencontre.

– Compagnons, dit Raúl. Je sais que vous vous imaginez que je vais intervenir pour dire qu'il faut attendre.

Le groupe s'anima, et il y eut même des sourires.

– Eh bien, je dois vous dire que vous vous trompez. Je partage l'avis qu'il faut continuer. La direction ne nous a pas donné de réponses, nous assumerons notre responsabilité, nous étudierons le plan et nous terminerons le tunnel par nos propres moyens.

Tout le monde applaudit Raúl.

– La décision est unanime. Nous continuons ! conclut Miguel.

CHAPITRE 15

Mai 1988
Prison publique de Santiago, cellule 3

Luis était en train de repasser dans sa tête tout ce qui s'était dit, lorsque Raúl entra dans sa cellule et s'allongea sur une des couchettes.

– Qu'as-tu pensé de la réunion ? demanda-t-il visiblement préoccupé. (Et il ajouta immédiatement :) Quand Miguel a envoyé le plan à la commission militaire, il y a six mois, il leur a menti et a affirmé que le tunnel était commencé et qu'il avait déjà quelques mètres de profondeur.

– Ainsi, le processus était irréversible, remarqua Luis.

– Évidemment, mais personne ne peut l'en blâmer. C'est sans doute pour ça qu'ils ont demandé de faire un trou de six mètres et une base. Pour gagner du temps.

Luis acquiesça, tandis que Raúl continuait.

– La commission a aussi mené une enquête. Elle s'est renseignée sur le nombre de personnes au courant de l'opération. Ils se sont aperçus que Miguel avait constitué un groupe opérationnel prêt à lancer plusieurs types d'actions en fonction de l'évasion.

Luis se montrait de plus en plus intéressé par la conversation. Raúl était responsable du Frente dans la prison, il était aussi responsable politique de l'opération et tous les communiqués de la direction lui parvenaient en même temps qu'à Miguel.

– Je comprends maintenant pourquoi ils ont accepté avec tant de précipitation le plan proposé par Miguel et pas ceux d'avant. Mais qui a donné l'autorisation ? Et pourquoi n'ont-ils pas vérifié que le tunnel était vraiment commencé ? On m'a dit que le premier plan que nous avions envoyé avait été refusé parce qu'il mettait en danger les compagnons qui ne s'évaderaient pas. C'est un argument toujours valable. Crois-tu qu'ils nous ont dit de creuser et d'attendre pour nous immobiliser ? Penser à ce genre de chose me fiche un sacré mal à l'estomac !

– Le Parti a peut-être un autre projet dont il ne peut pas encore parler, essaya de faire valoir Raúl.

– Mais nous méritons la vérité, s'exclama Luis. Nous avons risqué nos vies, sacrifié nos familles et tout ça pour qu'on nous mente ? Le jour où j'ai été pris, j'ai dit au revoir à la vie, j'ai canardé tout ce que je pouvais afin que les militaires ripostent et me tuent, et que je ne tombe pas aux mains de la CNI. Et c'est comme ça que le Parti nous récompense !

Après un moment, il ajouta :

– Dis-moi, Raúl, tu ne vas pas changer d'idée ?

– Non, Luis, tu me connais, je respecte toujours les décisions collectives.

– Je voulais juste être certain que tu partages mon point de vue.

Les deux hommes se turent pendant quelques minutes.

– Rends-moi un service, va chercher Germán, je dois lui parler, dit Raúl.

– Pas de problème.

Luis s'apprêtait à sortir et Raúl ajouta :

– Dis aussi à Miguel de venir.

Les hommes mirent dix minutes à arriver. Miguel avait l'air tranquille et de bonne humeur. Ils préparèrent un maté et Miguel ouvrit la conversation.

– J'imagine que tu m'appelles parce que nous avons une décision à prendre ensemble ?

– C'est clair, répondit Raúl en accompagnant ses brèves paroles d'un signe d'assentiment. Les choses sérieuses commencent réellement aujourd'hui. Si je comprends bien, avant d'être arrêté, Germán avait longtemps examiné la prison de l'extérieur, car il cherchait un plan pour faire évader Pancho, arrêté en 1984. Une réponse précise à une question précise, mon cher Germán : quelle est, à ton avis, la meilleure direction ?

– Vers le nord. Il y a eu un vaste chantier lors de la construction du métro et j'ai eu le loisir d'observer les travaux. Le sol est friable, sans obstacle. Il y a deux solutions : soit sortir directement par le tunnel du métro, avant la station Cal y Canto, soit profiter de l'espace existant entre la voûte du métro et le terre-plein – cet espace y est, j'ai vu les plans – et continuer jusqu'à l'ancienne gare Mapocho qui est désaffectée et où on sera tranquille pour sortir.

– Et le sud ?

– Il y a la caserne de la police. En plus, il faudrait passer sous les bâtiments des tribunaux de la prison qui sont toujours surveillés et qui ont une sortie indépendante, surveillée elle aussi.

– Vers l'ouest, le quartier des putes, c'est aussi une possibilité, mais la distance à creuser serait double. En réalité, le chemin le plus court c'est vers l'est, et après c'est vers le nord, il n'y a que dix mètres de plus.

– Donc on va vers le nord.

– Et à quelle profondeur faut-il creuser ?

– Avant de faire le trou, j'ai toujours pensé qu'il fallait faire le tunnel à cinq mètres, mais maintenant, vu ce que nous avons retiré – beaucoup de pierre et de sable –, je pense qu'il faut le faire à deux mètres, là où le terrain est plus argileux et ferme.

– Nous allons donc vers le nord et creuserons entre les deux couches : le sol en sable et pierre et le toit argileux. Cela devrait nous permettre de passer sous les fondations de la prison.

– Ça marche, ajouta Miguel.

Ils se serrèrent la main.

CHAPITRE 16

Février 1990
Prison publique de Santiago

Comme un roi descendant de son trône, le juge descendit de sa grue et appela le colonel de la gendarmerie. Sans préambule, il demanda :

– Combien gagne un gardien de prison, mon colonel ?

– 150 000 pesos par mois, monsieur le juge.

– Et combien d'heures travaille-t-il ?

– Douze heures en continu, mais il a quatre jours de permission par mois et quinze jours de congé l'été, conclut le colonel.

– Très bien, répondit le juge sans le regarder et continuant à avancer en silence vers la porte qui permettait de passer de la cour centrale de la prison au bâtiment administratif. Le juge savait que pour vivre décemment au Chili, il fallait compter au moins 250 000 pesos par mois.

– Vous avez d'autres questions, monsieur le juge ?

– Oui, répondit-il, toujours sans le regarder, je voudrais voir le cahier de garde du 29 janvier et que vous preniez des dispositions afin que je puisse interroger tous les gardiens qui étaient de service cette nuit-là.

– Pas de problème, monsieur le juge, j'ai ordre de coopérer avec vous sans aucune limite.

– Très bien, je voudrais donc, dès que j'aurais vu le cahier de garde, pouvoir interroger les évadés du 29 qui ont été repris.

Le colonel devint livide et pas une parole ne s'échappa de sa bouche. Puis finalement il expliqua en balbutiant :

– Aujourd'hui même, cela me semble un peu difficile.

Le juge Amaya s'arrêta de marcher et se retourna. L'équipe qui le suivait s'arrêta aussi. La voûte de pierre à l'entrée du périmètre de détention fit clairement résonner ses paroles :

– Dans ce cas, colonel, veuillez en référer immédiatement aux autorités qui vous commandent et les avertir que cela constitue une limite inacceptable à mon enquête. Il me faut absolument voir, dans une heure au plus tard, ces détenus. Il me serait très désagréable de devoir raconter à la presse que les autorités pénitentiaires m'en ont empêché.

Le bureau de Ramón Llantén Leiva, directeur de la prison, était sans aucun doute l'endroit le plus propre de tout l'édifice pénitentiaire. Une table en chêne massif avec un confortable fauteuil de cuir occupait une grande partie de la pièce. Le mur était recouvert de souvenirs et d'images : des diplômes, des étudiants, des cérémonies militaires. Le regard du juge s'arrêta sur la photo du général Pinochet, placée juste derrière le directeur – sans aucun doute un grand admirateur du général. Le portrait du chef de l'État était obligatoire dans tous les bâtiments publics. Mais au bout de quinze ans de dictature, le juge avait fini par connaître les codes de l'administration. Pendant des années, comme la plupart des juges chiliens, il avait affiché cette image juste derrière sa tête, afin que tout le monde puisse la voir et que personne ne doute de sa fidélité au régime. Par peur ou par admiration, les juges, comme la majorité des Chiliens, étaient soumis. La photo du « président » n'était tout de même pas affichée dans les tribunaux, il fallait sauver les apparences et permettre de différencier les deux seuls pouvoirs qui dirigeaient le Chili depuis ce tragique 11 septembre 1973.

Des doutes avaient commencé à envahir le juge le jour où sa petite sœur, qui heureusement portait le nom de son mari, avait été arrêtée sans qu'aucune des lois de la défense ne soit respectée. Les larmes de leur mère, sa propre incapacité à l'aider produisirent un changement profond dans l'esprit du juge. Il ne s'était pas transformé pour autant en résistant communiste, il avait simplement compris que quelque chose ne fonctionnait pas dans la société chilienne.

Sa sœur réapparut quelques jours plus tard et l'attitude du juge changea, silencieusement, mais profondément. Il finit alors par déplacer la photo du dictateur de telle manière qu'elle ne soit jamais dans l'angle de vision de son interlocuteur.

Le commandant Llantén Leiva savait que son poste de directeur de la prison publique ne tenait plus qu'à un fil, qu'il pouvait être dégradé, voire envoyé sur une île perdue, et que ce serait le moindre des châtiments, car ni sa loyauté ni son admiration pour le général Pinochet ne le sauveraient. Son destin était dans les mains du juge Amaya. Il n'y avait aucun doute : il devait coopérer avec lui car c'était le seul qui pouvait prouver son innocence. C'était pour lui non seulement une question d'honneur, mais aussi une question de vie ou de mort. La CNI l'avait longuement interrogé la nuit de l'évasion et le considérait, jusqu'à nouvel ordre, comme l'unique responsable de ces événements malheureux.

Le magistrat avait compris la position délicate dans laquelle se trouvait le commandant et il comptait bien s'en servir pour le bien de son enquête.

– Monsieur le directeur, lui dit-il, les interrogatoires commenceront demain mais je voudrais cependant vous poser quelques questions auparavant, qui ne seront pas inscrites dans mon rapport mais qui éclaireront sans aucun doute certains aspects de ce qui s'est passé dans la nuit du 29 au 30 janvier.

– Posez-les, monsieur le juge, j'espère que je pourrais vous aider à faire la lumière sur ce désastre.

– Ma première question est très simple. Avez-vous, vous ou votre famille, avant l'évasion, reçu des menaces d'un type quelconque qui vous auraient empêché d'exercer vos fonctions ?

– Non, monsieur le juge, aucune.

– Avez-vous eu connaissance de menaces proférées à l'encontre de membres du personnel sous vos ordres ?

Le commandant Llantén demeura pensif quelques instants, les mouvements effectués par la partie supérieure de son corps montraient qu'il éprouvait un certain malaise, qu'il n'était pas sûr de lui.

– Non, personne ne m'a jamais informé de quelque chose de ce genre, tout le monde sait que ces terroristes étaient très bien organisés à l'intérieur et à l'extérieur de la prison. Comme vous le savez, ce sont eux qui ont essayé d'assassiner le général Pinochet, et c'est clair qu'ils sont capables de tout, mais personne ne s'est plaint de menaces.

Ramón Llantén se leva de son fauteuil de cuir et commença à bouger les jambes, à croire qu'elles étaient ankylosées ; il choisit une chaise moins confortable et s'approcha du juge comme s'il désirait lui parler plus discrètement. Le juge comprit et demanda à son secrétaire, qui participait à la conversation, d'aller lui chercher un sandwich.

– Sinon, je vais tomber d'inanition, lui dit-il avec un léger sourire.

– Il se passe quelque chose depuis un an environ que je voudrais vous raconter. Le gardien Sergio Álvarez avait un frère jumeau, ils se ressemblaient comme deux gouttes d'eau, je parle au passé parce que, fin 1988, sans aucune raison apparente, ce frère a été criblé de balles à deux pas de la maison du gardien. On n'a jamais découvert ni les auteurs ni le mobile du crime.

Le juge Amaya écoutait attentivement. Le commandant continua :

– Il y a un détail qui, après ces événements, pourrait se révéler très important : c'est ce gardien qui était chargé la nuit des galeries 5, 6, 7, et 8, celles des détenus terroristes.

Le juge eut un geste de surprise qui démontrait son intérêt, ce qui poussa le directeur à continuer.

– Avant ces faits, les détenus s'étaient plaints de nombreuses fois de supposés mauvais traitements infligés par le gendarme Álvarez et, ensuite, les plaintes ont complètement cessé.

– Vous pensez que cette personne a pu coopérer avec les prisonniers politiques ?

– Comment ? Avec les détenus ? Non, je n'ai pas la moindre preuve, je vous raconte cela plutôt comme une confidence, vous en apprécierez l'importance.

– Le gendarme Álvarez a-t-il été transféré ensuite ?

– Non, pas du tout, c'est lui qui m'a prévenu de l'évasion le 29 au soir.

– Mais, je ne comprends pas, dit le juge, comment est-il possible que cette personne ait pu continuer à exercer ses responsabilités sans que personne ne dise rien ?

– Monsieur le juge, répondit le directeur sur un ton d'incompris, vous savez que la gendarmerie a beaucoup de problèmes pour recruter, surtout des gens capables, formés à surveiller des terroristes. J'ai reçu un message de la CNI me disant que le gendarme Álvarez continuait d'être une personne de confiance et cela m'a suffi, je n'avais pas à mettre en doute l'opinion de cet organisme de sécurité nationale. Enfin, il est possible que vous ne le sachiez pas, mais il y a un an le sous-inspecteur qui s'occupait du personnel administratif a été renvoyé de la gendarmerie à cause de ses déclarations tendancieuses à propos de la disparition de vingt millions de pesos du budget de notre institution.

– J'en ai entendu parler, dit le juge comme si cela n'avait pas d'importance.

– Cela a provoqué un malaise profond au sein du corps de la gendarmerie et une désorganisation de plus dans la prison de Santiago : nous attendons toujours son remplaçant.

– Bon, dit le juge, je commencerai demain matin tôt à interroger le gendarme Álvarez. Sa déclaration pourrait tout éclaircir.

– Une dernière chose, monsieur le juge. Vous avez demandé à voir les insurgés qui ont été capturés le soir de l'évasion. Comme vous le savez, je n'étais pas là à ce moment-là et, quand je suis arrivé, ils avaient déjà été envoyés au cachot. Je ne suis pas responsable de la manière dont ils ont été traités, en particulier en ce qui concerne le terroriste Jorge Martinez Martinez, qui a été trouvé à l'intérieur du tunnel.

Les coups frappés à la porte empêchèrent le directeur de continuer. C'était le secrétaire du juge qui apportait un plateau avec une grillade et une boisson gazeuse.

– Pardon, monsieur le juge, vous allez devoir manger vite fait, parce que le colonel m'a informé que vous aviez l'autorisation de voir le détenu Martinez.

CHAPITRE 17

Septembre 1988
Prison publique de Santiago

Le tunnel mesurait déjà deux mètres et demi. Les hommes étaient maintenant treize à creuser. Après de longues discussions entre Miguel et Raúl, Marcos Riquelme, José Delgado, Marcelo Osses et Diego Lira avaient été intégrés, après Luis González, Daniel et Iván. D'autres étaient au courant de l'opération, sans y participer, comme Luis Melo, le chef du Parti dans la prison, qui, à cause de problèmes de santé, ne pouvait prendre part aux travaux. Miguel continuait de s'opposer à la présence de Francisco Peña et d'Alfredo Malbrich.

Diego Lira, à quarante-cinq ans, était le plus âgé de tous. Ce jour-là, il devait pour la première fois commencer à travailler dans le tunnel. Il était accompagné de Luis González. Raúl et Miguel étaient chargés de la surveillance.

Il était 3 heures de l'après-midi. La plupart des détenus de la galerie 7-8 étaient en train de se rassembler pour regarder un film. Des télévisions étaient allumées dans certaines cellules, reliées en réseau à un magnétoscope central. La séance d'aujourd'hui était particulièrement appréciée des prisonniers et avait été annoncée à grand renfort de publicité : c'était *La Grande Évasion*. Avec Steve McQueen.

Germán et Manuel s'étaient confortablement installés dans

la cellule 3 pour regarder le film. Ils avaient pour mission de réagir avec un maximum d'enthousiasme, de faire du bruit afin que personne n'entende ce qui se passait dans la cellule voisine. À l'entrée de la galerie, Miguel s'était lui aussi assis pour voir la séance. Tout près du magnétoscope. Et s'il percevait quoi que ce soit de suspect, il le dérèglerait pour alerter Germán et Manuel. Mais il y avait peu de chance qu'il y ait le moindre dérangement. Tous les détenus voulaient voir ou revoir le film. Et les gardiens aussi. Cela laissait au moins 2 h 49 de tranquillité…

Dans la cellule 4, Diego et Luis avaient déplacé le meuble, fait coulisser le bloc. Ils y étaient. C'était la première fois que Diego Lira « travaillait » directement dans le tunnel. Tous sont des combattants, avait précisé Miguel à la dernière réunion. Et tout combattant devait se battre. La lutte se faisait contre la terre, contre la montre. Tous au combat !

Diego Lira avait beau être un vieux militant aguerri, l'entrée dans le tunnel, en dépit de son expérience, constituait pour lui une épreuve difficile. Les deux hommes s'engouffrèrent dans l'orifice, Luis était resté en arrière, dans le puits. Il était chargé de recevoir la terre au fur et à mesure que Diego l'extrayait, puis de remplir des sacs en plastique qui seraient ensuite évacués. Une minute s'était à peine écoulée depuis qu'ils avaient pénétré dans le tunnel lorsqu'il vit son compagnon reculer fébrilement à plat ventre.

– Vas-y, toi, ça me fout les boules. Ça me rend claustro, je n'y arrive pas.

Le boyau était si étroit qu'on ne pouvait même pas s'y mouvoir à quatre pattes. La seule solution était de ramper. Et il y a plus de claustrophobes qu'on imagine. Diego n'était pas le seul. Luis se rappelait que sa première descente dans le tunnel avait été aussi un vrai calvaire. Il n'avait pu s'empêcher d'imaginer un éboulement. Et il fallait vraiment croire dur comme fer que la liberté était au bout du tunnel pour supporter cet enfermement, bouger les bras et les mains à l'aveugle, avec pour tout outil une grosse cuillère à soupe. On oubliait vite qu'on était un homme. On redevenait vraiment animal.

– Laisse-moi faire. Tu t'habitueras. Mais je vais avancer, profiter qu'ils sont tous scotchés à la télé, murmura Luis. Au fond du puits tu devrais tenir : il y a plus d'espace et il faut mettre la terre que je déblaie dans les sacs pour qu'on puisse les remonter ensuite. Ça va aller.

– Ok, répondit Diego en maugréant. Merci pour cette fois. Mais j'y retournerai. Je vais m'habituer.

Miguel entendit tout à coup le petit signal qui indiquait que l'équipe du tunnel voulait sortir. Il se précipita.

– Que se passe-t-il, il y a un problème, Chino ?

– Rien de grave, répondit Luis.

– Comment ça, rien de grave, j'ai presque chié de peur, intervint Diego. C'est à la limite du supportable, mais ne t'inquiète pas. Je vais vaincre cette putain d'angoisse.

– Tu sais, Diego, dit amicalement Miguel, il y a des choses qu'on peut faire et d'autres pas. Il faut mettre la barre assez haut, sinon nous n'avancerions pas. Je sais que t'as des couilles et que le jour où tu devras sortir par ce satané tunnel, tu y arriveras sans problème. Mais on ne va pas te détruire nerveusement en t'obligeant à travailler là-dedans. Demain, je proposerais à la direction (Miguel regarda Raúl) que tu travailles seulement dans les combles, c'est dur aussi, mais tu n'auras pas les mêmes problèmes.

Raúl acquiesça de la tête.

– Ok, Miguel, c'est toi qui décides, répondit Diego, appréciant les paroles de son chef. Et je tiens à vous dire que je ne suis pas le seul à être claustro. Marcos Riquelme l'est aussi. Je propose que nous fassions équipe dans les combles.

– Bon, faisons ça. Mais pour l'instant cessons de converser et allons bosser. Viens, Raúl, dit Miguel à la porte du tunnel, on y va tous les deux, on ne va pas pourrir ici. Vous les gars, vous êtes de garde.

Les deux hommes s'introduisirent à nouveau dans le tunnel, Luis ferma la porte et un pressentiment étrange lui traversa l'esprit. Il ne dit rien et s'assit en buvant un maté.

Dans les galeries, le silence était à son comble. On entendait les mouches voler et le bruit des pelles de… Steve McQueen et de Charles Bronson. La grande évasion entamait sa dernière heure et le tunnel des héros de cinéma avançait pas à pas. Le suspense était total. Les détenus semblaient comme hypnotisés. Le chahut qui avait accompagné les mythiques exploits à moto de Steve McQueen s'était subitement tu. L'attention de tous était concentrée sur une seule idée : allaient-ils réussir ?

C'est alors qu'un « merde ! » puissant et coléreux fusa en chœur dans les travées. L'image avait sauté, reculé, s'était arrêtée sur la pelle levée de Charles Bronson. Germán et Manuel bondirent :

– On s'en occupe les gars.

Le film reprit et un souffle de soulagement parut s'engouffrer dans les galeries.

À l'entrée de la cellule 3, les deux hommes trouvèrent Ricardo affolé.

– Il faut trouver Iván, Miguel est dans le tunnel, il a eu un malaise. Il y a eu un éboulement, il était venu remplacer Diego et il a manqué d'air. Luis est en train de le sortir, Germán va l'aider, vite ! Il est lourd le con et on n'y arrive pas.

Dans les galeries, un nouveau juron fusa :

– Merde, merde, merde, qu'est-ce que c'est que ce matériel !

Le film s'était à nouveau arrêté.

Dans le brouhaha, Iván se leva lentement et calmement. Et s'éclipsa. Le signal était pour lui, il le savait. Pourvu qu'il n'y ait pas de blessé grave. Il avait beau avoir, dans une autre vie, fait des études de médecine, il se sentait plus à l'aise avec un fusil-mitrailleur dans la jungle qu'avec un bistouri. Ce n'était pas pour rien que les compagnons l'appelaient « Commandante » et non « Docteur » ! Iván avait passé plus de temps à l'académie militaire cubaine et dans les jungles d'Amérique centrale que dans les couloirs des hôpitaux. Envoyé dans les années 1970 par le Parti communiste chilien faire des études de médecine à Cuba, il avait en 1973, après le coup d'État de Pinochet, décidé de changer de voie et intégré l'école des officiers de l'armée cubaine.

Iván ne put empêcher une pensée fulgurante de lui traverser l'esprit. Si l'on pouvait revenir en arrière, que ferait-il aujourd'hui ? L'école de guerre ou l'école de médecine ?

À l'école des officiers, il avait vite grimpé en grade. Mais il s'était mis aussi à dos une bonne partie de la hiérarchie. Il ne comprenait pas leur fonctionnement, les brimades continuelles qu'ils infligeaient aux hommes, la dialectique insensée. Si ça n'avait dépendu que de lui, il se serait barré. Mais il avait tenu presque cinq ans. Pour la cause. Il voulait se former pour retourner au Chili le plus vite possible et lutter contre le dictateur. La chefferie en avait décidé autrement et l'avait envoyé au Nicaragua. Ce n'est qu'ensuite qu'il avait pu rentrer au pays et, là, il s'était fait prendre, bêtement. Et s'il avait continué ses études de médecine ?

Ce n'était vraiment pas le moment de penser à tout ça. Depuis que Miguel l'avait mis dans le secret et désigné « responsable sanitaire », il redoutait le moment où il faudrait faire face à une urgence. Il y était.

Dans la galerie 7-8, Manuel sursauta quand Iván lui tapa sur l'épaule.

– Je ne t'ai pas vu arriver avec ta putain de démarche de chat sauvage ! Vite ! Le chef a eu un malaise.

Germán et Luis avaient réussi à remonter Miguel encore évanoui. Iván lui flanqua deux bonnes claques, puis lui fit un bouche-à-bouche. Miguel revint doucement à lui. Les autres étaient en train de se nettoyer. On enleva à Miguel ses habits de travail qu'il fallait planquer dans un sac hermétique à l'intérieur du tunnel avant de le refermer. Il était temps, les galeries résonnaient de leur brouhaha habituel. Le film était terminé et l'agitation reprenait.

Miguel était encore pâlot et il avait une grande éraflure sur le front, mais il les regarda avec son air de chien enragé habituel. Soulagés, ils éclatèrent tous de rire.

– On dira qu'il est tombé dans l'escalier, les gars, lança Iván.

– Ça va, docteur, répondit Miguel, mais ce soir, réunion sanitaire d'urgence, je veux tous vous voir à 18 heures.

CHAPITRE 18

Février 1990
Prison publique de Santiago

Jorge Martinez, vingt-cinq ans, était un militant typique du Frente. Ouvrier et membre du Parti communiste, il avait décidé, à force de voir tomber les siens, que la lutte armée était l'unique recours possible pour en finir avec la dictature. Après la douloureuse scission du FPMR, Martinez avait décidé de continuer à militer dans le Frente Autonomo et de ne pas rentrer dans les rangs du Parti. Son choix n'était pas politique, mais moral : la lutte devait continuer jusqu'à ce que le dictateur tombe et que les criminels soient jugés.

Avec l'irrémédiable processus de désintégration du Frente, la politique s'était perdue dans l'idéologie et, pour de nombreux militants comme Jorge Martinez, rester sur ses positions représentait une nouvelle forme de sacrifice et empêchait d'oublier ceux qui étaient tombés.

Peu importait à Martinez les explications du Parti sur les transformations politiques que vivait le Chili. « La démocratie qui est proposée aux Chiliens sous le contrôle des militaires est inacceptable, la lutte armée doit continuer », avaient été les dernières paroles qu'il avait adressées au camarade chargé de le convaincre de rester dans l'organisation.

Au moment où le gendarme ouvrit la porte du cachot, Martinez pensa avec résignation qu'on venait encore le chercher pour lui flanquer une raclée. Mais lorsqu'il vit la silhouette du juge Amaya avec un mouchoir sur la bouche qui lui demandait de confirmer son nom, il comprit que sa vie était définitivement sauvée.

– Oui, dit-il, je suis Jorge Martinez Martinez, militant du FPMR, prisonnier politique.

– Comment vous sentez-vous ? demanda le juge.

– Mal, j'ai mal et j'ai faim, répondit-il sans bouger.

Le juge se présenta et lui expliqua qu'il avait l'intention de l'interroger sur l'évasion. Conservant sa position, Martinez répondit sèchement :

– Je n'ai rien à dire et encore moins dans ces conditions.

Le juge regarda son secrétaire avec un geste de compréhension pour ce qu'il venait d'entendre.

– Monsieur le directeur, dit le magistrat, qu'on emmène cet homme à l'infirmerie.

– Monsieur le juge, dit timidement le directeur en regardant le colonel, cet homme est puni administrativement, et prendre une telle décision n'est pas de mon ressort.

– Bon, dit le juge, monsieur le secrétaire veuillez prendre acte : selon le pouvoir que me concède la loi, je lève la sanction administrative exercée à l'encontre du détenu Jorge Martinez Martinez et j'ordonne son transfert immédiat à l'infirmerie de la prison. (Il regarda en face les dirigeants de l'établissement.) Messieurs, je crois que ceci suffira à vous couvrir.

Le juge indiqua la porte de sortie à son secrétaire et donna rendez-vous à Martinez à l'infirmerie.

– Monsieur Martinez, dit le juge, je sais que vous venez de passer un très mauvais moment, mais il est nécessaire que vous coopériez avec moi. Je n'ai pas l'intention de vous accuser de quoi que ce soit, je voudrais juste que vous m'aidiez à comprendre certaines choses, ce qui ne signifie pas que vous ayez besoin de dénoncer quiconque.

– Monsieur le juge, je vous remercie de m'avoir sorti du trou, mais je crois que je ne peux pas vous aider dans votre enquête.

– Écoutez-moi… Reposez-vous aujourd'hui, nous verrons demain matin, je passerai tôt, en plus je veux vérifier que tout va bien.

Le juge quitta l'infirmerie avec un « à demain, monsieur Martinez ».

Le secrétaire raccompagna le juge chez lui ; il l'avait rarement vu si taciturne et si fatigué, il avait l'impression qu'il avait vieilli d'un coup. Lui aussi se sentait abattu. Il était heureux de savoir qu'il allait bientôt rentrer chez lui, que sa femme l'attendait. Absorbé dans ses pensées, il ne se rendait pas compte qu'un véhicule avec quatre personnes à bord le suivait.

Les violents coups frappés à la porte réveillèrent en sursaut le secrétaire du juge Amaya. Sur la table de chevet, le réveil marquait 3 h 30.

– Ne t'inquiète pas, dit-il à sa femme, va dans la chambre des filles et enferme-toi avec elles, ne sors pas avant que je ne te le dise. Dépêche-toi !

Le secrétaire du juge s'approcha silencieusement de l'entrée et demanda qui était là.

– La police, répondit une voix autoritaire. Ouvrez !

– Attendez, j'arrive.

Quatre individus se trouvaient sur le seuil lorsque le secrétaire entrebâilla la porte.

– Sergio Ordóñez ? demanda un des officiers vêtu d'un uniforme qui semblait venir directement de l'armée allemande.

– Oui, répondit le secrétaire.

– Nous sommes de la CNI et nous voulons parler quelques minutes avec vous, il est un peu tard, mais c'est urgent.

Sans attendre, les hommes enfoncèrent la porte.

– Tu as une jolie maison, dit l'officier, mais nous ne venons évidemment pas à trois heures et demie du matin pour te dire ça. Nous voulons juste que tu nous serves de facteur, lui dit le militaire en lui passant la main sur l'épaule. Dis à ton enculé de juge qu'il ne se mette pas à défendre les terroristes, que tout ce que ces chiens veulent c'est se transformer en victimes. Qu'il fasse attention et qu'il ne se mette pas du mauvais côté, sinon nous lui ferons payer l'addition à lui et à sa famille (il appuya son index sur la poitrine du secrétaire), et toi, fils de pute, contente-toi de nous informer de tout ce qui se passe, ou nous t'accrocherons par les couilles jusqu'à ce qu'elles explosent.

– Mais, monsieur, le secret de l'instruction !

Quelqu'un le bouscula et le fit tomber avec force sur le sol. Le chef le maintint par terre avec son genou plaqué sur la tête et lui cria à l'oreille :

– Ici, dans ce pays, il n'y a aucun secret qui compte pour nous, pédé.

Les autres se mirent à rire.

– Et si tu veux garder tes secrets, nous te les arracherons, fils de pute. Demande comment à Martinez et compagnie. La visite est terminée. Si tu as quelque chose à nous dire, appelle à ce numéro et demande le Russe, ok ?

CHAPITRE 19

Novembre 1988
Prison publique de Santiago

– Tout le monde est là ? On peut commencer ? s'exclama Miguel.

Ils étaient tous réunis, cartes à jouer en main dans la cellule d'Iván, comme s'ils allaient faire une brisca : Miguel, Manuel, Iván le médecin et Raúl.

– Je laisse la parole à Iván. Il a des choses à nous dire. Il s'est passé quelque chose aujourd'hui qui ne doit plus se reproduire. Il faut prendre des mesures de sécurité. L'opération avance et bien. Mais il faut accélérer les choses et trouver un nouveau système de ventilation à l'intérieur. Manuel y a déjà pensé avec son équipe et nous l'expliquera tout à l'heure. Mais, docteur, c'est à toi.

– *Primo*, je dois vous dire que vous avez tous bien réagi. Mais, pour plus de sûreté, je vais vous apprendre individuellement les premiers soins à apporter en cas de pépin. *Secundo*, c'est vrai que le problème de l'air est primordial. Plus on avancera et plus l'air va se raréfier, et personne ne pourra plus travailler dans ce fichu trou, même avec la meilleure volonté du monde. Dès que vous commencez à avoir mal à la tête, c'est le premier signe, il faut sortir et respirer profondément. Je ne veux trouver personne évanoui à huit mètres de profondeur, vous entendez ?

– Laisse ça de côté, on a déjà une solution dont on parlera tout à l'heure.

– Pour ce qui est de la santé des uns et des autres. Il n'est plus question que certains d'entre vous passent toute la journée en bas dans le noir. Regardez-vous ! Nous venons de commencer et nous avons déjà maigri, tous… grâce à quoi on a pu te sortir facilement Miguel !!! Regardez-vous : pâles, verdâtres même. Cela peut créer des soupçons, quelqu'un finira par remarquer qu'on a vraiment de sales mines. Et les mauvais traitements pénitentiaires ne pourront tout expliquer. Donc : il faut sortir prendre l'air dans le patio quand il y a des promenades. Et surtout prendre le soleil. Faites-vous bronzer, bordel, à tour de rôle. Cherchez les rayons du soleil, faites les lézards. Votre maman trouvera que vous avez bonne mine quand vous sortirez et toutes les filles seront à vos pieds… Autre chose : c'est le plus difficile, mais il faut que vous vous débrouilliez pour mieux manger. Raúl, c'est possible de voir avec l'organisation à l'extérieur pour qu'on nous fasse parvenir des vitamines, des compléments ? Je veux un régime sain pour tout le monde. C'est à cette seule condition qu'on pourra travailler. Et j'ouvre un cours de premiers secours : je veux qu'il y ait toujours quelqu'un dans l'équipe de tour qui sache donner les premiers soins. Avis aux amateurs de bouche à bouche ! Ça t'a plu, Miguelito ?

– Iván le taciturne, eh bien tu as parlé plus que de coutume ! Et l'air de rien, tout ce que tu as dit est crucial. Vous entendez, les gars ? Si vous voulez continuer et sortir de ce trou vivants, il faut vous soigner. Et je vais aller plus loin. Il faut faire de l'exercice, prendre soin de son corps et de son esprit. « Un esprit sain dans un corps sain », ce n'est pas Marx qui l'a dit mais ça peut nous servir quand même. On n'est pas sectaire ! Hein, Raúl ? Donc on va aussi faire de l'exercice. Je veux que tous les hommes courent dans la galerie le matin. Et fassent des pompes. On dira que c'est le Frente qui nous a ordonné de cultiver notre forme pour faire la nique aux gendarmes, ces enfoirés. Il faut qu'ils voient qu'on a une discipline de fer. Et tant mieux si d'autres camarades s'y mettent. On sera noyés dans le tas ! Alors, Raúl, tu fais passer le mot d'ordre : discipline, exercices pour tout le monde. Ordres d'en haut ! C'est à toi, Manuel.

– Avec mes hommes, ça fait un moment qu'on réfléchit à la question de l'air et aussi des éboulements. Concernant la structure du tunnel, il est étroit et il le restera : soixante centimètres, juste la place de ramper, je ne vous donnerai pas un centimètre de plus. Il faut apprendre à apprivoiser la claustrophobie. On n'est pas des ingénieurs des ponts et chaussées et on n'a pas de bulldozers à notre disposition, que je sache. On est des évadés ! Vous avez vu le film ou pas ? Mais bon, j'ai toujours pensé qu'il fallait qu'on puisse se retourner à certains endroits. Donc tous les cinq mètres, on fait une base élargie, qui permette de faire demi-tour et de ne pas avoir à ressortir à reculons. Pour ce qui est de l'air, nous avons commencé à ramasser toutes les bouteilles vides de soda que nous trouvons : en les coupant et en les mettant bout à bout ça fait un tuyau un peu large. Quand on a besoin d'air, on l'ouvre et on respire. C'est peu, mais ce sera déjà ça. On essaie de mettre un meilleur système au point pour plus loin, car ça ne suffira pas au bout de vingt mètres. Il me faut un moteur pour faire un ventilateur, on en trouvera ou on le fabriquera. Ne vous inquiétez pas, Daniel et Luis ont la solution au bout des doigts. Autre chose : j'avais calculé qu'à cinq ou six on avancerait d'un mètre et demi par jour. Mais on ne les fait pas. Il faut accélérer et renforcer les équipes. Pour les gravats, j'ai pensé aussi à quelque chose. Il faut agrandir le trou, mettre la terre dans des jambes de pantalon et ça sera super-facile à tirer.

On économisera nos forces et ça sera plus sécurisant. Qu'en pensez-vous ? Vous êtes prêts à lancer la mode du short ?

Tout le monde approuva.

– Hé, Manuel, t'arriveras à camoufler ça aussi ? Parce que la cellule 4 devient un vrai gruyère : un grand trou en bas, un moyen trou en haut…

– Ne t'inquiète pas.

– C'est bon les gars ! T'as gagné, Manuel. On retourne au boulot. Ça suffit la brisca. Sauf Raúl : on a encore à causer tous les deux.

– Qu'est-ce qu'il y a, Miguel ?

– On a dit qu'il fallait renforcer les équipes mais tu m'as amené deux compagnons dont je ne veux pas. Pas question. Bon, tu sais bien de qui je veux parler. Pancho et Malbrich. Tout le monde dit qu'ils ont chanté, qu'à cause d'eux, d'autres compagnons sont tombés. Je ne veux pas prendre de risques.

– Miguel, comment peux-tu colporter des accusations aussi graves ? Pancho est en prison depuis très longtemps, ça ne veut pas dire que tous ceux qui sont arrivés après sont tombés par sa faute ! Et, bien avant que je n'arrive, bien avant que tu n'arrives, c'était lui le chef du Frente ici et je lui fais confiance. Je réponds de lui. On ne peut pas ne pas l'intégrer à l'équipe sans une bonne raison. De toute façon, il est déjà au courant.

– Je n'en veux pas, c'est tout. J'irai le lui dire moi-même si tu n'en es pas capable et je voulais te prévenir.

CHAPITRE 20

Février 1990
Palais de justice de Santiago

Comme d'habitude, le juge Amaya était arrivé tôt au palais de justice. Lorsqu'il salua le gardien à l'entrée, les réverbères de la rue étaient encore allumés.

– Bonjour, dit le juge.

– Bonjour, Excellence, dit le gardien en inscrivant sur son grand cahier de l'entrée : juge Amaya, 6 h 40.

Le magistrat se dirigea vers la dixième chambre. Le bruit de ses pas résonnait dans la coupole principale du palais de justice. L'édifice à colonnes blanches était impeccablement entretenu. Il emprunta le couloir qui allait vers l'aile gauche du bâtiment, les dalles de marbre blanc et noir guidaient ses pas directement vers son bureau. Il laissa tomber sa mallette sur une chaise et se dirigea vers la vieille cafetière qui avait l'âge de sa présence dans ce tribunal. Quelques minutes plus tard, l'odeur du café envahit la pièce.

Une tasse fumante dans les mains, le juge se mit à fouiller méthodiquement sur les étagères et dans les piles de papiers accumulés. Cela lui prit près d'une demi-heure pour trouver ce qu'il cherchait : un vieux rapport d'un organisme international des droits de l'homme qui analysait la situation des prisonniers politiques au Chili. Il s'assit, avala la dernière goutte de café et commença à lire :

> Les conditions générales des établissements pénitentiaires sont très mauvaises. On constate dans la plupart une construction vétuste comprenant des dangers d'effondrement, ce qui est arrivé dans certains d'entre eux. Les systèmes d'égout et d'eau potable connaissent de multiples failles et les conditions sanitaires sont de ce fait de la pire des qualités, entraînant la possibilité d'épidémies de maladies infectieuses. Les services hygiéniques sont rares. Il y a un ou deux W.C., une douche et un lavabo par galerie ou « rue » (chaque galerie ou rue contient environ cent détenus).
>
> La surveillance médicale et la situation de santé des prisonniers sont catastrophiques. Il n'existe pour tout le Chili qu'un établissement pénitentiaire comprenant un hôpital, celui de Santiago. La surveillance sanitaire y est très mauvaise et insuffisante ; les conditions antiseptiques sont catastrophiques et il y a un manque de ressources matérielles en général. Dans le reste des établissements, la présence médicale (quand elle existe) est sporadique. L'accès aux médecins sollicité par les prisonniers ou leur famille n'est autorisé qu'après un long et éprouvant parcours judiciaire, ce qui le rend impossible en pratique. L'entrée de médicaments est aussi restreinte.
>
> Les prisonniers politiques sont soumis quotidiennement à une série de mesures répressives et de harcèlement appliquées directement ou indirectement par la gendarmerie (c'est cet organisme qui est chargé au Chili de la surveillance des prisons), complice la plupart du temps des organismes de sécurité. Ces mesures répressives affectent aussi, comme nous le verrons, les familles et les organisations solidaires des prisonniers politiques.
>
> Cette répression, ajoutée au fait qu'elle est exacerbée par la situation politique nationale bien caractéristique et que la plupart des mesures répressives ne s'appliquent qu'aux prisonniers politiques (et non aux détenus de droit commun), montre que la privation de liberté n'est pas l'unique objectif de la réclusion carcérale des opposants.

> Le harcèlement, l'intimidation, les humiliations, la tension continue, la privation des droits les plus élémentaires et jusqu'à l'insécurité au sein de la prison constituent un ensemble de techniques destinées à annihiler psychologiquement les personnes. Si la torture qui a suivi l'arrestation n'est pas parvenue à cette fin, le prisonnier continue d'être exposé à des techniques sournoises ou plus ou moins directes de torture pendant sa réclusion dans les prisons publiques. On le déshumanise, il perd ses relations familiales, on le dénigre et on le rabaisse physiquement à travers de mauvaises conditions de vie.
>
> La répression contre le réseau familial se retrouve sous de multiples aspects : fouilles honteuses et vexatoires des visiteurs au moment d'entrer dans l'établissement pénitentiaire ; restrictions, diminution du temps ou suppression temporaire des visites, aggravation des conditions dans lesquelles elles se réalisent. Ajoutons à cela une répression directe et violente dans certains cas (enlèvements et viols).
>
> Tout ceci, dans son essence et dans ses fins, implique la torture [1].

Deux légers coups frappés à la porte tirèrent le juge de sa lecture.

– Entrez !

Voyant la pâleur de son secrétaire, il réagit spontanément :

– Vous non plus vous n'arrivez pas à dormir ?

Devant l'expression affirmative de son secrétaire le juge ajouta :

– Le téléphone a sonné deux fois à l'aube. Et il n'y avait personne au bout du fil.

1. Rapport présenté au séminaire international, « La torture en Amérique latine », qui s'est tenu à Buenos Aires du 2 au 5 décembre 1985, et publié en 1987 par le Comité pour la défense de la santé, de l'éthique professionnelle et des droits de l'homme (CODEHESDH) à Buenos Aires.

Le secrétaire sortit un morceau de papier de sa poche et le mit dans les mains du juge qui lut « CNI 273 34 le Russe ».

– Ce sont eux qui vous ont appelé. Ils sont passés par chez moi, ils m'ont traité… Pardon, votre Excellence… (la voix de l'homme s'étranglait dans sa gorge) ils m'ont traité comme… une merde. Ils m'ont menacé de mort et ma famille aussi. Ils ont dit que vous deviez faire attention et qu'au premier signe de sympathie avec les terroristes ils vous feraient rendre des comptes.

Le juge Amaya inclina légèrement la tête, la tint entre ses deux mains et attendit un instant pour trouver les mots justes à dire à son subalterne. Au bout de quelques secondes, il le regarda en face et lui dit :

– Vous avez peur, don Sergio ?

– Oui, monsieur le juge, ces gens-là ne plaisantent pas.

– Je comprends. Vous voulez que je vous fasse remplacer ?

– J'ai réfléchi sérieusement cette nuit, mais je suis finalement venu au bureau, je me suis dit que ce serait lâche de partir.

– Non, Sergio, ce n'est pas un problème de lâcheté, c'est plutôt une question de conviction.

Le juge Amaya se leva et s'approcha de manière amicale vers son assistant.

– La peur est une chose naturelle, je dirais, fondamentale, la peur fait partie de notre instinct de survie, c'est elle qui nous interpelle et nous alerte sur les dangers immédiats. La conviction représente ce qui nous différencie du reste du règne animal : c'est l'intelligence, la capacité d'analyser l'avenir, les pour et les contre d'une situation. C'est dans ce contexte, mon cher secrétaire, que vous devez décider. Regardez, don Sergio, insista le juge. Prenez par exemple le cas des évadés :

c'est sûr qu'il leur a fallu beaucoup de courage pour y arriver, mais vous pensez que, sans conviction, ils auraient réussi ? Je ne crois pas.

– C'est vrai ce que vous dites. Mais j'ai passé ma vie dans une institution qui défend l'état de droit et ces gens-là ont passé leur vie à tenter de le détruire.

– Sergio, Sergio, répéta le juge. Les choses sont plus compliquées que ça, je suis dans la même position que vous. Disons qu'il s'agit de deux convictions qui s'opposent, ils pensent qu'il faut non seulement en finir avec le régime mais aussi avec la société dans laquelle nous vivons.

S'approchant de la cafetière, le juge remplit une tasse de café et l'offrit à son secrétaire.

– Je crois qu'en quinze ans de régime militaire, nous les Chiliens, nous avons vécu dans la peur, dans la terreur, et nous avons abandonné nos convictions dans un tiroir de notre bureau. J'ai pensé pendant des années que ce régime offrirait de la stabilité au pays et du progrès. Je me suis trompé, don Sergio, dit le juge avec tristesse, la fin ne justifie pas les moyens.

Il garda le silence, il savait qu'il allait loin dans sa réflexion.

– La synthèse de notre histoire s'impose, don Sergio. La situation actuelle est insupportable. Nous avons besoin de ce que les Grecs appelaient la démocratie, suggéra malicieusement le juge. Quant aux gens de la CNI, ils savent qu'ils sont en fin de règne. Ils essayent de nous intimider, mais je ne suis pas sûr qu'ils aillent loin.

Le juge posa la main sur l'épaule d'Ordóñez, la question était fondamentale :

– Que décidez-vous alors ?

– Vous êtes un bon patron, je n'ai aucune raison de vous laisser seul dans ce bourbier. Je suis préoccupé pour ma famille mais, dans le fond, vous avez raison, il faut bien sortir un jour de l'obscurité.

– Bon, buvez donc votre café et nous irons voir Martinez.

– Et le gendarme Álvarez ?

– Nous le verrons ensuite.

CHAPITRE 21

Février 1990
Prison publique de Santiago

Le juge Amaya demanda à Martinez de se lever afin que l'expert puisse photographier les multiples lésions – une quinzaine d'hématomes – qu'on pouvait voir sur son visage et sur son thorax, de face comme de dos. Le médecin qui examina Martinez promit d'établir un dossier complet d'ici dix jours. En partant, il ajouta à l'attention du juge que ces lésions pouvaient légalement être qualifiées de « moyennement graves » et que le prisonnier se rétablirait « dans environ vingt jours ».

Le juge avait observé attentivement le détenu tout le temps de la séance de photographie : un petit brun, taille : un mètre soixante, poids : soixante kilos environ, avec un petit bourrelet de graisse qui dépassait du pantalon. Mais ce qui l'avait frappé d'emblée était son regard triste et méfiant.

– Que s'est-il passé, monsieur Martinez ? Qui vous a mis dans cet état ?

– C'est bien la première fois, monsieur le juge, que je vois un magistrat s'intéresser aux coups reçus par un détenu politique.

– Il y a toujours une première fois, monsieur Martinez, répliqua le juge.

– J'ai malheureusement l'impression que la peine ou la honte que vous ressentez à me voir dans cet état n'est absolument pas une garantie de justice. (La voix tremblante de Martinez commençait à prendre de l'assurance.) S'il vous plaît, monsieur le juge, ne me dites pas que vous venez de découvrir que les prisonniers politiques sont maltraités dans ce pays. Entre nous, la raclée que m'ont flanquée les gendarmes ressemble à une caresse au regard des quinze jours de tortures et de vexations que j'ai subis à la CNI.

– Monsieur Martinez, je ne suis pas responsable judiciairement de ce qu'il s'est passé avant. Je le regrette sincèrement, mais…

– Monsieur le juge, vous pensez sérieusement que je peux avoir confiance dans la justice de mon pays… Vous ne le savez sans doute pas. J'avais quatorze ans quand la CNI a débarqué chez moi et a emmené mon père. Le voisin l'avait dénoncé comme communiste parce que mon père refusait de lui vendre un bout de terrain, ma mère a remué ciel et terre dans l'espoir de le retrouver. Mais aucun, je répète, aucun juge n'a accepté l'*habeas corpus* qui nous aurait permis d'avoir la plus petite chance de savoir où il était. Ma mère a dû vendre le terrain et aussi la maison, et mon père est toujours disparu.

Le secrétaire écrivait sans relever la tête.

– Je respecte votre douleur, monsieur Martinez, et je n'ai aucune réponse à apporter quant au rôle de la justice pendant ces années de régime militaire. Une simple réflexion personnelle. Les guerres civiles amènent toujours leur lot de crimes et d'abus impardonnables, le Chili ne fait pas exception. Vous aussi, dans une certaine mesure, vous avez appliqué une justice expéditive en tentant d'assassiner ou en assassinant des dirigeants liés au gouvernement, en attaquant des banques et en enlevant même des mineurs.

– Monsieur le juge, vous êtes sûrement catholique et vous

devez penser, comme c'est inscrit dans la Bible, que lorsque l'on vous flanque une gifle, il faut tendre l'autre joue. Depuis que je suis sorti de l'adolescence, je préfère suivre cette autre maxime : celui qui a tué par l'épée périra par l'épée, ou si vous préférez : œil pour œil, dent pour dent !

– Le cycle infernal…

– Sans doute, mais ceux qui ont assassiné la démocratie doivent être jugés, c'est la seule manière d'arrêter ce cycle infernal, comme vous dites.

– Monsieur Martinez, je ne suis pas là pour juger le régime militaire, je suis là, disons-le simplement, pour savoir qui vous a frappé de cette façon afin d'appliquer la justice dans la mesure du possible.

– Dans la mesure du possible ! s'exclama Martinez. Ce qui signifie que la justice ne sera jamais appliquée, monsieur le juge !

– Martinez, Martinez, répéta le juge d'une voix posée, je ne peux rien vous promettre, mais vous commettriez une grave erreur en ne dénonçant pas ceux qui vous ont frappé et en ne m'expliquant pas dans quelles circonstances cela s'est passé. Disons-le autrement, monsieur Martinez, je vous tends une main, acceptez-la…

Le juge Amaya se leva, les épaules légèrement voûtées, comme un homme qui ne peut pas en faire plus, qui va se lever et partir. Le secrétaire se leva aussi, refermant son cahier de notes et faisant mine de suivre le juge.

Martinez s'étendit sur le lit, et regardant le plafond gris de la chambre lança :

– C'est le sergent Álvarez qui a dirigé la curée, c'est lui qui voulait appliquer le délit de fuite à tous les prisonniers qui n'ont pas pu se tirer.

Le juge se retourna sur ses talons et dit d'un ton affable :

– Asseyez-vous, monsieur le secrétaire, nous en avons pour un moment.

– Comment avez-vous appris l'existence du tunnel ?

– La nuit même, je me suis levé pour aller aux toilettes, il y avait un silence total, et il y avait des prisonniers qui entraient dans la cellule 4, ce qui m'a semblé bizarre : ces gens-là n'allaient jamais dans la cellule 4 et encore moins à cette heure-là.

– À quelle heure ?

– Vers onze heures et demie… Je sais, c'est tard, mais l'été nous circulions tard dans la nuit, la chaleur était suffocante. Les gens ont commencé à disparaître comme par magie. J'ai mis du temps à me décider, j'ai changé de vêtements et une heure et demie après je me suis mis dans le trou. Je n'étais pas préparé physiquement et au milieu du tunnel, à cause du manque d'oxygène, je me suis évanoui. Lorsque je suis revenu à moi, sans doute dix minutes après, les gendarmes avaient lancé des bombes lacrymogènes, je n'avais pas d'autre alternative que de sortir.

– Les gendarmes vous attendaient à l'entrée du tunnel ?

– Oui, et comment ! Álvarez, le lieutenant Gutiérrez, d'autres encore : ils m'ont attrapé, m'ont flanqué d'énormes coups de pied, des baffes, des coups, ils m'ont déshabillé et m'ont tiré jusqu'à la cellule de punition. Et là, sans rien me demander, ils m'ont tabassé.

– C'est ce que je constate… Prenez un peu de temps pour réfléchir si vous voulez, mais j'aimerais que vous répondiez à cette question : comment expliquez-vous qu'en tant que représentant des prisonniers politiques, vous n'ayez pas été informé de cette évasion ? J'ai du mal à le croire.

– Vous devez le croire parce que c'est vrai, ceux qui ont organisé l'évasion l'avaient pensé comme ça. Ma position pouvait fragiliser le secret.

– Ils n'avaient pas confiance en vous, alors ?

– Non, non, pas nécessairement, depuis que j'ai été repris, je tourne et retourne cette question dans ma tête. Je crois que sans que je le sache moi-même, les organisateurs de l'évasion m'avaient attribué un rôle, un rôle qui consistait à défendre les conditions de vie des prisonniers. Et si j'avais appris à un moment donné qu'on allait se tirer, ma combativité, ma concentration dans les tâches quotidiennes auraient été différentes et cela aurait pu attirer l'attention. Et c'est logique, j'étais en première ligne, et s'il y avait eu des soupçons, j'aurais été le premier interrogé, et ici les interrogatoires ne se passent pas toujours comme celui-ci, en buvant une tasse de thé.

– J'imagine.

– Je ne sais pas si vous pouvez réellement imaginer, pas parce que je doute de votre imagination, mais parce que c'est vraiment inimaginable… Vous savez, je n'ai pas l'impression d'avoir été manipulé, pour moi il y a un principe clair auquel j'ai toujours adhéré : moins vous en savez, moins vous en direz. Je l'assume aujourd'hui et je suis convaincu que le « secret » est un principe fondamental du militantisme révolutionnaire.

– Voyons… Je veux bien croire que vous n'étiez pas informé, je respecte votre analyse, mais ne me dites pas que, pendant presque deux ans, vous n'avez jamais soupçonné que quelque chose de bizarre était en train de se produire !

– Des soupçons ? Vous savez, tous les prisonniers politiques ont un plan d'évasion ! C'est la moindre des choses ! S'évader est le devoir du prisonnier politique, pour continuer à lutter. Si vous arrêtez de penser comme ça, vous perdez moralement votre statut et devenez un prisonnier normal. Et regardez, même les services secrets de la dictature croyaient que nous allions nous évader et c'est pour ça qu'ils nous ont transférés ici. Ils ont même construit ce bout de prison spécialement pour que personne ne s'évade !

– Mais vous viviez vingt-quatre heures sur vingt-quatre avec eux !

– Les gardiens aussi ! Et il semble qu'ils ne s'en soient pas plus rendu compte !

– Vous pensez que la gendarmerie a fermé les yeux ?

– Je n'en sais rien, mais je ne crois pas à voir la manière dont ils ont réagi. Ils étaient furieux, vraiment furieux, et c'est justement pour ça, parce qu'ils n'ont rien vu ! Vous voulez que je vous parle franchement ? Je suis fier de mes camarades, c'est un très beau coup, le coup parfait, et d'une certaine façon, ça m'est égal d'en payer les conséquences.

– Excusez-moi mais cette histoire n'est pas crédible, il y a évidemment eu une aide extérieure, mais cette évasion n'aurait pas été possible non plus sans complicité intérieure.

– J'en sais encore moins sur le rôle extérieur. Vous devez comprendre que, depuis cinq ans, le Frente transformait les prisons en véritables lieux de résistance. Notre combat contre la dictature ne se terminait pas au moment où nous étions pris, ça a toujours été, disons, une étape intermédiaire.

– Intermédiaire entre quoi et quoi ?

– Entre la lutte armée et le combat politique. C'est évident ! Notre combat principal en prison était de nous opposer systématiquement au système pénitentiaire. Il s'agissait d'épuiser l'ennemi. Non seulement nous nous opposions depuis deux ans à toutes les mesures disciplinaires, mais en plus nous imposions les nôtres.

– Mais comment ?

– À coup de grèves de la faim, de négociations, d'insubordinations permanentes et de non-respect des règles disciplinaires.

– Avec des pressions physiques et des tentatives d'assassinat contre les gendarmes ?

– Pas que je sache, mais, s'il y en a eu, ils le méritaient !

– Vous êtes rempli de haine, n'est-ce pas ?

– Ce n'est pas seulement de la haine. C'est être conscient que ce pays est dans les mains de monstres sans aucun cœur !

– Bon, vous m'avez parlé du contrôle de la prison, comment cela se manifestait-il ?

– Nous avons peu à peu transformé les quatre murs de la prison en un espace qui nous appartenait. Nous réalisions tout un tas d'activités : politiques, physiques, nous avions même un atelier d'artisanat afin de pouvoir aider les nôtres. Sans compter que nous avons aussi créé les conditions pour que nos familles s'agrandissent, même si cela relevait de décisions plus personnelles !

– Et la gendarmerie ne savait rien !

– Qu'est-ce qu'ils auraient pu dire ? Pour eux le plus important était que nous restions prisonniers. La bêtise de la dictature est d'avoir commencé à nous appliquer la méthode qu'ils utilisent pour les détenus de droit commun.

– C'est-à-dire ?

– C'est une vieille méthode, on vous donne des facilités, pour pouvoir ensuite vous les enlever. Le détenu de droit commun s'habitue à ces petits avantages, aux visites, à la télévision et à la radio, à la nourriture, aux médicaments, aux drogues, etc. Pour nous, tout cela était lié à notre combat, nous leur faisions sentir que nous nous en foutions, mais surtout nous nous opposions avec toute notre fougue à ce qu'ils nous retirent les droits obtenus. Ils savaient en plus que s'ils nous enlevaient ces droits, nous recommencerions à les exiger avec encore plus de force. Et donc finalement, en deux ans, nous avons additionné et accumulé tout un tas d'avantages et on peut dire pratiquement que nous contrôlions notre espace dans la prison. La seule chose que nous ne devions pas faire était de nous évader !

– Cette pression pour l'amélioration des conditions de vie des prisonniers a donc permis d'organiser l'évasion ?

– Apparemment oui ! Ce qui n'empêche pas que les conditions de détention ont toujours été horribles et qu'en luttant nous avons obtenu beaucoup de choses. Politiquement la période s'y prêtait. À partir du moment où Pinochet a perdu le référendum, les choses ont commencé à changer, il y a même beaucoup de prisonniers qui pensaient, et j'en étais, je dois vous le dire, que la démocratie nous offrirait la liberté. Ceux qui ont organisé cette évasion pensaient que non. Le temps dira qui avait raison.

CHAPITRE 22

Février 1990
Tribunal de Santiago, le sergent Álvarez

Le sergent Álvarez attendait le juge Amaya depuis plus de trois heures. Furieux, il ne cessait de maudire la justice, ainsi que le juge qui l'avait convoqué. Il demanda à sortir du tribunal pour prendre l'air, mais l'officier de garde lui répondit qu'il n'y était pas autorisé et qu'il n'avait qu'à attendre, « c'est tout », car on ne pouvait pas lui rendre ses papiers d'identité sans ordre du juge. « Si le juge vous a convoqué, c'est pour quelque chose », avait conclu sèchement le jeune officier.

Le sergent Álvarez ressentait plus de rage que de peur. Quelques années plus tôt, un simple coup de fil aurait suffi à régler cette affaire rapidement : le juge aurait mis ce foutu dossier à la poubelle, ou il l'aurait bouffé, le con.

Quelque chose était en train de changer dans ce pays, ou on voulait changer quelque chose. Ce pays de merde, ce pays d'ingrats qui non seulement avait dit non au général Pinochet en l'empêchant de gouverner dix ans supplémentaires, mais qui, en plus, avait élu un président démocrate-chrétien, soutenu cette fois-ci par la gauche et même par les communistes qui avaient voté pour lui. Démocrates-chrétiens de mes deux, des couilles molles qui ne s'étaient pas privés, en 1973, de demander au général d'en finir avec Allende.

Toutes ces pensées, qui se pressaient dans la tête du sergent Álvarez, étaient partagées par grand nombre de militaires. En faisant les cent pas dans la salle des pas perdus, pour se rassurer, Álvarez se souvenait des paroles du Russe : « Ne t'inquiète pas petit, tant que le général est le commandant en chef des armées, les politiques ne peuvent rien faire contre nous, ce sont des lâches, le chef n'a qu'à frapper du poing sur la table pour qu'ils arrêtent leurs conneries. » Il finit par s'asseoir, alluma une cigarette, observa ses mains et ses pouces qui tournaient automatiquement et se dit qu'il fallait de toute façon tuer le temps.

CHAPITRE 23

1er janvier 1989
Prison publique de Santiago, galerie 7-8

– Camarades, nous voici réunis pour notre première réunion de l'année 1989, l'année de l'Exito ! Et pour fêter cela, j'aurais aimé boire avec vous un Pisco Sour, mais vous savez comme moi que l'alcool, ce n'est pas bon pour le boulot, et nous avons encore du pain sur la planche. Nous pouvons au moins partager un maté, au moins ça, mais Germán, trouve-nous des biscuits aussi ! Qu'on commence bien l'année au moins !

– C'est comme si c'était fait chef ! Iván nous en a fait faire une réserve, des biscuits vitaminés !

– Alors les amis, je bois à votre santé, à l'argent, à l'amour et surtout à la Liberté, putain de merde, et à la mort du vieux !

– Santé et liberté, Miguel !

– Liberté !

– Liberté !

– Germán, prends la guitare et chante-nous le plus beau boléro que tu connaisses. Ne nous fais pas pleurer, mais fais du bruit. J'ai encore des choses à vous dire et je veux que personne ne nous dérange.

« On en a déjà parlé. Même prisonniers, nous restons des hommes, quoi qu'ils nous aient fait. Ce tunnel est un droit et un devoir. Personne ne doit baisser les bras. Dans quelques mois camarades, nous serons dehors.

« En attendant, voici un bilan rapide de l'année 1988. Je sais que certains d'entre vous sont déçus, parce que nous avons avancé moins que prévu. Il y a eu des bonnes et des mauvaises surprises. Commençons par la dernière et la meilleure. Il y a deux jours Ricardo et Luis ont fait une rencontre un peu désagréable. Ils ne sont pas tombés sur un os, mais sur plusieurs, et sur des crânes. Ça ne leur a pas vraiment donné envie d'avancer plus droit. Et ils ont fait un petit détour, pour contourner l'obstacle. Mais bon après c'était mon tour avec Raúl. Tous les deux sans le savoir, on a toujours rêvé d'être archéologues… Et donc on n'a pas pu s'empêcher de retourner explorer là-dedans. On a trouvé d'autres crânes et d'autres ossements, je ne sais pas combien de types ont été enterrés, mais il y en a plus d'un. On est tombé sur une espèce de fosse commune et tenez-vous bien, le film d'horreur s'est transformé en cadeau de Noël : figurez-vous qu'au milieu des os, il y avait des ustensiles bizarres, des pelles, et trois pioches ! Je ne sais pas si ces malheureux ont creusé leur tombe avec, mais nous, en tout cas, on va creuser notre liberté grâce à elles ! C'en est fini des cuillères et des couvercles de casseroles. À la pioche, nous allons nous sortir de là !

« Buvons à la santé des morts ! Je ne sais pas si ce sont eux qui ont édifié la prison, ni si on les a forcés à creuser leur propre tombe, mais je vous jure, comme je suis curieux, que j'emmènerai avec moi un de ces morceaux d'os et un de ces ustensiles pour savoir ce qui s'est passé. On ne sait jamais, ces reliques peuvent même valoir cher… C'est de l'Histoire avec un grand H que nous sommes en train de creuser !

« Tout ça pour vous dire qu'avec ces trois pioches, ça va aller beaucoup plus vite. Et donc, en résumé. J'ai fait les calculs, Manuel, tu m'arrêtes si je me trompe : le tunnel fait déjà douze mètres, il nous en manque soixante, nous serons donc sortis avant la fin de l'année.

– Santé !

– Liberté !

– Manuel et Daniel vont maintenant nous installer un vrai système électrique, ça sera plus cosy de travailler avec de la lumière et ça fonctionnera mieux que nos petites lampes à piles qui s'éteignent toujours au milieu du chantier.

– Oui, tout est prévu, Miguel, mais il faut qu'on se procure des ampoules de très basse intensité : faudrait pas que le compteur électrique de la prison s'emballe la nuit et qu'on nous découvre à cause de ça, commença Manuel de son ton toujours posé de technicien.

– C'est bon, Manuel. Tu nous détailleras ça plus tard ! Ce que je veux vous dire, c'est que je veux que les chefs d'opérations se réunissent chaque semaine ici avec moi pour faire un bilan des travaux et des besoins. C'est au cours de cette réunion que nous détaillerons tous les problèmes techniques, et que nous les résoudrons. En plus, une fois par mois il y aura une réunion plus générale à laquelle, dans la mesure du possible, j'aimerais que tout le monde assiste. Mais avec toutes les précautions que vous connaissez. On ne peut prendre aucun risque. Je ne veux aucune trace écrite, aucun papier compromettant qui traîne, aucun indice. Tes plans, Manuel, il ne faut pas les garder pour la postérité, tu te les bouffes après chaque réunion. Et attention à ce que vous racontez. Nous avons désormais un langage commun crypté. Quand j'appelle une équipe à « manger », vous savez ce que cela signifie. Et faites gaffe : il y a des gens ici en qui je n'ai pas confiance et vous savez de qui je parle. Il n'y a pas de place pour les rapporteurs, vous entendez, ni pour les femmelettes ! Faites attention à qui vous vous confiez.

L'ambiance dans la cellule était jusque-là plutôt détendue. Les yeux de la dizaine de détenus réunis là brillaient dans la pénombre. Le désespoir exprimé par certains quelques heures plus tôt avait laissé la place à cette euphorie qui souvent précède l'action. Les discours de Miguel, en dépit de leur rudesse et de leur prétention, remontaient toujours le moral des troupes : il aurait été alors capable de les emmener prendre Moscou au plus profond de l'hiver. Pourtant, ses derniers mots avaient jeté un froid.

Pancho qui était assis à l'entrée de la cellule avec Germán et chantait tout en surveillant le couloir tourna la tête. Ses yeux noirs prirent l'éclat d'une lame d'acier et il fit mine de se lever. Un geste autoritaire de Raúl l'en empêcha. La voix de ce dernier brisa le lourd silence.

– Miguel, arrête tes conneries. Je t'ai entendu, hier soir encore, faire ces allusions, nous connaissons les accusations que tu répands. C'est grave. Nous avons assez à faire pour que tu ne sèmes pas la zizanie. Il y a quelques jours, nous nous sommes longuement entretenus, Pancho et moi, du sujet. Les accusations que tu profères sont, je te le dis d'un trait, inadmissibles. Nous savons tous ce qu'est la torture. Nous sommes tous passés par là, nous n'en parlons pas mais nous sommes marqués à jamais. Et si nous l'avons été, c'est parce que nous sommes tous des résistants. Il ne faut pas se tromper d'ennemis, Miguel. La situation de Pancho et d'Alfredo est insoutenable. J'ai donc demandé à la direction extérieure du Frente, à leur initiative, c'est un détail qui mérite d'être noté, de mener une enquête : si ce que tu dis est vrai nous agirons en conséquence. Pancho et Alfredo se soumettront au verdict. Je ne te cache pas qu'ils sont sûrs de leur innocence et qu'ils espèrent donc officiellement laver leur honneur.

« La commission militaire m'a justement fait parvenir sa réponse ce matin, continua Raúl en montrant un mince rouleau fait d'une longue et fine feuille de papier de riz. Chante un peu quelque chose de gai, Germán, et ne faites pas tous cette tête d'enterrement. Il faut être joyeux, ne pas avoir l'air de conspirateurs sinon c'est du pain bénit pour les gardiens. Je l'ai reçu ce matin, je vous disais.

Raúl se concentra pour dérouler la feuille et déchiffrer les minuscules caractères d'imprimerie.

– Voici ce que dit la direction nationale :

> 1. Nous accusons réception du matériel envoyé lors du dernier contact. Sur les opinions, les inquiétudes et les questions posées par la direction politique de la prison, nous vous ferons parvenir une réponse le plus vite possible. Pour l'heure, nous tenons à vous informer et à vous demander ce qui suit.

– Ça veut dire quoi ça, Raúl ? ne put s'empêcher de demander Manuel. Qu'est-ce qu'ils foutent ? Ils sont d'accord avec l'opération à la fin ? Ils vont nous aider ou quoi ?

– Patience camarade, ce n'est pas l'objet du message ni de notre discussion, alors laisse-moi continuer pour l'instant. Ça, comme tu dis, c'est encore un autre débat. Je reprends :

> 2. Le dossier du camarade Alfredo est en cours d'examen par la direction militaire et nous vous remercions pour les informations envoyées dans le but d'éclaircir définitivement ce cas.
> 3. Au vu de la gravité des accusations contre le camarade Pancho, comme pour Alfredo, il devra être suspendu de toute activité militante et de toutes ses responsabilités politiques pendant le temps de

l'enquête et jusqu'à ses conclusions.
4. Préciser les noms de leurs accusateurs (il y en a trois), qui sont-ils et quelles sont exactement et concrètement les accusations. Si ces accusateurs se trouvent dans la prison, prendre leurs déclarations et nous les envoyer.
5. Pancho doit pour sa part répondre aux accusations portées…

« Je ne vous les détaille pas, ni ne vais lire la suite. Je m'entretiendrai avec Pancho dans les plus brefs délais, dès que les conditions le permettront. Ah, un mot de plus, la direction nationale termine ainsi :

> Afin de résoudre définitivement cette situation, il est nécessaire que ces nouveaux récits soient très précis, éviter les "ils m'ont dit" et autres, tout doit être clairement identifié. Fraternellement. D.N.

La chanson de Germán continuait seule dans le silence :

Eres un arco iris de múltiples colores
Valparaíso puerto principal
Tus mujeres son blancas margaritas
Todas ellas arrancadas de tu mar

Puis Raúl reprit :

– En attendant la réponse de la direction du Frente et le résultat de l'enquête – et j'espère que ce ne sera pas trop long –, j'ai donc mis ces deux camarades à l'écart. Mais je te demande aussi, Miguel, de te tenir loin d'eux et de cesser de médire sur leur compte. Évite-les, ils t'éviteront aussi. Ils m'ont juré qu'ils n'entraveraient en rien notre opération et je les crois. Je ne veux plus t'entendre parler d'eux jusqu'à ce que la direction nous dise ce qu'elle pense.

– Ces fils de pute… Ils ont intérêt à ne pas se mettre sur mon passage, maugréa Miguel en avalant sa dernière gorgée de maté.

CHAPITRE 24

Février 1990
Tribunal de Santiago, le sergent Álvarez

– Asseyez-vous. Je vous prie de m'excuser de vous avoir fait attendre, ce n'est pas dans mes habitudes.

Le secrétaire alla chercher une carafe d'eau fraîche et en proposa aux deux hommes. Le juge feuilleta légèrement la pile de chemises en carton qui se trouvaient sur son bureau sans quitter une seconde des yeux le sergent Álvarez. Puis il sortit un des dossiers de couleur bleue sur la couverture duquel était inscrit à la machine : « Troisième chambre du tribunal pénal de Santiago. Délit : évasion de détenus en attente de jugement ». En dessous, on avait ajouté à la main : « Nom : Sergio Álvarez Mariquéo, né le 24 mars 1956 ».

Le visage aux traits indiens d'Álvarez était déformé par son nez aplati qui le faisait ressembler à un boxeur, conséquence sans doute d'un accident ou d'une bagarre, se dit le juge. Sur le front du sergent qui semblait petit par rapport au reste de son visage aux larges pommettes, on distinguait avec peine, entre deux rides, une longue et fine cicatrice.

– Avant que mon secrétaire ne commence à prendre des notes, je voudrais vous poser quelques questions qui peuvent vous sembler ne pas être directement liée à notre affaire d'évasion, mais qui sont pour moi très importantes, car elles m'aideront à sa compréhension. Si vous considérez que vous ne pouvez pas ou que vous ne voulez pas répondre, rien ne vous y oblige évidemment. Mais je peux, au cours de l'enquête, vous faire témoigner sous serment si j'estime que c'est nécessaire.

– Entendu, monsieur le juge.

– Vous avez fait partie de la DINA, l'actuelle CNI, monsieur Álvarez ?

Le sergent ne cilla pas, mais la lividité de son visage laissa entrevoir sa perplexité.

– Puis-je fumer une cigarette, monsieur le juge ?

– En principe c'est interdit, mais je veux bien faire une exception.

Álvarez fouilla dans les poches de sa veste, il trouva la dernière cigarette qui lui restait et l'alluma d'une main tremblante.

– Oui, j'ai effectivement appartenu à la DINA. Je ne vois aucune raison de le nier.

– Dans quelles conditions êtes-vous entré dans cet organisme de sécurité ?

– Après avoir terminé mon service militaire, en juillet 1973, on m'a proposé de rester dans l'armée et d'entrer dans un bataillon d'élite contre le terrorisme. La paye était bonne, j'ai accepté sans me poser de questions.

– En quoi consistait votre travail à ce moment-là ?

– Eh bien, je me trouvais à cette époque à *Tejas verdes*, le bataillon de parachutistes où je recevais une formation spéciale. Lorsque l'armée décida d'intervenir le 11 septembre 1973, on m'a aussitôt envoyé dans un groupe opérationnel, chargé d'arrêter les délinquants subversifs. C'est tout ce que je peux vous dire, car le reste est secret militaire.

– Je comprends, je comprends. Et dans quelles conditions vous a-t-on demandé de quitter la DINA ?

– À la suite d'un accident de voiture, ma santé s'est détériorée et je n'étais plus en état d'accomplir les missions que l'on me demandait. C'est pour ça qu'on m'a proposé un poste à la gendarmerie, en tant que gardien de prison.

– Vous continuez à recevoir une indemnité salariale de la CNI ?

– Un complément à mon salaire de gardien de prison.

– Vous considérez que vous faites encore partie de la CNI ?

– Ça fait dix ans déjà que je suis à la gendarmerie, mais je reste fidèle à la CNI, un organisme qui a durement travaillé à l'éradication du communisme dans notre pays.

Le juge Amaya se servit un autre verre d'eau, en proposa un au sergent et se mit à boire lentement, pensif. Il reposa le verre sur le plateau, contempla longuement sa montre et après avoir constaté qu'il était déjà 17 h 30, il ne put s'empêcher de la faire tourner mécaniquement autour de son poignet dans un sens et dans l'autre avec sa main droite.

– Vous aviez un frère jumeau, sergent.

– Qu'il repose en paix.

– Pouvez-vous m'expliquer les circonstances de sa mort ?

– Il a été assassiné près de chez moi. On lui a tiré dessus.

– Vous croyez qu'il a été confondu avec vous ?

– Eh bien, c'est ce que beaucoup de gens pensent. La CNI s'est chargée de l'enquête et a conclu différemment, malheureusement, ai-je envie de dire.

– Comment ça ?

– Mon frère Patricio travaillait pour des gens de Miami qui investissaient beaucoup d'argent dans la construction. C'est la CNI qui m'a donné cette information. Il semble que mon frère n'ait pas investi la totalité de l'argent qu'on lui avait remis. La

CNI m'a conseillé d'en rester là, de ne rien faire, et c'est ce que ma famille a fait.

– Vous n'avez personnellement jamais reçu de menaces ?

– Rien de sérieux, réellement.

– Bon, d'une manière ou d'une autre vos réponses m'ont aidé et je vous en remercie. À partir de maintenant nous allons prendre officiellement votre déclaration sous serment. Monsieur le secrétaire, prenez acte.

Le secrétaire du juge s'assit face à la machine à écrire. Il allait y rester deux heures pendant lesquelles il ne cesserait de taper sur son clavier. La déclaration du sergent Álvarez fut consignée à la page 362 de la procédure pour évasion, de la manière suivante :

> Santiago le 7 février 1990 ; comparution de Sergio Álvarez Mariquéo ; né le 24 mars 1956 ; jure de dire la vérité et rien que la vérité :
> Considérant les faits sur lesquels je suis interrogé, concernant l'heure à laquelle avait lieu la seconde ronde des gardiens, au cours de laquelle les cellules étaient fermées pour la nuit, je peux répéter qu'il est arrivé, à certaines occasions, que cette ronde ne soit effectuée qu'à 3 heures du matin. Dans tous les cas, je notais, sur le livre de gardes nocturnes, l'heure à laquelle les cellules étaient bouclées sachant qu'à certaines occasions, comme à Pâques ou au jour de l'an, cette seconde ronde n'a pas eu lieu, mais la hiérarchie était au courant, non seulement la direction de la prison mais aussi le niveau supérieur.
> Je conviens des anomalies exposées, notamment le fait que la libre circulation des subversifs d'une galerie à une autre n'était pas consignée, mais je répète que cette circulation était considérée comme insignifiante au vu du nombre peu élevé de détenus concernés. Nous agissions au cas par cas et selon les instructions.

Les clés de chaque porte étaient en notre possession. Nous étions donc les seuls autorisés à faire sortir les détenus.
Répondant à la question qui m'est posée, j'affirme que je ne me suis jamais rendu compte des répercussions qui pouvaient découler de cette situation. Comme je l'ai déjà dit, les détenus qui passaient d'une galerie à l'autre pendant la nuit étaient très peu nombreux. Et, en tout cas, à la fin de la seconde ronde toutes les cellules étaient fermées par un cadenas.
Il était fréquent que des détenus complotent. Le gardien chef voulait toujours savoir de qui il s'agissait, connaître ceux qui s'enfermaient de l'intérieur et c'était moi qui le tenais au courant de ce genre d'incidents.
Une seule fois, un peu avant l'évasion, le major Vidal, qui avait convoqué une réunion, fit observer que la seconde ronde et la fermeture des cellules avaient lieu très tard, mais la situation ne changea pas ou peu.
Concernant la question sur les soupçons que j'aurais pu avoir avant l'évasion, je tiens à dire que je n'en ai eu aucun jusqu'au jour même de l'évasion. C'est la sentinelle du poste numéro 4, le gendarme Roberto Flores, qui m'a le premier averti qu'il se passait quelque chose dans la prison parce qu'il voyait des gens attroupés sur le trottoir de l'autre côté du mur d'enceinte près de la station de métro. Je lui ai répondu d'appeler le chef de garde afin qu'il avise les carabiniers. Ceux-ci sont arrivés et ont commencé à quadriller le secteur. Je suis alors monté sur la muraille avec le lieutenant Gutiérrez et j'ai pu voir que les policiers quadrillaient le secteur. Au bout de vingt minutes, un gars de la patrouille a crié très fort. Un des gendarmes a tiré, mais je ne me souviens pas si la police aussi. On a ordonné aux sentinelles de ne pas tirer parce que l'affaire était entre les mains des carabiniers. Tout ça s'est passé entre une et deux heures du matin. Je suis resté près d'une demi-heure sur le mur. J'ai observé l'arrivée des voitures d'investigation et de sécurité qui ont fait un tour dans le secteur de Balmaceda. Au bout de cette demi-heure, je suis descendu et je me suis dirigé vers la galerie 7-8 et le fonctionnaire m'a

dit qu'il manquait des détenus, j'ai transmis la situation au lieutenant et celui-ci s'est chargé d'appeler les carabiniers et le département de sécurité, ce que personne n'avait fait avant. Le lieutenant Gutiérrez n'autorisa pas le personnel de la prison à sortir, afin d'éviter un massacre entre la gendarmerie et les subversifs. J'étais d'accord parce que je me rendais compte que ces derniers étaient dangereux et qu'ils devaient nécessairement être armés.
Je n'avais jamais reçu de menaces de subversifs.
On n'a jamais porté à ma connaissance le fait que les vêtements de certains détenus étaient tachés de terre.
Les subversifs étaient très méfiants, formés à des situations difficiles, rebelles et rétifs à la discipline de la prison. Des mesures ont été prises, mais elles ne servaient à rien parce que les subversifs ne se sont jamais soumis à l'ordre pénitentiaire, une situation qui avait été portée à la connaissance des autorités.
Lu et approuvé avec le tribunal.

– Monsieur Álvarez, il se fait tard et j'aimerais terminer l'interrogatoire d'aujourd'hui par cette question : pouvez-vous identifier le détenu Martinez Martinez ?

– Évidemment, magistrat.

– Notre prochain entretien portera donc sur la plainte de ce détenu concernant les violences qu'il a subies lors de son arrestation dans le tunnel. Ah ! Un dernier point : un individu a laissé tomber ce papier lors d'une visite nocturne et intempestive qu'il a faite chez mon secrétaire, prenez-le, il est possible que vous en connaissiez l'auteur. Dites-lui de ma part que je ne parle pas au téléphone de mes enquêtes en cours et surtout pas avec des inconnus, que je tiendrai informées les plus hautes autorités de sa visite et que, s'il a quelque chose à déclarer dans ce procès, qu'il demande un rendez-vous pour qu'on prenne sa déclaration. Inutile d'ajouter quoi que ce soit, sergent. L'entretien est terminé.

CHAPITRE 25

Février 1989
Hôpital Roberto del Río de Santiago

Par la porte principale de l'hôpital Roberto del Río de Santiago, qui ne cessait de s'ouvrir et de se fermer, s'engouffrait une foule pressée, essentiellement féminine. La plupart des femmes portaient – dans leurs bras ou dans leur ventre – un enfant. Gema n'avait pas l'air enceinte et ne serrait aucun nouveau-né contre son cœur. Avec ses cheveux noirs de jais et sa robe colorée, elle passait cependant inaperçue et elle entra sans attirer l'attention du garde armé qui veillait à l'entrée. Il était 8 heures du matin. Malgré son peu d'expérience de la clandestinité, elle pensa que l'hôpital était un bon lieu de rendez-vous. Elle pénétra dans le couloir central de l'édifice. Plus elle avançait, plus le bruit sourd et sec de la rue se diluait pour laisser place à une mélodie enfantine aux accords dissonants. Les pierres du vieil hôpital amplifiaient ce brouhaha qui résonnait agréablement dans la tête de Gema. Longtemps la maternité n'avait pas fait partie de ses préoccupations. Jusqu'à ce que la découverte de la sexualité, du plaisir et de l'amour dans la prison publique de Santiago l'ait mise devant ses responsabilités de femme.

Voir toutes ces mamans inquiètes, assises par terre sur les châles qu'elles avaient étendus parce qu'il n'y avait que de trop rares bancs, bouleversait Gema. Quel spectacle choquant que ces mères attendant depuis des heures qu'un médecin ou une infirmière puisse enfin examiner leurs petits, se disait Gema en se frayant un chemin. Les enfants du peuple n'ont donc pas d'autre choix que d'attendre et mourir en silence ? La pauvreté au Chili n'est certes pas une invention de la dictature mais, en seize ans, elle n'a fait que s'aggraver. Deux jours auparavant, le contact de Gema au Frente lui avait confié une nouvelle mission : amener une *caluga* – un message secret écrit sur du papier de riz – à la camarade Patricia qui travaillait à l'hôpital del Río. Comme d'habitude, elle ne connaissait pas le contenu du message qu'elle devait transmettre et, comme d'habitude, son contact lui avait fait passer en plus un document dans lequel la direction du Frente analysait la politique économique et sociale de la dictature, dont Gema avait retenu l'essentiel : « Pour la grande majorité des Chiliens, la santé, l'éducation et le logement sont devenus des produits de luxe. Le supposé miracle économique des années Pinochet a plongé dans la misère 70 % des Chiliens, les laissant sans aucune protection. L'ultralibéralisme ne pardonne à personne. » Le document poursuivait : « Beaucoup de camarades pensent ingénument que la dictature a perdu le référendum à cause du manque de démocratie et de la question des droits de l'homme, mais notre peuple n'a pas encore conscience de ses droits, ni des crimes commis, le peuple a dit NON parce qu'il souffre de la misère. »

Cela faisait déjà trois ans que Gemita, comme l'appelaient les militants, s'était rapprochée des prisonniers du Frente Patriótico Manuel Rodríguez. Elle était sympathisante du PC depuis longtemps et avait forgé son caractère de combattante antidictature à force de barricades, de manifestations étudiantes et de combats quotidiens. Elle avait d'abord milité dans les jeunesses communistes. Mais quand elle eut le sentiment que le Parti ne répondait plus à ce qu'elle considérait comme prioritaire – la chute de la dictature quels que soient les moyens à utiliser et notamment la lutte armée –, elle décida de se mettre en contact avec le Frente. Elle admirait l'audace légendaire des militants du Frente, mais était consciente que les contacter ne serait pas facile. C'était le Frente qui recrutait et non les volontaires qui se faisaient connaître. Gema s'était dit que la prison serait le meilleur endroit pour rencontrer des gens du Frente et les aider. Une poignée de militants aguerris étaient détenus dans la prison publique de haute sécurité de Santiago. Grâce à une cousine dont le mari était incarcéré, elle prit contact avec l'association des familles des prisonniers politiques. Elle s'inscrivit sur la liste des détenus originaires de province ou sans famille. Son sens de l'humour, sa bonne humeur et son sang-froid vis-à-vis des gardiens lui firent très vite obtenir la reconnaissance de tous. Et très vite la direction du Frente au sein de la prison la recruta pour servir de contact avec la direction extérieure. Lorsqu'on lui demanda si elle accepterait la tâche, elle répondit très sereinement : « C'est le minimum que je puisse faire. »

« Ne pense pas qu'il n'y a aucun risque, s'ils te prennent, ils t'enverront directement à la prison pour femmes, l'avait prévenu le dirigeant du Frente qui la recrutait. Tu devras transporter les *calugas* dans tes parties intimes et c'est assez désagréable, tu devras aussi te choisir un fiancé parmi les célibataires, sinon on en désignera un, ça facilitera les choses et tu pourras te rendre à la prison tous les jours de visite. »

Choisir un petit ami n'avait pas posé de problème à Gema. Depuis plusieurs semaines, elle entretenait des relations privilégiées avec Pancho, un militant sérieux et taciturne avec qui elle riait de bon cœur pendant les visites.

À la fin de l'entretien, le dirigeant du Frente l'avait regardée dans les yeux pour lui demander : « Comment peux-tu expliquer que la fille d'un sous-officier des forces armées chiliennes entre dans la résistance ? » La réponse de Gema avait été franche et catégorique : « C'est précisément mon père qui, sans le vouloir, m'a montré le chemin. Sa honte de ne pas s'être opposé au coup d'État a transformé notre existence. Il est parti à la retraite dans des conditions financières difficiles et a vécu pendant des années dans l'amertume et le silence. Bien après le coup d'État, nous étions en train de boire un verre lorsqu'il me raconta comment les putschistes avaient maltraité son chef, le général Ernesto Galaz. Ses propres amis, officiers, l'avaient humilié, torturé et mis au secret pendant des mois. Mon père n'a rien fait pour les en empêcher, ce qui l'a tourmenté jusqu'à la fin de ses jours. Il n'a jamais été un homme de gauche, mais a dit à plusieurs reprises que Pinochet avait déshonoré l'armée. C'est un militaire de carrière, fier de son uniforme, un soldat constitutionnaliste, comme on disait à l'époque, et quand il s'est rendu compte que j'entrais dans la résistance, il m'a simplement imploré de faire attention. »

Le chef du Frente l'avait serrée dans ses bras et s'était exclamé : « Tout cela me semble très clair. » Il avait poursuivi : « Nous avons besoin de toi dans la résistance et moi aussi je te demande de faire très attention. » Trois ans s'étaient écoulés et beaucoup de choses avaient changé dans la vie de Gema. La jeune militante avait sans cesse à l'esprit les conseils de son père et de son chef. Mon père ne se doute cependant pas que je suis devenue un des principaux « courriers » du Frente Patriótico, se disait-elle en parcourant le grand couloir de l'hôpital del Río, et encore moins que je suis follement amoureuse – depuis trois ans déjà ! – d'un prisonnier accusé de terrorisme, qui passera sûrement, à la suite de procès interminables, des dizaines d'années en prison.

Car Pancho était devenu l'homme de sa vie. Elle lui avait offert son amour et son corps et confié ses désirs les plus profonds. Son père ne pouvait pas savoir non plus que sa fille avait perdu sa virginité et découvert le plaisir un jour de visite dans le patio de la prison publique de Santiago ; que les folles étreintes avaient eu lieu sous une table de fortune, protégées par des couvertures et par la solidarité des familles et des autres prisonniers ! Ni son père ni son chef ne pouvaient savoir qu'elle se rendait aussi à l'hôpital pour des raisons personnelles. Patricia était sage-femme et Gema savait qu'elle pourrait lui demander conseil. Qui d'autre pourrait l'aider à prendre cette terrible décision : avoir ou non un enfant de l'homme qu'elle aimait ? Lors de la dernière visite, Pancho lui avait remis une lettre qui l'avait fait pleurer de joie.

> Gemita, mon doux amour,
> Lorsque tu liras cette lettre, tu seras déjà loin de moi, mes mains qui, il y a quelques minutes caressaient ton visage, se sentiront vides, inutiles, mon corps sera à nouveau prisonnier et solitaire. Gemita mon amour, depuis ce jour où je t'ai déclaré mes sentiments, tout a changé pour moi. Je suis prisonnier de ces quatre murs mais ton amour m'offre la liberté dont j'ai besoin pour continuer à me battre et à croire dans l'avenir. Je n'avais jamais imaginé que quelqu'un puisse me rendre si heureux. Lorsque tu t'en vas, tu emmènes avec toi mes désirs les plus profonds, mes folies jamais dites ; mon corps et mon âme t'appartiennent, mon amour. Lorsque tu t'en vas, ton sourire, ton odeur restent avec moi et je me sens immense. Gemita, comme je te l'ai fait comprendre l'autre jour, j'aimerais que notre amour donne un fruit. Je sais combien mon envie de faire un enfant avec toi peut sembler une folie. Il est vrai que je ne suis matériel-

lement pas en condition d'assumer la paternité, mais tu dois me faire confiance, la dictature sera défaite un jour ou l'autre et nous pourrons alors nous occuper tous deux de nos enfants. Je sais que ce que je te demande est énorme, et semblera absurde à beaucoup, voire égoïste de ma part, mais si je te demande un enfant, c'est parce que je voudrais passer le reste de la vie avec toi, j'aimerais que personne ne nous sépare. Le mystère de l'amour me donne le courage et la force de te parler ainsi et j'accepterais sans faiblir ta décision.
Je t'aime et je t'aimerai toujours bien plus loin que ne règne l'univers.

Pancho.

Plongée dans ses pensées et sans même s'en rendre compte, Gema s'était retrouvée au bout du couloir face à une porte sur laquelle était indiquée : « Patricia Campusano, sage-femme ». Elle frappa deux coups, ouvrit et passa la tête dans l'entrebâillement. Patricia venait juste d'en terminer avec une patiente et elle la regarda sans pouvoir s'empêcher de manifester sa surprise.

– Gemita ! Qu'est-ce qui t'amène ici ?

Gema haussa les épaules et sourit. Patricia était une militante aguerrie et expérimentée et elle comprit rapidement que la visite de Gema était importante.

– Attends-moi, dit-elle, je m'occupe de toi dans un instant.

Il y avait maintenant six mois que le Frente avait demandé à Patricia de se déconnecter de toute activité politique et de s'éloigner le plus possible de la prison publique de Santiago à la suite de la mort d'un membre de sa famille assassiné par les militaires. « Occupe-toi de ton travail et de ta famille pour un temps, lui avait suggéré son responsable politique. Ne te soucie pas du temps qui passe, tôt ou tard le Frente t'appellera pour une mission importante. » Le cœur de Patricia battait fort. Gema lui apportait certainement un message qui mettrait fin à sa période d'inactivité forcée. Une fois seules dans la petite salle qui servait aux consultations gynécologiques, les deux femmes s'embrassèrent.

– Qu'est-ce que je suis contente de te voir ! s'exclama Gema. Lorsque tu as disparu des visites, on a tous cru que tu étais rentrée chez toi. Pancho et moi n'avons jamais rien dit parce que nous savons que tu es une combattante et que tu avais tes raisons de t'éloigner.

– Comment allez-vous avec Pancho ? Toujours amoureux ?

– Plus que jamais et c'est une des raisons pour lesquelles je viens te voir.

– Tu es enceinte, Gemita !

– Non, mais c'est ce que nous désirons le plus, répondit Gema qui avait balayé tous ses doutes. Je voudrais que tu m'aides. Tu connais les circonstances et les conditions de notre relation, je voudrais que tu me donnes un traitement pour la fertilité.

Patricia regarda avec douceur cette adolescente et femme assise à ses côtés.

– C'est une folie ! Mais je trouve merveilleux de pouvoir t'aider.

Elle se dirigea vers une armoire remplie de médicaments, en sortit un flacon, lut l'étiquette et le tendit à Gema :

– Prend ce sirop dix jours après la fin de tes règles et à partir de ce moment il te reste cinq jours pour tomber enceinte.

Gema l'enlaça avec force, la remercia et ne put empêcher deux larmes de couler de ses yeux.

– Moi aussi je t'ai apporté un cadeau, ajouta-t-elle en lui remettant un minuscule paquet.

Puis elle sortit.

Gema venait à peine de refermer la porte que Patricia se précipita pour ouvrir le paquet. Il contenait un cœur en bois, de facture artisanale, sur lequel était inscrit « Christ est mon Dieu ». Patricia connaissait bien ce genre de cachette. Elle s'empara d'un coupe-papier et sépara délicatement les deux faces du cœur qui avaient été collées. À l'intérieur, il y avait deux minces feuilles de papier à cigarettes sur lesquelles elle put lire :

> Camarade, trouve-nous deux maisons qui n'ont jamais servi, en dehors de Santiago, pour recevoir trois personnes, et un véhicule en bon état et légal, pour transporter trois personnes. Utilise le même contact pour répondre. Andrés.

CHAPITRE 26

Mars 1989
Prison publique de Santiago

Trois fois par semaine, les mercredi, samedi et dimanche, Gema se levait tôt et s'habillait en « demoiselle ». À 6 heures précises, elle enfourchait sa bicyclette et s'éloignait de la maison familiale. Avec sa jupe droite, son joli chemisier et ses hauts talons, elle traversait les barrages militaires avec un grand sourire, l'air de rien. Les jeunes soldats la saluaient, ne manquant jamais de lui lancer des compliments auxquels elle répondait par une œillade qui se voulait timide. Vingt kilomètres et une heure plus tard, elle parvenait à la prison publique de Santiago. Il y avait toujours foule devant la porte réservée aux familles. Gema s'installait dans la queue. La plupart des femmes présentes se connaissaient de vue. Il n'y avait en général personne provenant du quartier de Gema, une banlieue modeste, réputée calme. Tant mieux, se disait-elle chaque fois, il n'y a personne pour s'étonner de mon assiduité. Aux inconnues qui ne l'étaient plus à force de se côtoyer devant ces murs sinistres, Gema dispensait sourires et blagues. C'était sa force. Elle ne pouvait s'empêcher de bavarder et son rire éclatant brisait souvent le brouhaha triste de la queue. Au guichet, les femmes présentaient tour à tour leurs cartes d'identité.

– Suivante !

C'était toujours le même garde de faction et, à travers la vitre, Gema ne désespérait pas de lui arracher un sourire. Elle devait montrer les papiers disant qu'elle appartenait à une association et qu'elle était visiteuse de prison, puis inscrire le nom des prisonniers qu'elle allait voir. Devenue assistante juridique de l'association des familles de prisonniers, elle était fière de ce qu'elle accomplissait. Elle ne regrettait pas de ne pas être allée à Cuba suivre une formation d'infirmière, comme le Parti le lui avait d'abord proposé quelques années auparavant. Rendre visite aux prisonniers, écrire des rapports lui allait très bien. À chaque visite, elle avait le droit d'inscrire jusqu'à cinq noms de détenus. Mais, aujourd'hui, c'était dimanche, et son cœur battait plus vite que d'habitude. Elle avait surtout rendez-vous avec Pancho.

– Passez !

Ensuite c'était la fouille. Jeunes ou vieilles, mères, cousines, fiancées, avocates, militantes, tout le monde y passait. Il fallait soulever sa jupe, baisser sa culotte. Se pencher vers l'avant. Et subir dans son dos le regard de l'horrible mégère de garde.

« Vingt culs à l'heure, quel boulot ! » se disait Gema pour se consoler de l'humiliation au moment de baisser sa culotte.

Puis, au plus profond d'elle-même, elle contractait ses muscles comme le lui avait appris Patricia. La *caluga*, une feuille de papier de riz couverte de la fine écriture d'un des commandants du Frente, était enfouie là. Il ne fallait pas la laisser échapper.

– Passez !

C'était ensuite au tour de son sac. Le maton le posait sur une table et vidait son contenu, lentement, devant tout le monde, et gueulait :

– Quatre bouteilles de soda, trois films, *Le Cid*, *Paula en chaleur*, *Georgina et ses deux maris*, dix citrons, quatre mangues et une gamelle de haricots rouges. Du maté.

Gema aurait aimé rentrer sous terre à ce moment-là. Mais c'était son boulot de continuer à sourire et de supporter la vulgarité qui transpirait de la voix du maton. « La commande de films porno est une affaire politique, lui avait assuré le contact du Frente. C'est une demande qui provient directement de la direction au sein de la prison et, s'ils le font, ce n'est évidemment pas pour rien, ni pour le plaisir, crois-moi. Ce doit être un moyen d'amadouer les matons ou de faire diversion. »

– Passez !

Il fallait encore attendre dans un couloir sordide qu'on ouvre les portes, écouter le bruit sinistre des chaînes et des loquets qu'on libère, s'engouffrer à la queue leu leu. Juste avant de pénétrer dans la cour des visites et tout en contractant avec force tous ses muscles pour ne pas perdre la *caluga*, Gema se recoiffa une dernière fois d'un air coquet. N'avait-elle pas rendez-vous ?

De son côté, comme chaque dimanche, Pancho se préparait à recevoir la visite de Gema. Il avait passé un pantalon et une chemise impeccables et terminait de lacer ses souliers lorsque Raúl apparut à la porte de la cellule.

– Camarade, il faut qu'on parle.

Pancho leva la tête par politesse. Il savait exactement ce que son chef avait à lui dire et il n'avait pas réussi à dormir en pensant à toutes les insinuations de Miguel.

– Ne t'inquiète pas, Raúl, je comprends et j'accepte la décision de la direction, ce qui ne veut pas dire que je n'en souffre pas moralement ni que j'accepte aussi facilement que mon honneur soit mis en doute, comme ça, si brutalement.

– J'ai confiance en toi, répondit Raúl, pour moi tu es un vrai révolutionnaire, mais tu dois comprendre. C'était mon devoir de mettre un frein à tout ça, à cette situation qui ne cessait de s'aggraver. Miguel a beaucoup d'influence sur les camarades, il est capable de tout, et quand je dis capable de tout, tu sais de quoi je parle. L'opération Exito doit avancer coûte que coûte, quelles que soient les problématiques personnelles et même si elles semblent injustes.

– Évidemment que c'est injuste ! Toutes ces insinuations ne sont que des calomnies !

Pancho s'était levé et voulait clore la discussion. Mais, voyant que Raúl se tenait, déterminé, debout devant la porte, il continua d'un ton calme mais coupant.

– Comme je l'ai répété à plusieurs occasions, le camarade Zamorano est mort dans une fusillade alors que je n'avais pas encore été arrêté. La fusillade a eu lieu à 16 h 30 et je me suis fait prendre à 19 h 30, il est donc matériellement impossible que ce soit moi qui l'aie dénoncé. Quant à la cache de Santa Rosa, la CNI connaissait parfaitement l'endroit. C'est vrai qu'ils m'y ont emmené pour savoir si je connaissais l'adresse et je n'ai rien reconnu, rien. J'ai fait le con et tu n'as pas besoin que je te raconte la raclée que j'ai reçue en échange. D'ailleurs, tu le sais bien Raúl : si j'avais trahi, la prison serait bien plus pleine.

– C'est clair, camarade, mais nous avons besoin de prouver tout ce que tu dis.

– Je sais bien qu'il faut des preuves, c'est pour ça que je te dis que je comprends la position de la direction et la situation dans laquelle ils m'ont mis. Écoute bien. Le jour où ils m'ont pris, j'étais avec deux compagnons qui ont réussi à s'échapper, l'un n'est plus au Chili, mais l'autre est encore là. Je crois qu'il s'est mis au vert un moment, mais je pense que la direction peut le trouver. C'est le seul qui puisse confirmer mon témoignage. (Pancho se tut un moment avant de reprendre.) Quant au local de Santa Rosa, c'est plus compliqué, il est vrai que je connaissais l'endroit et, selon la presse, il fut découvert deux jours après mon arrestation.

Pancho pria son chef de s'asseoir. Raúl avança et laissa la porte de la cellule entrebâillée.

– Depuis que j'ai été arrêté, dès le premier jour, j'ai eu l'impression que la CNI avait et continue d'avoir plus d'informations que ce que nous pensions, et je suis convaincu qu'ils m'ont mis cette histoire sur les épaules pour créer de la confusion et faire croire que c'était moi qui donnais des infos. C'est une manœuvre typique des services secrets. Ça n'a pas pour seul but de me nuire, mais celui aussi de protéger les gens qui donnent vraiment des infos. Les services secrets utilisent la torture non seulement pour nous terroriser, pour obtenir des informations ou confirmer des données qu'ils détiennent, mais aussi pour désinformer. Ce n'est pas un hasard s'ils nous font écouter comment ils torturent d'autres camarades, ils sont certainement sadiques mais pas complètement stupides, ça fait partie de leurs calculs et ils savent parfaitement que chaque prisonnier est potentiellement un formidable instrument de désinformation.

– Tu insinues que nous avons des gens infiltrés ?

– Je n'en sais rien et je n'ai aucune preuve, c'est simplement une question d'intuition et d'analyse logique. Tu sais très bien qu'une partie du boulot de la CNI consiste à nous infiltrer. L'histoire récente des mouvements révolutionnaires en Amérique latine le montre clairement : l'infiltration est la solution pour les liquider, pas seulement pour les battre sur le terrain militaire mais aussi pour les désarmer politiquement. Franchement Raúl, c'est ce que j'ai lu dans tous les manuels de préparation militaire du Frente, et ce qui est valable pour eux l'est aussi pour nous.

– Fais attention, Pancho, les personnes qui t'accusent peuvent dire qu'avec ce type d'arguments tu ne fais que te justifier.

– Je te répète que je ne suis pas un traître et que je ne cherche pas à me justifier, je suis convaincu que, pour le moment, l'ennemi n'a pas réussi à infiltrer les structures supérieures de l'organisation, mais ils essaient jour après jour. Je garde confiance dans la direction militaire, sinon il y a longtemps que je serai rentré « à la maison ». Écoute, Raúl, je veux être franc avec toi et, dans mon cas, je sais que la vérité va s'imposer. Je n'ai rien à cacher. C'est rare que je sente le besoin de dire ce que je pense, mais je sens que c'est le moment d'aller plus loin dans ma réflexion.

– Je t'écoute, camarade, c'est pour ça que je suis là, répondit Raúl d'un ton amical.

– C'est à propos de notre attitude générale vis-à-vis de la torture. Lorsqu'un militant est arrêté, ce qu'il doit sauver avant tout, ce sont les vies humaines, c'est ça notre richesse. Le matériel est nécessaire à la lutte bien sûr, mais il se remplace, une vie jamais ! Je te répète que je n'ai rien dit et, comme tous, ils m'ont torturé des jours entiers. Comment est-il possible que, cinq jours après mon arrestation, on ait laissé dans ce local du matériel de guerre ! Putain, nous sommes des êtres humains de chair et d'os, et penser que seuls les traîtres parlent est inhumain et absurde. Et si pour sauver des vies et gagner du temps j'avais donné l'adresse du local ? La torture est supportable seulement quand elle s'arrête. Mais si cela ne s'arrête pas ? Chaque être humain à ses limites, chacun réagit différemment face à l'humiliation, à la douleur.

– Pancho, l'interrompt Raúl, tu as peut-être raison, mais, pour une organisation révolutionnaire, ce type d'arguments est inacceptable. Nous ne pouvons pas dire à nos militants : « Venez, rejoignez-nous pour vous battre contre la dictature et, si vous êtes faits prisonniers, vous pouvez tout dire. »

Pancho fit un geste d'impuissance, signifiant à Raúl qu'il n'avait rien compris à ses paroles.

– Fais attention, poursuivit Raúl, je sais que ce n'est pas ce que tu veux dire, mais en pratique cela revient à ça. Au fond, le drame du compromis, c'est ça, nous disons que nous sommes prêts à donner notre vie, mais nous luttons pour elle et nous nous y accrochons. La torture nous met dans une situation extrême et le plus souvent insoluble. Comme tout être vivant, notre instinct de survie nous retient face à la mort et c'est sans doute pour ça que nos ennemis nous traitent sans aucune compassion. Écoute, Pancho, ta réflexion est intéressante et saine, mais pour le moment n'en parle à personne, ce serait mal interprété. Et pour finir, je voudrais te poser une question : que penses-tu de Miguel ?

– J'ai toujours pensé que c'était un bon combattant, un homme d'action, honnête dans sa lutte, mais, malheureusement, mon point de vue c'est qu'il aime trop le pouvoir. Quant à son attitude envers moi, tu sais bien que, depuis son transfert de la péni, il n'a jamais accepté mon autorité. Et si quelqu'un lui a mis toutes ces histoires dans la tête et qu'il les utilise pour me liquider, il n'y a que le temps et la direction extérieure qui le diront. De toute façon, je ne mets pas en doute son honneur.

– C'est bon, Pancho, mets tout ceci sur le papier et attends tranquillement. À partir d'aujourd'hui tu formes une cellule avec Alfredo qui, comme tu sais, se trouve dans la même situation que toi. Je viendrai vous voir de temps en temps. Allons-y maintenant, c'est l'heure de la visite !

CHAPITRE 27

Mars 1990
Le juge Amaya s'interroge

Un mois s'était écoulé depuis le jour où le procureur général, en convoquant le juge Amaya dans son bureau, l'avait nommé juge d'instruction sur l'affaire de l'évasion du 29 janvier.

Cette période ayant été extrêmement agitée, le juge avait décidé de prendre une semaine de congé.

– Ne t'inquiète pas, avait-il dit à son assistant, je ne serai pas loin et je suis joignable à tout moment par téléphone. N'hésite pas à m'appeler.

Horcón, petit village de pêcheurs situé à cent vingt kilomètres de Santiago, représentait pour le juge un véritable lieu de prédilection. La période estivale était loin et la vieille et modeste maison familiale était un endroit parfait pour retrouver de l'énergie. La simplicité du lieu convenait au juge. Horcón était sans doute un des rares endroits de la côte proche de la capitale ayant échappé à la folie des promoteurs qui, depuis dix ans, avait pris d'assaut la longue côte chilienne. Ses eaux claires avaient été protégées par la situation géographique de la crique, accessible par une unique petite route, loin des grands axes qu'empruntaient les nantis de la dictature. Voilà l'explication, se disait le juge. Mais il se ravisa aussitôt : la voiture abordait la longue descente sinueuse de la colline vers la mer et, partout sur le bord, des pancartes écrites à la main proclamaient « terrain à vendre ». Dans cinq ans, au plus tard, ce lieu privilégié aura disparu, soupira-t-il. Mais comment expliquer cette hypertrophie du marché immobilier dans un pays où la majorité des gens ont un salaire inférieur à 150 000 pesos [1], à peine de quoi vivre ? Des milliers de maisons et d'appartements ne trouvaient pas preneurs, mais on continuait à en construire. La plupart des Chiliens ne comprenaient pas ou refusaient de comprendre comment, et avec quel argent, on avait pu construire au cours des dix dernières années autant de demeures luxueuses. Le juge Amaya avait son idée. Le Chili était devenu sous la dictature un centre mondial du blanchiment d'argent ; un luxueux nid à rats qui accueillait, sans discrimination, tous ceux qui profitaient des gigantesques bénéfices produits par les économies parallèles. Des Syriens, des Libanais, des Croates, des Cubains dissidents, des Russes avaient immigré au Chili dans les années 1980 pour investir en toute impunité les bénéfices de tous les trafics illégaux imaginables : prostitution, drogue, trafic d'armes, organisations de milices paramilitaires, etc. C'est ainsi que Monzer Al Kassar, un des plus gros bonnets du genre, avait installé au Chili un de ses bras droits, Edgar Batchich, né dans le même village syrien que lui. Un drôle d'« homme d'affaires », accueilli rapidement dans le cercle intime de la famille Pinochet, au point de s'associer dans diverses affaires avec les fils et les neveux du dictateur. Personne n'ignorait non plus, dans le monde judiciaire, les relations étroites et amicales qu'il entretenait avec les chefs de la CNI. On l'avait vu, par exemple en septembre et en novembre 1987, piloter son propre hélicoptère pour accom-

1. Environ 200 euros.

pagner Alvaro Corvalán, l'un des chefs et des plus grands criminels de la CNI, à la recherche du commando du Frente qui avait enlevé le colonel Carlos Carreño, le gérant de FAMAE (le complexe industriel d'armement de l'armée). Tous les juges connaissaient cet épisode, et bien d'autres encore du même acabit. Le juge Amaya se souvenait aussi parfaitement des paroles d'un de ses collègues qui l'avaient glacé, mais face auxquelles il n'avait pu qu'acquiescer : « Que faire ? Au Chili, aucune loi n'interdit l'entrée d'argent illicite. Ce serait risquer le diable et être fou que d'accuser Batchich… »

Les changements politiques en cours dans le pays laissaient cependant entrevoir un espoir, songeait le juge. Les choses pouvaient changer, espérait-il, en dépit des déclarations ouvertement lâches du président récemment élu, Patricio Alwyn : « Nous ferons justice dans la mesure du possible. » Et avec les menaces à peine cachées de l'encore général en chef de l'armée Augusto Pinochet, proférées envers ceux qui tenteraient de faire la lumière sur les crimes et la corruption de quinze ans de dictature. La nouvelle démocratie chilienne aura-t-elle le courage de mettre les mains dans la fosse nauséabonde des années Pinochet ? Seul le temps nous le dira, se disait le juge en regardant le bleu profond de l'océan.

Ce qui lui plaisait le plus, lors de ses longues promenades solitaires, c'était cette étrange sensation de perte d'équilibre que lui donnait chacun de ses pas au moment où il s'imprimait sur le sable humide. De temps à autre, il se retournait, observant la vitesse avec laquelle les traces avaient disparu derrière lui, effacées par le va-et-vient incessant des vagues de l'océan. Il pensa : voici le lieu parfait pour un assassinat, une balle dans la tête et la chose est réglée. Mais qui aurait intérêt à me tuer ? Personne, absolument personne, concluait-il sèchement en pensant à autre chose.

Ces promenades, il les faisait après le déjeuner et en début de soirée. Elles étaient précédées d'un bon repas de pêcheurs. *Chupe de locos*, palourdes, *machas*, *picorocos* ou soupe de poisson étaient les plats préférés du juge, qu'il accompagnait toujours d'une demi-bouteille de vin blanc santa carolina. Bonne chère n'est pas honteuse, comme disait mon père, songeait-il en se délectant.

Malgré son immense besoin de repos, le juge Amaya avait emporté avec lui l'énorme dossier contenant l'enquête sur l'évasion de la prison de Santiago. Au cours des deux derniers jours de son congé, entre deux promenades, il avait relu attentivement les déclarations des gardiens, les conclusions des experts, les déclarations des prisonniers qui avaient été repris. Au fur et à mesure de sa lecture, il se rendait compte qu'il acquérait certaines certitudes. Des doutes apparaissaient aussi, ou plutôt des questions, qui, dans l'état actuel, restaient sans réponse. Il était par exemple persuadé désormais que le tunnel avait été construit uniquement de l'intérieur. Le volume de la terre retrouvée, la construction du système de ventilation, l'électricité dans le tunnel même ne laissaient aucun doute sur la manière dont le projet s'était développé. La complicité matérielle du Frente à l'extérieur n'avait dû intervenir qu'au tout dernier moment, lorsque les prisonniers étaient sortis du tunnel.

Mais cette complicité et ce qui s'était passé une fois les prisonniers sortis du tunnel ne relevaient plus de ses compétences.

Autre certitude : les prisonniers avaient énormément profité du manque de discipline et de cohérence dans l'application des mesures de sécurité pénitentiaire. La gendarmerie avait peu à peu perdu le contrôle de la prison. La question centrale qui restait à élucider était de savoir si cette incohérence et cette indiscipline étaient vraiment, et simplement, de la négligence, ou si cela cachait quelque chose de plus grave, par exemple la coopération et l'aide de certains fonctionnaires.

Le juge Amaya privilégiait la thèse selon laquelle la peur et la négligence étaient les facteurs principaux du désastre. Mais, dans son analyse, il n'écartait aucune hypothèse. Et il en existait une qui le préoccupait particulièrement. Connaissant le caractère vicieux, intrigant et hyper-informé de la CNI, le juge se demandait comment il était possible que cet organisme, qui était autant craint des civils que des militaires, n'ait pas été informé de l'évasion. Si la CNI ne possédait aucun indice concernant une évasion, impliquant de surcroît une partie importante des principaux cadres du Frente, cela signifiait clairement que les services secrets de la dictature souffraient d'une immense carence. Mais si, au contraire, la CNI, informée de l'évasion, n'avait rien fait pour l'empêcher en attendant les résultats des élections du mois de décembre, c'est qu'elle avait envisagé deux hypothèses : soit la droite des putschistes remportait les élections et, dans ce cas, les prisonniers politiques seraient assassinés au moment de l'évasion ; soit c'était la Concertation qui gagnait et, alors, l'évasion pouvait servir à délégitimer le nouveau gouvernement en remettant en scène des cadres du Frente qui, en dépit des changements politiques, voulaient continuer la lutte armée, argument qui servirait à Pinochet pour maintenir la pression et la répression.

Le juge Amaya, effrayé par ses propres conclusions, laissa cependant son professionnalisme reprendre le dessus. Tout cela est fantaisiste mais possible, se dit-il. Il faut que je concentre tous mes efforts à éclaircir ce point du dossier.

Une partie des gardiens concernés avait fait des déclarations sous serment, tous se déclaraient innocents, affirmant qu'ils n'avaient pas failli au règlement. La majorité d'entre eux rejetaient la responsabilité des erreurs commises sur la hiérarchie. Mais tous reconnaissaient la situation de relâchement et d'indiscipline qui régnait depuis plusieurs mois à l'intérieur de la prison publique de Santiago.

La faute en était aux chefs qui avaient permis aux prisonniers politiques de prendre le pouvoir de la prison de haute sécurité. Les gardiens avaient cependant tous été surpris par l'événement.

Le sergent Patricio Pachecos Luco, responsable de la galerie 11-12, disait dans sa déclaration sous serment :

> Neuf détenus de la galerie 11-12 se sont évadés. Ils avaient été autorisés par le lieutenant Gutiérrez à se rendre dans l'autre galerie. Je certifie, monsieur le juge, qu'en de nombreuses occasions j'ai pris ma garde sans la présence physique de tous les détenus de la galerie car, au moment de faire le compte des prisonniers, certains n'étaient pas là. Lorsque je demandais où ils étaient, mon collègue me disait généralement qu'ils avaient été autorisés à sortir de la galerie par un chef, le plus souvent c'était le major Guzmán qui était mentionné, et il s'agissait d'une situation que je considère irrégulière.

La déclaration de Francisco Ceballo Gatica, responsable de la galerie 7-8, allait dans le même sens :

> Concernant l'heure de fermeture des galeries des prisonniers politiques dans la période qui précéda l'évasion, notez, monsieur le juge, que celle-ci commençait à partir de deux heures du matin, et qu'en général cela prenait environ quarante minutes. L'heure de bouclage était connue du chef de nuit et y compris du major Vidal qui m'a même, en une occasion, donné des instructions à ce sujet. Je l'ai déclaré devant le procureur administratif. Je lui ai rapporté l'heure de fermeture des galeries et l'ai informé que l'utilisation de moteurs dont on connaissait l'existence chez les prisonniers poli-

tiques n'avait jamais été enregistrée. Il m'a interrogé sur la conduite du lieutenant Gutiérrez dans ses fonctions. Je lui ai répondu qu'il était peu communicatif et qu'il n'entretenait pratiquement aucun dialogue avec les autres gardiens.

Le sergent Fernando Machuca déclarait :

> Je n'ai jamais reçu aucune menace des prisonniers politiques. Nous avons souvent eu des dialogues avec certains détenus et, personnellement, j'ai eu des discussions avec eux, jamais conflictuelles, sur leurs principes et leurs idéaux.
> Quant à la terre que vous mentionnez, je répète que, pendant l'année 1989, un des hommes chargé du ménage, celui qui s'appelle Serapio, m'a appelé pour me montrer un peu de terre dans un bidon de la galerie 7-8 est. Ce n'était pas beaucoup de terre. J'ai fait les vérifications et j'ai bavardé avec le chargé de la galerie citée et celui-ci m'a répondu que cette terre provenait des trous creusés par les prisonniers pour installer leurs couchettes. Comme il ne s'agissait pas d'un fait transcendant, je n'ai pas été plus loin.
> Je n'ai jamais eu à ma connaissance le fait que les vêtements de certains détenus pouvaient être tachés de terre. Les terroristes étaient très méfiants, formés pour affronter des situations difficiles. Les mesures prises ne donnaient aucun résultat, puisque les terroristes n'acceptaient pas la discipline pénitentiaire, une situation dont les autorités de gendarmerie avaient connaissance.

Toutes les déclarations étaient de la même veine. Le sous-officier rejetait la responsabilité sur les officiers et ces derniers accusaient la direction de la gendarmerie. La purge fut rapide, le directeur fut viré deux jours après les faits, les officiers furent traités de la même manière ou mutés. Le juge savait que telle était la règle face à un tel pataquès, mais il savait aussi que la responsabilité de ce qui s'était passé dans la prison publique de

Santiago devait également être endossée par d'autres organismes : ministère, gendarmerie et, bien sûr, la CNI. Il était impossible que les services secrets n'aient pas été pas informés en permanence de ce qui se passait dans la prison, au moins dans l'aile réservée aux prisonniers politiques.

La concentration du juge était telle qu'il eut du mal à distinguer la sonnerie du téléphone qui dénaturait le magnifique adagio d'une sonate de Mozart qui sortait du vieux tourne-disque de la maison. Il souleva l'aiguille du disque vinyle et décrocha le téléphone.

C'était, comme il l'avait deviné, son secrétaire.

– Le directeur de cabinet du nouveau ministre veut vous voir le plus vite possible.

– Informe le procureur et accepte un rendez-vous pour lundi prochain.

– Très bien, répondit le secrétaire.

– J'en profite pour te demander de convoquer la semaine prochaine le sergent Álvarez et le lieutenant Gutiérrez, j'ai des questions à leur poser, et repose-toi aussi ce week-end, ça ne te fera pas de mal.

Après avoir salué son assistant et raccroché, le juge se dirigea vers le tourne-disque, replaça le saphir sur le disque et retourna s'asseoir près de ses dossiers. Devant lui, à perte de vue, s'étendait la mer bleue et sereine.

CHAPITRE 28

Mai 1989
Prison publique de Santiago

Il y avait de plus en plus d'activité à l'intérieur de la prison publique. Comme par enchantement, depuis que le général Pinochet avait perdu le référendum du mois d'octobre, les détenus avaient droit à davantage de visites. Les jours dits, dans les longues files d'attente qui se formaient aux portes de la prison, on trouvait non seulement les familles ou les amis des détenus, mais aussi certains dirigeants appartenant à la toute naissante opposition. Enfin, ils osaient se montrer là. Le moment politique était propice car, malgré la peur encore palpable, un air de fin de dictature soufflait sur la capitale. Ces responsables politiques accomplissaient ces visites dans un esprit de solidarité et de défense des droits de l'homme. C'était en tout cas ce qu'ils affirmaient publiquement. Personne ne pouvait plus nier désormais que la dictature torturait systématiquement les prisonniers politiques. Cependant rares étaient ceux qui souhaitaient s'afficher auprès de ces derniers. Les élections législatives approchaient et il n'était pas question de perdre les votes de l'électorat du centre droit ou de provoquer un malaise au sein de la nouvelle coalition appelée Concertation.

Les activités artisanales s'étaient, elles aussi, intensifiées. Cela permettait non seulement de créer un bruit permanent propice à la construction du tunnel, mais aussi de donner aux prisonniers un moyen d'aider financièrement leurs familles. Les objets fabriqués par les prisonniers étaient variés : figurines sculptées en os, en cuivre, en bois précieux, tissages, etc. La production était collective, mais les ateliers étaient organisés par partis politiques. Les militants des différentes organisations travaillaient rarement ensemble, pas seulement pour des questions sectaires ou de discipline, mais aussi parce que les bénéfices retirés de la vente des objets artisanaux contribuaient en partie au fonctionnement de chaque parti.

L'argent collecté servait également à acheter des produits pour la cuisine. La casserole commune que les détenus appelaient la *careta* symbolisait sans aucun doute le grand degré de solidarité qui existait entre eux. La plupart étaient issus de milieux modestes, sans ressources. Les repas distribués par l'administration pénitentiaire étaient immondes et, de plus, les prisonniers politiques craignaient un empoisonnement ou une intoxication collective. Leurs craintes n'étaient pas gratuites : des antécédents existaient. Le 6 novembre 1981, les frères Ricardo et Elizardo Aguilera Morales, ainsi que six autres prisonniers, avaient attrapé le botulisme dans la prison publique de Santiago, une maladie très rare au Chili. Deux des prisonniers en étaient morts. L'enquête avait montré que les détenus avaient été délibérément intoxiqués par une bactérie létale, utilisée parfois comme arme chimique, que seule l'armée chilienne était capable de se procurer et de manipuler.

Pendant des années, les prisonniers politiques avaient lutté pour exiger le droit de préparer eux-mêmes leurs repas. Ce privilège était accordé aux détenus de droit commun depuis longtemps. C'était une pratique usuelle encouragée par l'administration pénitentiaire dans toutes les prisons chiliennes.

Concernant les prisonniers politiques, l'administration pénitentiaire arguait du problème de sécurité et du manque de moyens humains à sa disposition pour contrôler l'entrée des produits dans la prison. Mais, après une série de grèves de la faim, entre 1981 et 1986, les prisonniers politiques avaient fini par obtenir gain de cause.

Souvent, les produits en attente d'être contrôlés pourrissaient, surtout lorsque la situation politique était tendue. La fin de la dictature approchant, la remise des aliments s'était elle aussi accélérée en 1989. Certaines ONG aidaient en offrant des aliments de base, mais la majorité de l'argent provenait des ventes de l'artisanat. Grâce à un réseau de solidarité national et international, les objets fabriqués par les prisonniers étaient commercialisés dans le monde entier.

Les visites et les ateliers n'étaient pas les uniques occupations des détenus. Il y avait aussi des activités sportives, des lectures, des réunions politiques et des jeux de société : dames, dominos, cartes à jouer.

Les détenus avaient parfois l'impression de vivre dans un souk. Dès huit heures du matin, les étroits couloirs de la prison étaient en effervescence et bruissaient comme une ruche : les bruits de marteau et de ponçage, la préparation des repas, les appels à se présenter – untel, présentez-vous au gardien. Ils n'avaient pas le temps de s'ennuyer ni de se prendre la tête. La vie de prisonnier politique était en soi intense. Mais, pour ceux qui creusaient le tunnel, les journées semblaient encore plus courtes. Chaque militant concerné devait non seulement participer à toutes les activités ordinaires pour ne donner prise à aucun soupçon, mais aussi s'organiser de jour et de nuit pour accomplir les tâches nécessaires à la préparation de l'évasion. Creuser, transporter, éparpiller la terre dans les combles, sans compter les heures consacrées à la sécurité et à la surveillance de l'ouvrage. Chaque activité mobilisait en permanence au moins huit personnes.

Les galeries 4 et 7 étaient sans aucun doute les plus actives de la prison de Santiago. Les fumées des casseroles et la poussière cohabitaient dans les hauteurs comme des nuages invisibles, protégeant les hommes qui arrangeaient les pierres et la terre dans les combles. Les conditions étaient dures. Sous le toit de tôle, la température pouvait monter jusqu'à 50° C. Miguel avait décidé que la répartition de la terre dans les combles aurait lieu de jour après les plaintes de certains détenus qui évoquaient la présence de rats dans les combles. « Il faut éviter que ces rumeurs ne parviennent aux oreilles des gardiens et que l'envie leur prenne d'aller vérifier l'état des toits. »

Les samedis représentaient les moments les plus tranquilles de la vie agitée des prisonniers politiques. Ce jour-là, ils recevaient leurs compagnes. L'administration pénitentiaire avait renoncé, au bout de quelques mois, à interdire l'installation de tentes provisoires dans les cours de promenade : deux mètres carrés couverts de draps ou de couvertures soutenus par des manches à balai suffisaient à abriter un peu d'intimité. Les bruits de chaque tente se noyaient dans celui, plus général, de la prison.

Le premier samedi du mois de mai, Pancho avait reçu Gema. Pendant deux heures, sous la tente, ils s'étaient inventé un monde meilleur, un Chili où leurs enfants jouiraient d'une vraie liberté. Dans l'obscurité de la tente, leurs deux corps quasi nus s'étaient caressés. Pancho désirait un enfant. Gema le porterait. Un jour, cet enfant saurait qu'il avait été conçu en prison. Pancho ne le connaîtrait peut-être jamais. Le tunnel, qui sait, pourrait être sa tombe. Mais qu'importe, Gema lui donnait une preuve d'amour, un enfant. Pancho savait qu'il valait mieux espérer que désespérer.

Gema l'avait quitté en lui soufflant un baiser de la main, Pancho avait attrapé ce baiser et le tenait maintenant serré dans son poing, si concentré qu'il ne voyait pas Raúl passer devant lui avec un grand sourire.

Voyant que Pancho ne réagissait pas, Raúl revint sur ses pas et lui donna une tape sur l'épaule.

– Eh ! camarade, cesse de rêver. La réponse de la direction te concernant est enfin arrivée. Rendez-vous dans une heure pour une réunion.

Pancho ne répond pas, mais son estomac se noue. Il demande :

– Dans la cellule 5 comme d'habitude ?

Raúl acquiesce de la tête.

Lorsque Pancho arrive dans la cellule, toute l'équipe de la direction du Frente est assise au fond, Raúl et le Vieux Melo le saluent. Au bord de la couchette, Miguel ne lève pas les yeux. À ses pieds est assis Alfredo Malbrich.

– Camarades, lance rapidement Raúl, nous avons reçu un communiqué de la direction et je vous demande à tous de vous lever pour en prendre connaissance :

> Frères Camarades,
> La direction nationale du Frente Patriótico Manuel Rodríguez a estimé qu'il était nécessaire de s'adresser à vous et de vous transmettre son opinion et ses résolutions concernant la situation produite par la série d'accusations proférées contre les camarades Alfredo Malbrich et Francisco Peña (Pancho).
> Sur la base des témoignages reçus et des enquêtes réalisées par la direction, il est résolu :
> 1. Le camarade Alfredo Malbrich a maintenu, durant sa période de détention et d'incommunication, un comportement en accord avec les normes de conduite rodriguistes et est donc reconnu innocent des

charges qui lui sont imputées. En vertu de quoi nous lui restituons sa charge de porte-parole des prisonniers politiques du FPMR.
2. Le camarade Francisco Peña est absolument innocent des charges qui ont été portées contre lui et continuera donc à prendre en charge les responsabilités dont l'avait chargé la direction nationale.
3. La direction nationale exprime à ces deux camarades ses excuses pour les moments amers qu'ils ont dû supporter le temps qu'a duré cette enquête et manifeste sa ferme décision de ne plus accepter à l'avenir qu'on puisse attenter à l'image stable de la direction des prisonniers politiques du FPMR par des rumeurs sans fondements et en dehors des canaux réguliers. Un salut à nos frères Alfredo et Francisco.
4. Chaque fois qu'un combattant estime nécessaire de confier des accusations qui méritent une enquête, il doit le faire par le canal régulier, évitant la diffusion irresponsable de faits encore non démontrés. Les transgressions seront punies avec sévérité.
5. Les enquêtes concernant le comportement et les activités des combattants détenus et mêlés aux différentes « chutes » ne sont pas fermées et continueront leurs cours.
6. La direction nationale salue tous les combattants rodriguistes en prison et les invite à serrer les rangs autour de leurs dirigeants pour continuer de manière plus décisive la lutte contre la dictature.
7. Cette communication sera lue à tous les combattants rodriguistes de la prison en formation militaire.
Nous avons encore une patrie, citoyens !
Vive le Chili !
Pour la direction nationale,
Daniel Huerta. Jorge Salas.
Santiago, le 28 avril 1989.

Lorsque Raúl eut terminé sa lecture, il tendit les bras aux deux co-accusés. Les autres, excepté Miguel, firent de même. Les poings serrés et les yeux humides, Pancho embrassait ses camarades.

– Bon, déclara Raúl, à partir de demain Pancho est intégré à l'équipe du tunnel. Alfredo reste en marge pour l'instant. Sa fonction n'est pas compatible avec le travail.

Comme Miguel ne réagissait pas, Raúl lui adressa la parole.

– On dirait que tu n'es pas content du résultat de l'enquête.

– Sans commentaire, répondit sèchement Miguel.

– Sans commentaire ? Mais c'est toi qui as lancé les accusations contre ces deux camarades et maintenant que la direction affirme qu'elles sont fausses et injurieuses, tu ne dis plus rien. Tu devrais t'excuser, camarade !

– Je n'ai de pardon à demander à personne. Si la direction parle ainsi, il en est ainsi, j'ai mon idée, mais ce n'est pas ce qui est important aujourd'hui.

– C'est trop facile de parler comme ça, répondit le Vieux Melo, c'est un manque de respect non seulement envers les camarades, mais aussi pour la direction qui a pris la peine de vérifier tes accusations.

Miguel se leva.

– Tout ce que je veux, c'est terminer ce fichu tunnel. Ne me cherchez pas. Si le camarade Pancho doit travailler avec nous, je ne m'y opposerai pas, mais je suis encore le chef de l'opération, le document ne dit pas le contraire.

– Je crois que la direction souhaite calmer les esprits et c'est pour ça qu'ils ne t'ont pas sanctionné, mais n'attise pas le feu, parce que tu pourrais t'y brûler vraiment, Miguel, déclara Raúl.

– Pas de menaces, Raúl. Je n'aime pas qu'on me menace.

Miguel se rapprocha de la porte, prêt à sortir. Raúl l'en empêcha.

– Je ne te menace pas, contrairement à toi qui as l'habitude de le faire, simplement je te préviens, parce que si tu prends une attitude négative face aux décisions de la direction et face aux camarades, on peut tout planter. Nous sommes tous disposés à refermer ce chapitre, mais nous exigeons un minimum de respect.

– Je respecte ce que je dis. J'ai pris note de la décision de la direction, ne m'en demandez pas plus.

– Ok, répondit Raúl. Mercredi prochain, à l'heure des visites, nous lirons la lettre en formation militaire devant tout le monde, y compris les familles, la présence de tout le monde est obligatoire.

– Ok, dit Miguel, et il sortit de la cellule sans ajouter un mot.

Pancho qui s'était tenu en marge de la discussion craignait d'en venir aux mains avec Miguel, ce qui aurait certainement signifié la fin de l'opération. Lorsque Miguel sortit, il remercia, et déclara sans beaucoup de convictions que tout s'arrangerait avec le temps.

Cette nuit-là, Pancho dormit bien et rêva, comme tous les prisonniers qui rêvent, qu'enfin il était libre, mais pour une raison quelconque, il retombait prisonnier comme s'il était dans un cycle qui ne s'achèverait jamais.

CHAPITRE 29

Juin 1989
Prison publique de Santiago

Manuel interpella Miguel :

– J'ai un truc à te demander. C'est à propos d'Eduardo Rosentreter. Tu sais, on l'a mis à l'écart, il y a plus d'un an maintenant. Mais je sais qu'il n'a jamais cru qu'on abandonnait la lutte. J'ai eu plusieurs discussions avec lui, je ne peux pas l'éviter tout le temps. Et puis il nous suit, il nous surveille. Il s'est même mis à courir avec nous le matin, à faire des exercices, lui qui n'en avait jamais fait avant. Cela fait plusieurs mois qu'il ne nous lâche pas, tu as remarqué.

– Ouais, je sais. Il me tient des discours à moi aussi, sur la liberté, la justice, etc.

– L'autre jour, le jour des visites, quand tout le monde était dans le patio, il m'a raconté qu'il était retourné dans sa cellule, et qu'il avait entendu de drôles de bruits sous les toits. J'ai fait le con, je lui ai dit que ce devait être des rats, mais bon… Et puis une autre fois il m'a lancé : il paraît que les vieux du Parti sont en train de fabriquer une cache…

– Ouais, je sais. Je crois qu'il va falloir l'intégrer, mais le plus tard sera le mieux et faut voir à pas trop lui en dire, il est trop jeune. Va le voir avec Raúl.

La rencontre a lieu le lendemain matin, galerie 12.

– Salut les gars !

– Salut, Eduardo.

– Il paraît que vous voulez me voir, c'est pas tous les jours !

– On a besoin de te parler, quand est-ce que tu es seul ?

– Cet après-midi, c'est bon. El Guey, mon compagnon de cellule, a rendez-vous avec son avocat, il ne sera pas là.

– Ok, on revient tout à l'heure !

En attendant le rendez-vous, Eduardo, satisfait et inquiet à la fois, ressasse tout ce qui s'est passé depuis ce jour où Manuel et Miguel l'ont envoyé balader. Un an déjà. Il n'a pas cru une seconde que ces deux-là cesseraient de lutter et attendraient l'amnistie sans rien dire. Il les a donc surveillés. Et aujourd'hui il en a la certitude : ces types-là sont prêts à s'évader. Il faut absolument en savoir plus, connaître le jour, s'y coller ! « Je me demande ce qu'ils ont prévu. Il faut que je leur fasse croire que j'en sais encore plus qu'ils ne pensent. Je n'ai pas arrêté de les suivre depuis un an et je vois à peu près qui est dans la combine. Même Marcelo Osses, lui qui n'ouvrait jamais un livre, s'est mis à bouquiner des heures durant près de la fenêtre de sa cellule, c'est bizarre. Il faut dire que de là on peut surveiller l'entrée de la galerie assez facilement. Le vieux Romero aussi doit en être : il s'est mis à regarder la télé avec Miguel. Et Diego Lira s'est senti mal l'autre jour quand j'ai voulu entrer dans sa cellule. Le pire, c'est le matin, depuis que je fais la gym avec eux, ils me font une de ces tronches… Je crois bien que j'ai flanqué la trouille à Manuel l'autre jour en lui demandant pourquoi ils n'organisaient plus de séances de ciné après nous avoir abreuvés de westerns tous les jours… »

Enfin, l'après-midi :

– T'es tout seul ?

– Oui c'est bon !

– Alors met la radio un peu fort s'il te plaît et ouvre grand tes oreilles ! On voudrait bien un peu bavarder.

Depuis, sa vie avait changé.

Manuel et Raúl ne lui avaient pas confié grand-chose au départ. Ils lui avaient surtout posé des questions. Le même interrogatoire politique immuable, pour le tester. Satisfaits, ils lui avaient confirmé que quelque chose de « grand » se préparait et qu'on allait l'intégrer au « plan ». Mais que moins il en saurait, mieux cela vaudrait pour le moment. Ce qui semblait déjà un grand pas. Ils lui avaient raconté ce qu'il avait envie de croire : qu'ils étaient en train de fabriquer des caches pour planquer « des éléments » pour s'évader. Dans un premier temps, on l'avait chargé de la « vigilance » : il devait tenter de voir si d'autres détenus se doutaient de quelque chose. Un job qui lui allait comme un gant.

Les autres détenus et les gardiens étaient habitués à le voir vaquer de tous côtés. Eduardo n'avait pas d'ennemis, avec sa bouille sympathique, il se fondait dans tous les groupes. C'était le plus jeune prisonnier de la prison, et il bénéficiait aussi pour ça d'une certaine indulgence.

Pendant un an, il avait cherché à savoir – discrètement – s'il se passait quelque chose d'extraordinaire ou non dans cette fichue galerie. Et, maintenant, il cherchait à savoir si d'autres que lui s'inquiétaient de l'agitation qui régnait parfois autour de Miguel. Au départ, les rapports qu'il faisait avaient le don de faire sourire Raúl et Manuel. Car lorsqu'il avait des doutes sur un détenu, il s'avérait presque toujours qu'il était dans le coup… Quant aux autres, Eduardo avait l'impression que ceux qui auraient dû voir – soit parce qu'ils partageaient une cellule avec un gars impliqué, soit parce que de leur cellule ils ne pouvaient pas ignorer qu'il se passait quelque chose – ne le voulaient pas, qu'ils étaient devenus sourds et aveugles à tout ce qui n'entrait pas dans leur routine de prisonnier.

Mais ce qui était sûr, c'est que le plan semblait avoir pris des proportions incroyables ; Eduardo avait donc insisté pour en faire vraiment partie, pour faire sa part de boulot. Petit à petit, on l'avait mis au parfum. Et il n'en revenait pas du travail effectué par ses compagnons. Jamais il n'aurait imaginé une telle organisation. Ni que c'était si dur. Car à force d'insister on l'avait aussi envoyé au trou. Et la première fois, il avait presque regretté de s'être tant obstiné.

Les yeux embués de larmes, suffoquant, respirant à peine au fond de l'étroit boyau, Eduardo s'était juré de ne plus jamais s'entêter. Il avait envie de chialer comme un gamin et avait l'impression que ce travail était bien au-dessus de ses forces. Puis il avait ravalé ses larmes. Et comme il faisait équipe avec Manuel qui l'aimait bien, il avait surmonté l'épreuve. En sortant, il n'avait cependant pu s'empêcher de lui dire :

– Si j'avais su, j'aurais attendu que vous terminiez ce fichu trou, avant de vous rejoindre !

CHAPITRE 30

Juillet 1989
Prison publique de Santiago.
Tunnel, trente-quatre mètres

Ce matin-là, c'était au tour de Miguel et de Manuel de creuser. Le tunnel mesurait déjà trente-quatre mètres de long et la tâche devenait de plus en plus difficile. L'équipe était composée de dix-neuf membres, en comptant Pancho et Eduardo.

Pour souffler et se retourner, trois « bases » avaient été installées : la première à l'entrée du tunnel, la deuxième à seize mètres et la dernière à vingt-neuf mètres. Il y avait maintenant l'électricité dans la totalité de l'étroit boyau, un système de talkie-walkie pour les alertes et même un système d'aération plus ou moins efficace.

En effet, le problème de l'air s'était révélé crucial. Luis et Daniel avaient été chargés d'inventer une sorte de système d'air conditionné. Dans sa première version, il s'agissait d'un conduit fabriqué avec des bouteilles de boissons gazeuses en plastique, coupées et empilées. Le conduit puisait de l'air dans la cellule grâce à un soufflet et, quand les gars qui travaillaient dans le tunnel en manquaient, ils ouvraient le tuyau entre deux bouteilles, respiraient un bon coup et le refermaient. Mais au fur et à mesure que le tunnel avançait, il avait fallu rendre le système d'aération plus puissant. Manuel avait donc fait installer la deuxième invention de Luis et Daniel : au bout du tube le soufflet était actionné en permanence dès que quelqu'un se trouvait dans le tunnel. L'air frais entrait dans une cage hermétique munie d'un système de clapet fait avec un ressort et une balle de ping-pong qui permettait de réguler la pression et d'envoyer l'air jusqu'au fond du tuyau.

Mais cela n'avait pas suffi : plus l'étroit boyau s'allongeait, plus l'air devenait irrespirable. La puissance d'un moteur devenait nécessaire. Depuis un moment, Luis et Daniel avaient repéré celui qui servait de tour à l'atelier où les détenus fabriquaient des objets d'artisanat. Ils avaient pensé le piquer un soir, mais Miguel s'y était opposé.

– Tu veux donner l'alerte ou quoi ? avait-il sèchement répondu à Manuel qui lui faisait part de la suggestion. Si les gardiens s'aperçoivent qu'il manque un moteur, ils se poseront des questions. Il faut procéder autrement. Qui est responsable du moteur à l'atelier ?

– Le compagnon Humberto Vargas. Tu sais, le petit de la galerie 11.

– On va le mettre en observation, rétorqua Miguel.

Vargas, petit, râblé, au caractère assez distant et membre du Frente, avait donc été mis pendant une semaine en « observation » c'est-à-dire suivi pas à pas et interrogé l'air de rien par Miguel, afin de mieux connaître sa façon de penser et de fonctionner.

Les conclusions de Miguel étaient claires. On ne pouvait pas le faire travailler car il n'avait pas la force de caractère nécessaire. Mais on pouvait négocier avec lui.

L'entretien avec Vargas avait donc été rapide. Miguel lui avait exposé l'opération dans ses grandes lignes. Et il lui avait tout simplement demandé le moteur.

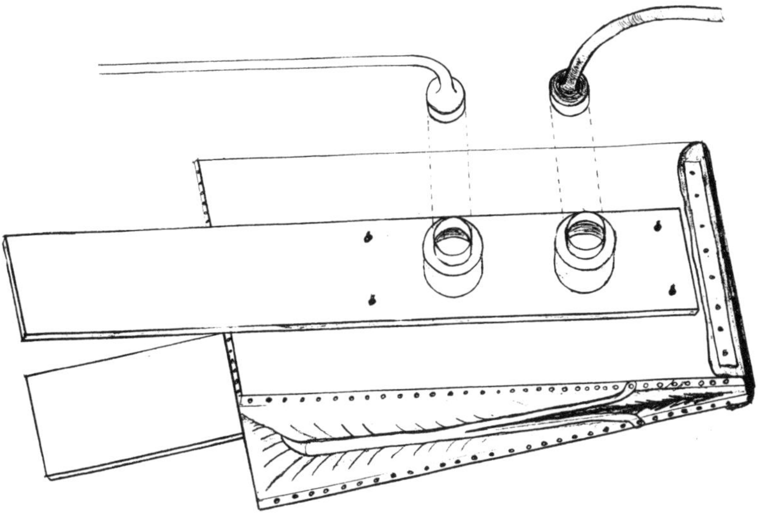

Soufflet qui remplit d'air les bouteilles
en plastique coupées et empilées.

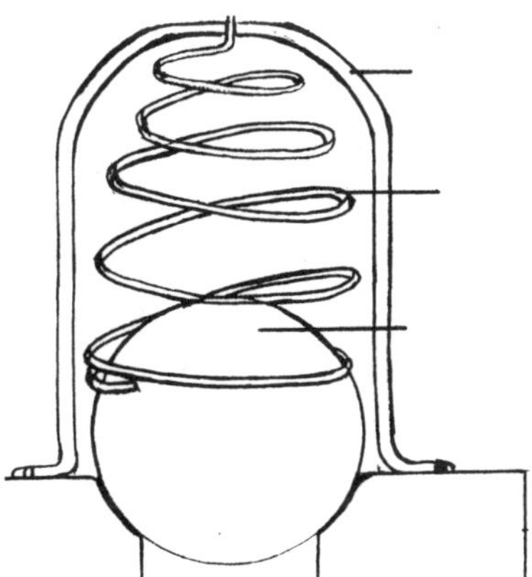

Boîte hermétique munie d'un système de clapet qui permet de réguler
la pression et d'envoyer l'air jusqu'au fond du tunnel.

– Tu n'as qu'à faire croire qu'il est fichu, en demander un autre et nous remettre l'ancien.

– Mais… c'est risqué, et moi je ne veux rien savoir de vos salades…

– Tu ne sauras rien, ne t'inquiète pas. Et le jour J tu te fais la belle avec nous. Tout ce qu'on te demande, c'est de te taire.

Vargas les avait pris pour des cinglés. Il avait protesté, disant qu'il ne voulait vraiment rien savoir, que les choses allaient bientôt changer, qu'il fallait attendre les élections, qu'il pensait être bientôt libéré…

– C'est trop tard, compagnon, avait rétorqué Miguel. T'es dans le bain maintenant. Tout ce que tu as à faire c'est de la boucler et de nous passer ce putain de moteur. Le reste c'est notre histoire. Et si t'es libéré avant qu'on ait terminé, tant mieux pour toi. Sinon, on te propose de te barrer avec nous, j'en connais d'autres qui seraient contents. Mais si jamais t'es responsable de la moindre fuite… Tu sais comment on s'occupe des traîtres au Frente !

Miguel lui avait donc fait comprendre qu'il n'avait pas d'autres solutions que d'accepter. Ce n'était peut-être pas très fair-play, d'autant que Miguel n'avait été radin ni en injures ni en menaces, mais ils n'avaient pas le choix. Grâce au moteur, Luis et Daniel pourraient élaborer un système assez sophistiqué qui permettrait de veiller à ce que l'air soit envoyé jusqu'au bout du tunnel.

Enfin, lorsqu'on retirait le bloc d'entrée du tunnel et qu'une équipe travaillait à l'intérieur, on posait une fausse porte plus légère et trouée afin de laisser entrer de l'air pour oxygéner l'excavation. Le bloc d'entrée était posé à côté, comme un tabouret recouvert par un tissu.

CHAPITRE 31

Avril 1990
Palais de justice de Santiago, lieutenant Gutiérrez.

Lorsque le juge Amaya pénétra dans la salle d'audience, le regard de Gutiérrez se perdait au loin, bien au-delà des vitres de la fenêtre. Mais il se mit debout d'un coup, comme mu par un ressort, au moment où il se rendit compte de la présence du juge. L'anxiété se lisait sur son visage. Il semblait nerveux. Ses traits anguleux et sa peau blanche soulignaient le noir de ses yeux.

Le 29 janvier représentait pour lui un jour maudit. Tourmenté sans cesse depuis, il se disait, pour se réconforter, qu'il n'y avait là qu'une question de malchance. Si seulement les prisonniers s'étaient fait la belle un jour avant, un jour après. Mais merde, ne cessait-il de jurer pour lui-même, l'évasion la plus importante de l'histoire pénitentiaire chilienne avait eu lieu pile le jour où il était de garde. Quelqu'un devait payer les pots cassés, il le savait, et il se trouvait en première ligne.

Le juge lui demanda de décliner son identité. Fernando Antonio Gutiérrez Machuca, lieutenant de gendarmerie, pardon, ex-lieutenant de gendarmerie. Le juge apprit par l'huissier que Gutiérrez avait été renvoyé de l'administration pénitentiaire trente jours après l'évasion, soit deux jours après qu'il l'eut interrogé pour la première fois. Comme si cela ne suffisait pas, ajouta le greffier, il avait été hospitalisé quatre ou cinq jours pour dépression pouvant entraîner une tentative de suicide. L'homme est très fragile, insista le fonctionnaire.

Mais le juge n'avait pas l'intention de harceler l'ex-gendarme, il voulait au contraire lui inspirer confiance sachant qu'un interrogatoire trop poussé pourrait être totalement contre-productif.

– Eh bien, dit-il. Il semble que vous passez par un moment difficile et je n'ai pas l'intention d'envenimer la situation. Mais mon devoir et le vôtre consistent à éclaircir totalement les événements du 29 janvier, non seulement le plus rapidement possible, mais aussi le plus précisément possible.

– J'ai compris, monsieur le juge, murmura Gutiérrez.

– J'aimerais entamer un dialogue plutôt qu'un interrogatoire avec vous. Car nous devons éclaircir un certain nombre de choses. Vue de l'extérieur, cette histoire, avec toutes ses péripéties, semble incompréhensible. Et comprenez qu'il est déterminant pour moi de tout saisir parfaitement avant de tirer des conclusions et d'établir les responsabilités de l'administration dans l'évasion du 29 janvier.

Le juge saisit le dossier volumineux qu'il avait devant lui et chercha la page 362.

– Dans votre déclaration du 28 février 1990, à propos de la liberté de circulation des prisonniers, vous avez déclaré sous serment devant ce tribunal : « Concernant les anomalies dont il est question, sur la libre circulation des terroristes d'une galerie à l'autre, les faits n'étaient pas inscrits parce que c'était de petites choses et que le nombre de détenus qui circulaient était peu élevé. J'ai donné des instructions à caractère général, pour concéder ces autorisations, mais, dans la pratique, c'était aux gardiens chargés des galeries d'évaluer la situation puisque ce sont eux qui ont les clés des galeries et qui, par conséquent, laissaient sortir les détenus. » (Le juge leva la tête.) Monsieur Gutiérrez, vos arguments de défense nous amènent à une situation assez imprécise, voire contradictoire. D'un côté, pour tout ce qui est mesure disciplinaire, vous dites que ce sont vos chefs les responsables et, de l'autre, pour les questions pratiques, vous rejetez les responsabilités sur vos subalternes. (Le juge fit une pause.) Dites-moi, monsieur Gutiérrez, quelle est votre responsabilité dans cette histoire ?

Le juge soulevait sans doute la question qui angoissait fondamentalement Gutiérrez. Ses yeux brillaient avec une telle intensité qu'ils semblaient jaillir de son visage. Il regarda deux secondes à travers la fenêtre. Si seulement il pouvait être loin, avec les siens. Il se sentait prisonnier, c'était toujours le même sentiment, cent fois éprouvé lorsqu'il était enfermé dans la prison, mais la situation n'était pas la même, en prison c'était lui le chef, l'autorité, et cela aide. Il regarda le juge et, d'une voix cassée, répondit :

– Comme je l'ai déclaré sous serment, je ne me suis jamais rendu compte du risque que pouvait signifier une telle situation de relâchement et c'est sans doute une grande faute professionnelle.

– Mes questions vont être claires et sans détours, monsieur Gutiérrez. Vous ressentiez une sorte de sympathie pour ces prisonniers ?

– Absolument pas ! Non ! Et je vous assure que vous n'êtes pas la première personne à me poser cette question. C'est vrai que j'ai parfois discuté avec les terroristes, mais jamais rien de politique, je suis apolitique, monsieur le juge.

– Et de quoi discutiez-vous avec les prisonniers ?

– De la vie quotidienne, de football, des enfants. Savez-vous, monsieur le juge, que je passais plus de temps avec les détenus qu'avec ma propre famille ? Mais c'était mon travail de gardien qui me permettait de la faire vivre.

– Comment expliquez-vous la dégradation des mesures de sécurité ?

– Les subversifs étaient des gens difficiles à gérer, lorsqu'ils voulaient obtenir quelque chose, ils commençaient une grève de la faim et l'administration finissait par céder. Les choses n'ont fait que s'aggraver après le référendum.

– De quelle manière ?

– Par exemple, avec les fameuses tentes. C'était un véritable espace privé à l'intérieur de la prison. Petit à petit les subversifs et leurs familles ont obtenu le droit de les installer dans la cour des visites. Ils ont construit les premières tentes avec des manches à balai et des couvertures, puis ils les ont perfectionnées.

– Et que se passait-il dans les tentes ?

– Nous n'avions aucun contrôle. Ils s'enfermaient avec leurs femmes. Vous pouvez imaginer le reste, monsieur le juge.

– Et pourquoi n'avez-vous pas interdit ces tentes ?

– Dans un premier temps, nous les avons démontées. Mais, à chaque visite, ils les remontaient. Finalement la hiérarchie a accepté et les tentes sont devenues un droit. Il paraît que plusieurs femmes sont tombées enceintes.

Le juge Amaya nota quelque chose sans conséquence sur son bloc et leva la tête pour croiser le regard de son assistant. La longue complicité des deux hommes permit au juge de comprendre que le greffier pensait comme lui, c'est-à-dire que Gutiérrez ne savait finalement pas grand-chose et qu'il avait été, comme la plupart des autres gardiens, dépassé par les événements. Il lui restait cependant encore trois questions à poser.

– Monsieur Gutiérrez, selon mes informations, le 24 mars 1989 vous étiez de garde et, ce jour-là, la gendarmerie a fouillé les combles de plusieurs galeries, excepté celles où se trouvaient les prisonniers politiques. Si cela avait été fait, l'évasion n'aurait pas eu lieu. Comment expliquez-vous cette situation ?

– Vous comprendrez, monsieur le juge, que je n'avais aucun pouvoir de décision sur cette inspection. Ce sont les forces d'intervention anti-mutinerie de la gendarmerie qui ont opéré ce jour-là, et c'est le commandant Yanten qui pourrait mieux vous expliquer les choses. Je n'ai pas de réponse précise, mais j'ai entendu dire qu'on inspectait les combles de ces galeries justement parce que la majorité des cellules au-dessous étaient vides. Cette décision au départ n'a rien à voir avec des soupçons d'évasion, mais avec une vieille plainte des prisonniers qui en parlaient comme d'un nid à rats et il y avait des bestioles effectivement.

– Vous avez des liens professionnels avec la CNI, monsieur Gutiérrez ?

– Aucun, monsieur le juge, il n'y a qu'à voir la façon dont ils m'ont traité.

– Que voulez-vous dire, monsieur Gutiérrez ?

– Si monsieur le juge me le permet, je préférerais ne pas m'étendre sur le sujet.

– D'accord. Il reste cependant encore un sujet sur lequel vous me devez des explications claires. Cela concerne les coups portés au détenu Martinez et les menaces de mort que vous auriez proférées envers le reste des détenus, ceux qui ne se sont pas évadés.

Vous avez pensé à un moment donné pouvoir appliquer la loi de l'évasion [1] à un certain nombre de prisonniers ?

– Je veux être franc avec vous, monsieur le juge.

– Soyez-le, c'est dans votre intérêt.

– C'est vrai que la nuit de l'évasion, j'ai menacé les prisonniers, mais ce n'était qu'une mesure préventive, rien d'autre. Personne n'était préparé à assumer ce qui s'est passé cette nuit-là. J'ai voulu intimider les prisonniers qui restaient pour éviter une mutinerie.

– Et Martinez ?

– Quand ils l'ont amené, il était un peu contusionné. Les gendarmes m'ont dit qu'il s'était fait ces hématomes lorsqu'ils l'avaient sorti de force du trou. C'est moi qui ai décidé de le mettre au cachot.

– Complètement nu ?

– Vous savez, avec les vêtements qu'il portait, il avait l'air monstrueux.

– Et donc vous n'avez exercé aucune violence sur les détenus repris ?

– Aucune, monsieur le juge.

– Très bien, monsieur Gutiérrez, dit le juge Amaya en se levant, je n'ai pas d'autres questions à vous poser pour le moment. Vous pouvez vous retirer, le greffier vous convoquera pour vous donner lecture de l'acte.

Gutiérrez sortit de la salle de tribunal sans prononcer une parole, il traversa les couloirs du palais de justice, les jambes extrêmement lourdes. Une fois dehors, le vent d'automne qui

1. La loi dite de l'évasion autorise les gendarmes à tirer avec leur arme de service sur les prisonniers surpris en flagrant délit de s'évader, sans crainte de poursuites pénales.

soufflait dans la rue lui rafraîchit le visage et il décida de marcher jusqu'à l'avenue de l'Alameda. Les vendeurs ambulants proposaient des bibelots bon marché en hurlant. Sans s'arrêter il lut en une d'un journal de l'après-midi que le gouvernement avait décidé de créer une commission chargée d'enquêter sur le sort des disparus de la dictature militaire : la fameuse commission Rettig.

CHAPITRE 32

Fin juillet 1988
Prison publique de Santiago

Cela faisait maintenant trois semaines et quarante-deux mètres que le moteur fonctionnait. Pour éviter que la direction de la prison ne s'étonne d'une hausse de la consommation d'électricité, les futurs évadés avaient décidé de ne plus écouter de musique dans leurs cellules et d'allumer les radiateurs le moins possible. Le système électrique était vieux et les coupures fréquentes, surtout en hiver. Le Frente avait même fini par interdire l'utilisation des « piticlines », ces thermo-plongeurs de fortune bricolés avec deux câbles électriques, un long clou et un récipient en plastique. L'eau bouillait en trente secondes, mais cela consommait énormément d'électricité. Selon l'explication officielle, leur utilisation était dangereuse et cela ne valait pas la peine de perdre des hommes qui risquaient de s'électrocuter pour un maté ou pour se raser.

Dans le tunnel, question sécurité, ce n'était pas mieux avec l'humidité et les fils électriques qui reliaient les toutes petites ampoules basse tension qu'ils avaient installées. Le boyau était si étroit – soixante-dix centimètres ! – qu'il n'était pas rare de toucher un fil et de sentir une décharge à travers les vêtements toujours humides et moisis qui favorisaient la conduction. Marcelo Osses avait failli y passer. Le câble électrique avait été tiré à partir de la cellule 4 et camouflé derrière une poutre en bois existante ; à l'entrée même du tunnel il y avait une prise et un interrupteur permettant de couper le courant. Quelqu'un avait eu le réflexe de l'actionner, au moment où Marcelo s'électrocutait. Cela lui avait sauvé la vie.

Dans le tunnel, même avec un moteur, ce n'était toujours pas l'air du grand large. « Personne n'est là pour se la couler douce, les vacances c'est dehors ! » avait prévenu Luis, en présentant le système de ventilation. Ce qui, trois mètres sous terre, faisait encore sourire Miguel qui continuait à ramper.

Ça fait tout juste un an qu'on creuse, se disait Miguel, en s'enfonçant en premier dans l'étroit boyau. « Et merde », ajouta-t-il en inclinant la tête au dernier moment, évitant ainsi de justesse la grosse pierre qu'ils avaient baptisée *Quebra cacho* [1], car ils n'avaient jamais pu la déplacer complètement et que tout le monde s'y cognait.

Miguel rampait lentement le long des traces imprimées dans le sol par le « chariot » qu'ils utilisaient désormais pour évacuer un peu plus rapidement la terre. Au tout début, les détenus avaient construit avec beaucoup de soin une sorte de voiturette – les quatre roues avaient été récupérées à l'atelier – qu'ils posaient sur des rails de bois amovibles. Dans leurs plus beaux rêves, les hommes espéraient non seulement y charger la terre mais aussi se déplacer, réminiscence des mines où de nombreux compagnons avaient travaillé.

Au bout de quelques jours, ils avaient dû se rendre à l'évidence : leur tunnel était bien trop étroit pour faire office de galerie de mine, et la terre était par endroits tellement humide

1. Brise-cornes (de cocu).

que les roues s'enfonçaient, s'embourbaient. Ils avaient donc fini par opter pour un système plus rudimentaire, mais efficace : une vulgaire caisse qu'on tirait à l'aide de deux longues cordes, une de chaque côté, d'un bout à l'autre.

Le travail des équipes commençait à être rodé : à chaque tour, une unité de trois compagnons descendait dans le trou. Le premier creusait. Au départ il raclait la terre avec une cuillère, puis ils avaient fabriqué une pelle avec une carafe coupée transversalement et enfin ils avaient trouvé de vraies pioches et des pelles en métal. L'homme de tête avait une corde attachée à une main et amarrée à un bidon dont le haut avait été coupé à moitié en biais, baptisé le « traîneau », qu'il remplissait au fur et à mesure qu'il creusait. Ce traîneau était relié à une autre corde actionnée par le deuxième homme installé dans la base la plus proche. Lorsque le bidon était rempli, il le tirait vers lui et versait son contenu dans le « chariot ». Quand celui-ci à son tour était plein, le troisième homme le tirait vers lui, le vidait et remplissait des sacs, les « valises » accumulées dans la première base avant qu'elles ne soient évacuées par une autre équipe. Les plus grosses pierres étaient jetées dans le premier trou qu'ils avaient creusé jusqu'à six mètres de profondeur en attendant les ordres du Frente.

Les hommes du tunnel alternaient les rôles : au bout d'une heure celui qui creusait retournait à la première base où il y avait plus d'air, le second prenait sa place et ainsi de suite.

Le travail ne s'arrêtait jamais.

Quand on n'était pas dans le trou, il y avait encore l'équipe qui faisait le guet, celle qui faisait passer la terre du rez-de-chaussée de la cellule 4 au premier étage et enfin celle qui, au grenier, se débarrassait de la terre.

Trois détenus étaient chargés du guet et de l'alerte. Ils planifiaient des opérations chargées de dévier l'attention des détenus : tournées de maté, chant, projection de film, tournoi de football… Le chef de l'équipe de garde était posté dans la cellule 4, le chargé de communication maintenait le contact avec l'équipe du tunnel en permanence grâce au talkie-walkie (complètement artisanal, fabriqué en inversant la polarité de petits walkmans dont l'un servait de micro et l'autre d'écouteur) et le troisième surveillait la cellule à l'extérieur en notant tous les mouvements anormaux.

Les valises étaient vite devenues des *mangas*, des jambes de pantalon coupées remplies de terre et cousues qui étaient évacuées au deuxième étage de la cellule 4. De là, un court tunnel avait été creusé qui permettait de faire passer les *mangas* jusqu'au second étage de la cellule 5. Enfin, il ne restait plus qu'à camoufler la terre sous les toits. Ce qui était de loin le pire du boulot…

Chaque geste avait un nom de code. « Manger » signifiait creuser, « faire les courses » être de garde, « laver » étaler la terre sous les toits. Les « œufs » étaient les pierres qu'il fallait enlever, l'orifice entre la cellule 4 et la cellule 5 s'appelait le « concombre » et l'entrée des toits la « pomme ».

Au début, l'équipe du toit travaillait le jour. Mais l'été arrivant, la chaleur montait. Ramper dans les combles était devenu insupportable : il faisait plus de 40° ! Et on pouvait se brûler rien qu'en effleurant la tôle de ses épaules. Le travail s'était donc poursuivi de nuit, mais certains détenus avaient entendu du bruit et s'étaient plaints de la présence de rats dans les greniers. Il avait été donc décidé d'étaler des couvertures sous la terre pour étouffer les sons. Ce qui ne suffisait évidemment pas, et le travail avait repris de jour.

Il y avait, enfin, toutes les activités quotidiennes des détenus auxquelles il fallait participer de manière active et discrète afin que personne ne se rende compte que parfois vous manquiez. La pression était permanente.

Miguel parvint en respirant avec difficulté à la base n° 3, établie à vingt-neuf mètres. Là il put se mettre à quatre pattes, s'étirer un peu, bouger. Mais l'air était de plus en plus étouffant. Iván avait interdit de fumer dans la cellule 4 afin que la pompe électrique, qui fonctionnait maintenant presque vingt-quatre heures sur vingt-quatre, renouvelle un air qui soit le plus pur possible. Le minimum, soupira Miguel !

L'arrivée à la base 3 amenait une épreuve supplémentaire : non seulement l'air y était rare, mais il y avait une odeur d'humidité pourrie qui vous prenait à la gorge et qui imprégnait les habits. Et chaque pore de la peau, pensa Miguel en se rappelant les champignons qui étaient apparus sur les mains et les bras des compagnons de l'équipe précédente.

La base 3 était située exactement sous les douches – qui fuyaient – de la galerie 12. Et la terre était, à cet endroit-là, évidemment, imbibée d'eau. Mais c'était le seul chemin vers la liberté et il était trop tard pour reculer. Pour parer aux fuites, il avait fallu renforcer la cavité avec des planches et Miguel croisait les doigts pour que cela tienne encore les quelques semaines dont ils avaient besoin…

L'odeur d'humidité et de pourriture devenait en outre un sacré problème. Jusque-là les hommes lavaient le soir les vêtements utilisés dans le tunnel et les faisaient sécher le matin. Mais les habits étaient maintenant tellement sales et boueux qu'il devenait vraiment dangereux de les faire sortir du tunnel. L'équipe gardait ses vêtements de travail sales dans un sac en plastique à l'entrée et se changeait deux fois par jour, à l'aller et au retour. Revêtir deux fois par jour cette seconde peau humide et puante n'était pas une partie de plaisir. Sans compter les champignons qui apparaissaient et démangeaient sur tout le corps. Miguel et Manuel avaient décidé de garder leurs vêtements boueux sur eux et d'enfiler, par-dessus, leurs habits de prisonniers modèles. Ils étaient devenus tellement maigres que les couches superposées ne se remarquaient pas. Et ils allaient se laver directement avec leurs habits, ainsi le risque de semer de la boue était moindre. Mais quelle odeur ! Les autres détenus commençaient à les regarder avec méfiance et à les éviter car, de toute évidence, ils puaient !

Raúl lavait la cellule 4 à grande eau tous les jours pour combattre l'odeur d'humidité. Les autres détenus se moquaient de lui et le traitaient de « maniaque »…

Miguel était parvenu au fond du tunnel et s'apprêtait à commencer le fastidieux travail : étendre les bras, enfoncer le bout de pelle le plus loin possible, racler la terre, la ramener, en faire un tas, la lancer dans le chariot – tout ça à plat ventre, étendu ou à genoux, en se tortillant comme un vers – et recommencer…

Soudain il sentit une secousse et entendit un bruit sourd au-dessus de lui. Merde ! Encore un tremblement de terre, pensa-t-il. Tentant de calmer sa panique, il se demanda s'il fallait ou non battre en retraite. Il ne put s'empêcher de se rappeler que le dernier tremblement de terre avait provoqué un éboulement : Luis s'en était tiré de justesse et il avait fallu aller le chercher ! Mais c'était au tout début du tunnel…

– Je ne veux pas être enterré vivant ! jura-t-il.

Juste au-dessus de sa tête un autre coup sourd ébranla le tunnel.

– Merde, je me taille ! et il tira deux fois sur le chariot de manière à faire bouger la corde.

Dans la base 2, Manuel se demanda pourquoi Miguel envoyait ce signal alors que le boulot venait à peine de commencer. Obéissant, il tira de toutes ses forces sur la corde et la caisse, presque vide, vint rapidement.

Juste à ce moment-là, le talkie-walkie grésilla. Le code d'alerte retentit.

– Merde, l'alerte, se dit Manuel, et il se retourna pour évacuer le boyau avec le chariot et laisser place à Miguel.

Au-dessus, dans les galeries, l'alerte était maximale. Une équipe de gardien était en train de sonder le sol... à l'extérieur des douches et juste au-dessus du tunnel.

Ce n'était pas la première fois que les gardiens avaient ordre de chercher d'éventuels souterrains. Et depuis quelques semaines, la surveillance de la prison s'était renforcée. Notamment après l'assassinat d'un des pires bourreaux de la CNI, Roberto Fuentes Morrison, dit « el Wally », qui avait été tué par un commando du Frente. L'opération avait été parfaitement montée et exécutée. La sentence – peine de mort – contre el Wally avait été prise le 2 mai 1989 par les dissidents du Frente qui avait décidé de continuer la lutte armée. À la prison publique, le document avait circulé : il rappelait les crimes et les tortures dont était responsable el Wally et affirmait qu'il fallait rendre justice « par des actes concrets ».

Le 14 juin, lors d'un attentat parfaitement orchestré, la sentence avait été exécutée, au nom de la « lutte contre l'impunité ». Miguel avait appris avec un certain plaisir la mort de « ce fils de pute », par les mains duquel il était passé, comme bon nombre de camarades.

Mais, pour les autorités, cela voulait dire que le Frente continuait ses actions « terroristes ». Et le groupe incarcéré à la prison publique, qui jusque-là avait réussi à l'intérieur de la prison à bénéficier d'une certaine tolérance, était de nouveau dans la ligne de mire des autorités.

Le pire étant que la CNI semblait avoir vent du tunnel.

– Ce n'est pas la première fois qu'ils sondent, tentait de les rassurer Germán. Et ils n'ont jamais rien trouvé !

– Oui, mais tu as vu où ils sont… À moins d'un mètre de notre trou…

CHAPITRE 33

Août 1989
Santiago et Valparaiso

Un matin, ils étaient venus le chercher.

– Hugo Neculeo, préparez vos affaires. Vous êtes libre.

Hugo savait par son avocat que sa demande de mise en liberté avait des chances d'être acceptée. Mais il ne s'attendait pas à ce que ce soit si rapide. Sitôt les matons sortis de la cellule, il commença à ramasser le peu d'affaires qu'il avait accumulées en prison et promit à ses compagnons qu'il ne les oublierait pas.

– J'irai voir la commission, voir ce qu'il en est, où ils en sont, s'ils nous soutiennent ou non. Je vous jure que je tirerai cela au clair.

Miguel apparut alors dans la cellule.

– Salut l'Indien. On m'a dit que tu étais un homme libre.

Embrassant solennellement son compagnon, il sortit d'un air soucieux la main gauche de sa poche et tendit son poing serré vers Hugo.

– Apporte-leur ça de ma part. On verra ce qu'ils diront.

Surpris, Hugo Neculeo ouvrit les deux mains pour recevoir le message de son chef. Au contact rugueux de la poignée de terre, il sourit :

– Tu peux compter sur moi. Je leur prouverai que nous avons creusé et que vous continuez à creuser. Et lorsque vous verrez le jour, à la sortie du tunnel, le premier être humain que vous verrez ce sera moi, je vous le jure, je serai là.

L'air était froid, le soleil luisait dans le ciel bleu et le cirque de montagnes qui surplombait Santiago avait revêtu son manteau de neige. La vieille porte de la prison publique s'était refermée. Hugo regarda autour de lui. Personne ne l'attendait. Il n'attendait personne. Sa vieille mère ne pouvait plus se déplacer depuis longtemps et, de toute façon, comment aurait-elle fait le voyage depuis Concepción ?

Il avait passé trois ans sous les verrous, dont un, quasi intégralement, sous terre, consacré à creuser.

Sa première nuit de liberté fut une nuit blanche. Il avait choisi un hôtel qui, loin d'être luxueux, était cependant bien plus confortable que sa cellule de la prison publique. Mais le sommeil ne venait pas. Trop de choses à penser, trop d'émotions et de désirs accumulés, réprimés par l'enfermement, et cette vie tout entière consacrée au combat. Le soleil était à peine levé lorsque Hugo Neculeo se prépara à sortir.

Auparavant, il jeta un coup d'œil à la fenêtre. Au fond, à travers les vitres, la cordillère se devinait dans la pénombre. Il avait oublié l'hiver, la beauté imposante de la nature, l'accumulation d'oxygène. En fermant la porte de la chambre, il mit automatiquement la clé dans la serrure, surpris lui-même par ce geste anodin qui rappelait sa condition d'homme libre. Peu importait pourtant sa situation présente. Pas une seconde Hugo ne cessait de penser à ses camarades. En montant dans le bus qui le ramenait au centre de la ville, la lumière du jour l'éblouit. Puis il s'engouffra dans le métro. Il descendit à la station Cal y Canto, la plus proche de la prison publique. Sur le quai, il observa la voûte de la station et le tunnel. Cela semblait illusoire de vouloir sortir par là, même en pleine nuit. Les camarades allaient devoir creuser plus loin, jusqu'à l'ancienne gare Mapocho.

Il sentait dans son dos l'œil pesant du gardien qui, là-haut sur sa tour de guet, pointait sa mitraillette vers l'hypothétique commando terroriste que sa hiérarchie lui avait appris à craindre. Hugo Neculeo, concentré, égrenait de sa main la terre qu'il avait enfouie dans sa poche gauche. Il comptait ses pas, discrètement réguliers. Au milieu de la chaussée qu'il était en train de traverser, il eut un moment d'hésitation. Il venait de sentir une vibration, comme un grondement. Le métro, pensa-t-il, le métro évidemment il est là, et on le sent… Il se concentra à nouveau sur ses pas. Il avait rejoint le large terre-plein, pratiquement désert, qui s'étendait devant l'ancienne gare Mapocho. Il venait de compter dix-sept mètres et d'atteindre le mur érigé comme une frontière, entre le monde carcéral et le monde des vivants, des piétons, de la ville. Il contourna le mur, regardant devant lui le palmier qui s'élevait vers le ciel : Germán ne nous a pas menti, tout est là, exactement, le métro, le réverbère, le mur, le palmier. Il tenta de rassembler ses pensées : il reste vingt-huit mètres à creuser, vingt-huit si j'ai bien compté. C'est ce qu'a prévu Manuel. Tout est prévu. Au millimètre.

Il s'appuya contre le mur, débordé par le sentiment de liberté qui l'étreignait. Hugo se trouvait enfin hors de portée du regard de la sentinelle, la mitraillette était pointée ailleurs, il renaissait. Il s'autorisa un instant à ne plus penser à la prison, aux amis. Le cœur trop plein, il respira bruyamment, regarda autour de lui. La vieille gare Mapocho en acier, édifiée en 1910, à la manière de Gustave Eiffel, pour célébrer le centenaire de l'Indépendance, était à l'abandon, protégée par des palissades sur lesquelles des affiches à moitié déchirées arboraient encore d'immenses *NO* et *SI*, vestiges du référendum organisé dix mois plus tôt. Hugo était perplexe, il se souvenait parfaitement du 5 octobre 1988. Il avait passé la journée dans la cellule avec Germán et Miguel à discuter politique. Le référendum n'était qu'une manœuvre, avaient-ils conclu. Pinochet était le seul et unique candidat. Que son mandat continue ou non, il restait maître à bord et ses acolytes aussi. Que pouvait-il maintenant découler de cette soi-disant Concertation qui pactisait avec l'ennemi ?

Il était midi, et il y avait peu de monde devant l'ancienne gare. Aux rares passants croisés, Hugo avait envie de demander : est-ce que vous faites partie des 54 % de Chiliens qui ont voté non ? Et que voterez-vous dans quelques mois ? Et ça veut dire quoi pour vous cette Concertation ? L'air a-t-il vraiment changé depuis le 5 octobre ?

Sa tête semblait prête à exploser. Il aurait voulu hurler, s'exprimer, faire des discours. Mais, pour les autres, il n'était qu'un Indien. Et comme il en avait pris l'habitude depuis sa naissance, il ravala ses paroles, se fit petit, baissa les yeux et s'obligea à penser à l'essentiel. La liberté, quelle liberté ? Tant que les autres restaient dans le trou, il ne pouvait se sentir libre. Il aurait été tellement plus héroïque de sortir par le trou que par cette porte qui s'était refermée sur ses amis. Et maintenant qu'il était dehors et qu'il fallait, question d'honneur, replonger dans la clandestinité, la liberté avait un goût de prison. Il connaissait la chanson : la peur, l'errance, la solitude, les rendez-vous incertains, les actions sans lendemain. Par où commencer ? Il fallait se débarrasser de cette satanée poignée de terre. Avertir le haut commandement. Et disparaître. Trouver de l'argent. Garder le contact avec les autres. Les aider. Les faire sortir. Et s'il décidait de se laver les mains de tout ça ? Il suffisait qu'il prenne le train pour Concepción une bonne fois pour retourner vers les siens. Il trouverait bien les moyens de vivre. Un boulot. Une femme. Tout était possible. Oublier. Mais qui le laisserait oublier qu'il n'était qu'un Indien ? Qu'il n'avait droit à rien, qu'il n'était qu'un pauvre parmi les pauvres ? Le pire des pauvres. Et comment abandonner ses compagnons creusant au fond du trou ?

Ce jour-là, Hugo Neculeo marcha sans s'arrêter dans Santiago. Il parcourut de long en large cette ville qui grandissait sans aucune compassion pour l'environnement. Le progrès des *Huincas*[1], c'est la destruction de la terre, lui disait son grand-père. Et l'homme avait raison. Lorsqu'il revint à son hôtel, la nuit était tombée. Il pénétra dans sa chambre sans adresser la parole à personne, ouvrit la bouteille de vin rouge Gato Negro qu'il avait achetée dans la journée et la but lentement, verre après verre. Il se sentait un peu fébrile en pensant à son rendez-vous du lendemain. « À dix heures, lui avait dit Miguel en lui disant adieu, c'est quelqu'un que tu connais. » Puis il lui avait serré avec force l'avant-bras : « Tu dois dire aux dirigeants, au nom de tous les prisonniers, que s'ils n'assument pas leur promesse nous prendrons seuls notre destin en main. » Le chef avait ainsi parlé, comme lui seul savait le faire. Hugo Neculeo avala la dernière gorgée de vin, bien meilleure que la première, et sentit qu'une agréable sensation de relâchement parcourait son corps. Il s'allongea sur le lit et s'endormit profondément.

Il fit un rêve étrange : il se trouvait seul dans un champ de maïs. Il pleurait sans savoir pourquoi, ses larmes coulaient si fort que la terre s'humidifiait : la Pachamama se réjouissait et, pour le remercier, lui remettait ses fils, modelés dans la boue,

1. Hommes blancs.

l'un après l'autre. Hugo les recevait sans cesser de pleurer. Un fleuve de larmes coulait de son visage et les hommes de boue commençaient à se dissoudre. Hugo tentait de retenir ses larmes, sans succès, lorsque du plus profond de son corps surgit un cri immense qui retomba dans le silence matinal.

À huit heures, il sortit de l'hôtel. Il se donna deux heures pour vérifier que personne ne le suivait. Il emprunta un bus, puis en descendit soudainement, traversa la rue et prit immédiatement un autre bus dans le sens opposé. Puis tout aussi rapidement il en descendit et s'engouffra dans un minibus qui l'emmena sans qu'il réfléchisse jusqu'à la nouvelle station de métro dans laquelle il s'engouffra d'un pas enfin plus assuré. Cal y Canto. C'était le nom de la station. Cal y Canto. C'était le nom de leur liberté. Cal y Canto. Le jour où le plafond s'était effondré il y avait déjà plus d'un an, Luis avait hurlé : Cal y Canto bien sûr ! Les autres l'avaient pris pour un fou. Mais Luis s'était expliqué. Combien de fois ensuite – et plus calmement – n'avait-il pas raconté l'histoire du pont Cal y Canto ? En 1985, lors des travaux d'excavations de la nouvelle station de métro Mapocho, les ouvriers avaient retrouvé les vestiges de ce pont présenté comme l'une des œuvres les plus importantes de la période coloniale. Inauguré en 1782 au-dessus du fleuve Mapocho, approuvé par le roi d'Espagne (se gaussait Luis), le pont Cal y Canto était destiné à unir le nord et le sud de Santiago. Par souci d'économie, le pont n'avait pas été construit en pierre mais avec de la chaux, des briques et… des œufs battus. Ils avaient utilisé deux cent mille œufs. À l'époque, c'était les détenus de la prison qui avaient construit le pont à la sueur de leur front sous la férule de cruels gardiens. Deux cents ans plus tard, les forçats de la galerie 7 bouchaient leur trou avec des douzaines d'œufs et creusaient eux aussi. Hugo Neculeo souriait en se souvenant. Quelle peur ce jour-là, quel étrange bonheur que celui d'y faire face à plusieurs.

Un train entrait en gare justement. Il descendit l'escalier en courant, monta dans le premier wagon. La rame était déserte ou presque. Assis sur un strapontin, il ouvrit délicatement le paquet de chewing-gum que Manuel lui avait donné et que, par mesure de sécurité, il ne devait ouvrir qu'une heure avant le rendez-vous.

« Rendez-vous à 10 heures Alameda con Ahumada, le contact aura une sacoche noire et le journal *La Nación* plié sous le bras gauche. »

Au coin des deux artères centrales de Santiago, Hugo reconnaît aisément son contact. C'est une femme. Elle porte un grand sac à main noire en bandoulière et *La Nación* comme prévu. Ses cheveux sont châtain clair, son visage rond, presque joufflu, ses yeux clairs, couleur de miel. Elle s'appelle Patricia et a le type européen, espagnol. Hugo la connaît de vue pour l'avoir aperçue plusieurs fois à la prison : une des plus jolies filles qui rendaient visite aux détenus. Hugo sentit à la fois la joie l'envahir et un nœud à l'estomac l'étreindre au moment où elle récita à haute voix, lorsqu'il passa devant elle, pour vérifier que c'était bien lui le contact :

– *Antiguo hangar echado junto al río, puerta del mar, vieja Estación rosada…*

Marmonnant son poème, elle arborait cet étrange sourire séduisant mais provoquant, qu'ont souvent ceux qui n'ont rien à perdre parce qu'ils manquent de tout.

– *… bajo cuyas ferruginosas cavidades sueños y trenes, saliendo desbocados.*

Hugo avait enchaîné, retrouvant son sourire. Le Frente lui

avait fait au moins connaître la poésie. L'ode à l'ancienne station Mapocho du grand Neruda, il l'avait apprise dans le trou, avec Miguel, au cas où…

Elle plissa la paupière droite dans un long clignement d'œil, s'assit au pied du palmier et lança :

– Un café, compagnon, un café ne me ferait pas de mal.

Hugo s'approcha :

– Le plaisir de le partager sera pour moi.

Elle continuait à marmonner :

– *Se fugaron los dioses y entran como ciclones los trenes ahuyentando las distancias. De otro tiempo gentil y miserable eres.*

En bonne professionnelle de la clandestinité, Patricia s'empara aussitôt de la main de Hugo. À les voir ainsi, n'importe quel observateur aurait eu l'impression d'être en présence d'un couple qui se retrouve. Hugo sentit le contact de sa main ferme et douce. Le désir lui donna envie de rugir. Dans sa tête, les vers de Neruda continuaient de se dérouler tous seuls :

Y tu nave de hierro alimentó las crinolinas y los sombreros altos, mientras sórdida era la vida de los pobres que como un mar amargo te rodeaba.

Le couple se perdit dans la foule qui les entourait et les emportait sans qu'ils suivent unc direction déterminée. Sans la main que Patricia lui tenait si fortement, Hugo aurait sûrement détalé dans le sens inverse. Mais il la suivait, comme si de rien n'était, angoissé par la foule compacte. Hugo savait que la liberté ne se retrouve pas au moment de passer la porte de la prison et que de voir tant de gens marcher dans tous les sens signifiait seulement qu'il n'était plus prisonnier. Le poids de la routine, des espaces bien délimités, des visages du quotidien déterminent pour longtemps l'horizon psychologique des détenus. Patricia sentait les angoisses de Hugo à travers le contact de sa main. Elle savait que la compréhension ou la compassion ne servaient à rien. Elle s'exclama simplement :

– Il y en a du monde !

Hugo attendit quelques secondes avant de répondre :

– Bon, on va prendre ce café...

Ils s'engouffrèrent dans le premier bistrot. L'endroit était calme à cette heure-là. La décoration des années 1970 – sol carrelé, banquettes en skaï, tables en Formica – n'était pas très chaleureuse. Quelques clients esseulés lisaient le journal. Deux étudiants, qui tentaient de chuchoter pour ne pas se faire remarquer, ne pouvaient s'empêcher d'élever la voix de temps à autre :

– Si ! je te dis que c'est la fin d'une période !

– Tu es trop naïf, rien ne va changer. Sinon *il* n'oserait pas organiser d'élections.

Patricia indiqua une table à Hugo, puis s'assit délibérément et volontairement à côté de lui, sur la banquette en simili cuir, sans que celui-ci n'ait pu émettre le moindre geste de politesse.

Lorsque le serveur s'approcha, elle se serra contre Hugo en souriant, et lança rapidement d'un air entendu comme si elle connaissait les goûts de son compagnon depuis des décennies.

– Deux cafés au lait, s'il vous plaît.

Hugo intervint :

– Excusez-moi, pour moi ce sera sans lait pour une fois !

Pendant que le serveur s'affairait, elle regardait Hugo dans les yeux.

– Tout va bien, compagnon, je pensais que tu aimais le café au lait.

– Il n'y a pas de problème, répondit Hugo, je voulais juste...

Patricia l'interrompit :

– Ne me dis rien de ce que tu dois discuter avec la direction. Je ne suis qu'un simple contact. Si tout va bien, nous verrons un des chefs dans quelques heures. Comme tu peux l'imaginer, il faut appliquer les règles de sécurité maximales. D'ailleurs, nous allons nous rendre en dehors de Santiago.

Hugo fronça les sourcils, surpris, puis acquiesça. Il avait compris.

Le serveur apporta les deux cafés et l'addition. Patricia versa le sucre dans sa tasse et mélangea méthodiquement.

– Nous allons procéder de la manière suivante, poursuivit-elle avec autorité, dès que j'aurai terminé mon café, je m'en irai. Nous nous retrouverons dans quarante-cinq minutes au terminal de bus de la gare centrale. Pardonne-moi d'insister, mais vérifie bien que personne ne te suit, je ferai de même.

Elle posa une enveloppe sur la table.

– Un peu d'argent. Et comme ça, tu m'offres le café au lait, ajouta-t-elle en souriant.

Hugo Neculeo demeura silencieux, écouta, acquiesça encore.

Patricia se leva, l'embrassa sur la joue et ajouta fermement :

– Ne sois pas en retard. À 11 h 30 au terminal de bus, près du guichet et détends-toi, tout va bien.

Hugo Neculeo se retrouva perplexe, un peu étonné des mesures de sécurité imposées. Il comprenait qu'il avait rendez-vous avec quelqu'un d'important et qu'il était normal de prendre des précautions. L'organisation se méfie par principe des détenus qui sont libérés. Aux mains de l'ennemi, les prisonniers peuvent être infiltrés. Mais il était surtout surpris, et agréablement, par Patricia. Quelle fille ! Son estomac se serra au moment où il la vit quitter le bar. Il avait presque peur de ne plus la revoir. Son baiser sur la joue, son parfum qui sentait légèrement la violette lui rappelaient ses années de jeunesse, lorsque le désir montait de manière incontrôlable. Hugo régla les cafés et demanda au serveur de lui indiquer les toilettes. Il ouvrit la porte indiquée et remarqua au fond du couloir une autre porte entrouverte par laquelle pénétrait la lumière du jour. Il pressa le pas, traversa l'arrière-cour et s'engouffra sous un porche qui menait dans la rue. À 11 h 25, il entra dans la gare routière et comme prévu, au guichet, il retrouva Patricia qui lui faisait signe de la main. Elle tenait deux billets.

– Nous partons à Valparaiso, tout de suite.

Hugo la suivit avec un plaisir non dissimulé. Le voyage de deux heures fut agréable. La présence de Patricia le mettait de bonne humeur et il s'était définitivement calmé. Les réflexes de la séduction lui revenaient peu à peu. Il la fit rire, lui expliquant les origines des surnoms dont étaient affublés la plupart des prisonniers. « Le crocodile », c'était pour celui que les bourreaux menaçaient de jeter aux crocodiles et qui, sous la torture, hurlait « pas les crocodiles ! ». Il y en avait un qui était si maigre qu'on l'appelait « le crayon ». Il passa tous les surnoms en revue. Même le sien, « l'Indien », parce qu'il ne pouvait, ni ne voulait, renier ses origines dont il était si fier, dans le fond. Et s'il savait bien que, pour la plupart des Chiliens, « l'Indien » représentait – signe de la brutalité du racisme ordinaire – la pire des insultes, dans la bouche de ses compagnons, c'était un surnom amical, voire respectueux.

En dépit du froid et de l'humidité qui régnaient, l'arrivée à Valparaiso le bouleversa. Le port, l'odeur de la mer, tout semblait si différent. Il avait suffi de quelques heures de liberté pour qu'il se sente transformé.

– Avons-nous le temps de manger une soupe de poissons ? demanda-t-il à Patricia. J'invite, ajouta-t-il en souriant.

– Bien sûr, répondit Patricia, je connais un bon resto pas loin, il s'appelle Le Coin marin.

Ils sortirent de la gare routière et empruntèrent l'avenue Puerto Montt, celle que chantait Germán pour faire diversion pendant les réunions. Hugo pensa à tous ses camarades prisonniers et se jura de ne jamais les oublier, en dépit de sa joie présente. Ils passèrent devant le nouveau bâtiment du Congrès. Hugo prit la main de Patricia qui ne dit rien. La soupe et le vin lui firent oublier le froid et la faim. Au cours du repas, ils évoquèrent le port de Valparaiso et toutes les légendes qui s'y rapportaient. Avant la construction du canal de Panama, tous les bateaux ne s'arrêtaient-ils pas à Valparaiso avant de passer de l'Atlantique au Pacifique ? Le port faisait non seulement rêver les marins du monde entier, mais aussi tous les amateurs de voyages et d'aventures. Valparaiso, la ville aux sept collines, parsemée de maisons colorées aux toits de tuiles, si proches de l'eau qu'elles semblaient sur le point d'y tomber. Patricia rappela que c'était aussi de Valparaiso qu'avait été lancé le coup d'État contre le président Salvador Allende. Hugo profita du silence qui s'ensuivit pour demander à Patricia si elle vivait avec quelqu'un.

– Cela fait deux ans que je suis séparée du père de ma fille. Je suis presque une femme libre. Presque parce que je travaille et que je m'occupe de ma fille. Bon, il faut y aller sinon on va arriver en retard et, ça, c'est impossible.

Hugo sortit son enveloppe et demanda l'addition. Patricia sourit.

Le rendez-vous était prévu au Cerro Barón. Ils prirent un bus, puis le funiculaire. Du sommet de la colline, ils découvrirent une vue splendide sur tout Valparaiso.

– Tu as rendez-vous dans cinq minutes. Je vais t'attendre dans ce café. Toi tu t'assois là-bas sur les bancs de cette terrasse. Le camarade viendra te chercher.

Hugo la regarda et lui dit avec les yeux ce qu'il n'était pas capable de lui dire avec des mots. Patricia lui serra la main et dit simplement ce qu'il avait envie d'entendre.

– Je t'attendrai.

Hugo Neculeo s'assit, alluma une cigarette. La lumière commençait déjà à baisser sur l'horizon et il se perdit dans la contemplation lointaine du port.

– Salut, compagnon, lui lança une voix masculine. Pas mal la vue non ? Je suis Daniel, membre de la commission politique du Parti.

L'homme, grand, massif et chauve, devait avoir quarante-cinq ans. Il serra la main de Hugo et l'embrassa.

– Impressionnante, répondit Hugo.

– Ça fait un moment qu'on t'avait bouché l'horizon…

– Presque quatre ans. Tout change en quatre ans.

Hugo sentait que l'homme possédait la sérénité propre au combattant. La clandestinité et la lutte lui étaient familières. Il devait être un de ces officiers formés à Cuba, qui avait ensuite combattu au Nicaragua et qui était revenu au Chili pour former le Frente.

– Alors, camarade, comment se porte le moral des troupes en prison ?

– Fort et combatif comme d'habitude. Tiens, je t'ai apporté un p'tit cadeau.

Hugo plongea la main dans sa poche et sortit du fond de sa veste un paquet de cigarettes. L'homme sentit que le paquet pesait plus lourd que prévu et le secoua comme s'il s'agissait d'une maraca.

– Ouvre-le, insista Hugo.

Daniel décolla avec précaution l'étiquette qui fermait le paquet sans pouvoir éviter de faire tomber quelques grains de terre.

– D'accord. C'est clair. Allons droit au but. Le Parti est décidé à vous aider. C'est vrai que nous nous étions engagés à creuser le tunnel de l'extérieur, mais la situation est mauvaise, on a perdu beaucoup de cadres et beaucoup de matériel. Notre engagement reste cependant intact. En plus, ça fait des mois que nous mettons en place l'infrastructure qui sera nécessaire quand le tunnel sera terminé. Nous vous aiderons avec tous les moyens possibles, qui sont, il faut être objectif, très modestes.

– Les camarades ont perdu confiance, mais ils auront besoin du Parti pour survivre lorsqu'ils sortiront !

– Fais savoir à tes compagnons que tout sera prêt. Selon nos informations, ce sera dans deux ou trois mois. Nous n'y mettons qu'une condition : nous ne voulons pas d'armes pendant toute l'opération dans la prison. Parce que s'ils trouvent des armes, ce sera un massacre. À l'extérieur, il y aura un groupe d'appui de combat, armé, pour aider les camarades s'ils ont besoin qu'on les défende.

Hugo Neculeo savait que c'était un point de divergence entre Miguel, le Parti et la plupart des membres de l'opération, mais il se dit que ce n'était pas le moment de discuter. Le premier contact devait à tout prix bien se passer.

– À partir d'aujourd'hui, tu fais partie de l'équipe de sauvetage. Le responsable de l'opération extérieure sera le chargé militaire du Parti.

L'homme continua la conversation par une analyse de la situation politique générale et de celle du Frente. Il décrivit les difficultés qu'ils avaient pour se situer dans le nouveau contexte politique, depuis le référendum. Le Parti avait appelé à voter non parce que le peuple ne pouvait plus supporter l'idée que Pinochet reste huit ans de plus au pouvoir. La victoire du non ouvrait les portes à une démocratisation contrôlée par les militaires, avec l'élection d'un nouveau président et de nouveaux députés. Il était clair pour la plupart des membres du Parti que, si un civil gagnait cette élection, la lutte armée perdrait tout son sens.

– Mais nous avons toujours lutté contre l'État capitaliste. Ils changent de personne, ils disent que c'est un démocrate, mais ça ne change rien.

– C'est un vrai dilemme, camarade. Car ce sont les urnes qui vont chasser Pinochet du pouvoir. La lutte armée a été utile, pourtant nous n'avons pas été capables de tuer Pinochet, ni de soulever le peuple. L'histoire nous donnera sûrement raison, mais, aujourd'hui, malgré tout ce que nous avons accompli, nous sommes en train de perdre et nos morts aussi.

La conversation dura près de deux heures. La nuit était déjà tombée. Ils se mirent d'accord sur les principes généraux concernant l'aide, les transports, les vêtements, les maisons protégées, les papiers et tout ce qui permettrait aux futurs évadés de survivre à l'extérieur. Ils se saluèrent d'une accolade.

– Au fait, reprit Daniel, Patricia travaille aussi sur l'évasion, elle s'occupe de trouver des maisons et des véhicules. Mais elle ne sait pas de quoi il s'agit et c'est mieux pour le moment. Comme tu as dû t'en rendre compte, c'est une femme intelligente. Ne lui donne aucun indice. Bon ! Camarade, on se voit à Santiago dans quinze jours. Station Cal y Canto.

– C'est un bon endroit.

Pendant qu'il se dirigeait vers le café où devait l'attendre Patricia, le cœur de Hugo Neculeo se mit à battre à tout rompre. Il avait une peur terrible qu'elle ne soit plus là. Avant d'entrer, il respira un bon coup. Puis il poussa la porte tranquillement. Il y avait du monde et de la fumée à l'intérieur du café. Au premier coup d'œil, il ne vit personne. Il avança vers le fond. Elle était assise devant un verre de vin, le livre qu'elle tenait laissait à peine deviner son visage. Il se précipita comme s'il s'agissait d'un rendez-vous amoureux, comme si la femme qui l'attendait était sa compagne depuis très longtemps. Elle le vit et lui sourit, entièrement. Ils se prirent les mains et s'embrassèrent comme s'il n'existait que cette seule forme pour communiquer.

– Tu dois rentrer à Santiago cette nuit ? demanda Hugo.

– Non, j'ai deux jours de congé, et ma fille est chez ma mère.

– J'ai vu un petit hôtel en venant sur l'avenue Puerto Montt. On peut y passer la nuit ?

– Évidemment.

Lorsqu'ils sortirent du café, une brume épaisse recouvrait Valparaiso. La nuit s'était emparée de la ville, les lumières du port brillaient comme autant de chandeliers et le soleil réchauffait le cœur de l'Indien.

CHAPITRE 34

Août 1989
À l'hôpital de Santiago et chez Gema

La joie, immense, de Gema, le jour où elle apprit qu'elle était enceinte, était indescriptible. Son cœur débordait de sentiments accumulés, de rires, de pleurs. Elle était fière de porter en elle l'enfant de Pancho, l'homme qu'elle aimait, ce combattant qui offrait sa vie à une cause juste et nécessaire. L'enfant qui allait naître représentait évidemment un acte d'amour, mais Gema avait aussi l'impression que c'était un formidable acte de résistance. Jusque dans les cloaques obscurs de la dictature, la vie avait pris le dessus sur la mort et la douleur. La seule chose qui la perturbait était d'imaginer la réaction de son père. Elle ne pouvait s'empêcher de penser à lui. Comment lui expliquer que, non seulement, elle se retrouvait mère célibataire, mais qu'en plus le père de l'enfant était un prisonnier politique accusé de terrorisme, qui risquait fort d'être condamné à la prison à perpétuité ?

Le corps de Gema commençait à afficher d'évidents symptômes. Selon ses calculs, elle en était déjà au quatrième mois bien avancé. Sa mère, qui connaissait tous ses secrets, la suppliait de se confier à son père qui, elle en était convaincue, serait ravi de devenir grand-père. Pour Gema, briser d'un coup les tabous, multiples, qu'impliquait sa situation était difficile. Les codes religieux de la très conservatrice société chilienne interdisaient non seulement l'homosexualité, l'avortement, le divorce, mais aussi les relations sexuelles en dehors du mariage. Gema était passée outre tous ces préjugés. Et bien que son père, elle le savait, fut un homme généreux aux idées progressistes, son passé militaire et sa foi catholique lui avaient forgé une morale bien stricte. Gema l'observait vieillir, inconsolable, habité par la peine du soldat qui a perdu la guerre sans même l'avoir livrée. Les blessures du coup d'État étaient lentes à cicatriser et l'intérêt de Gema pour la résistance ne faisait que prolonger la convalescence. La peur qu'elle puisse être un jour arrêtée et torturée rongeait ses nuits, il se sentait coupable, convaincu que la rébellion de sa fille était une conséquence de l'impuissance, à la fois personnelle et collective, des militaires constitutionnalistes qui n'avaient pas pu empêcher le putsch de septembre 1973.

C'est pourquoi avant de parler à son père, Gema retourna voir Patricia. Gema avait confiance dans les conseils de son amie, intelligente, sensée, pour l'aider à affronter la situation. De surcroît, elle pourrait l'examiner et vérifier que tout allait bien du côté du bébé.

L'hôpital ne changeait pas, avec ses queues interminables et ses figures résignées. Mais l'atmosphère lui sembla plus survoltée encore que d'ordinaire. Le visage de Patricia qui réconfortait un jeune couple semblait surnager au milieu de la foule. Gema se plaça dans l'angle de vision de son amie. Il fallut quelques secondes à Patricia avant de la voir. Elle lui sourit alors et la salua de la main. Gema fit un geste indiquant qu'elle pouvait patienter. Dès que Patricia eut terminé, elle s'approcha et serra affectueusement Gema dans ses bras.

– Félicitations, quelle belle maman tu vas être !

– Merci !

Patricia la prit par le bras et elles commencèrent à marcher.

– Je te rends le compliment, commença Gema doucement, toi aussi tu es radieuse.

– C'est que je suis amoureuse ! répondit immédiatement Patricia.

Elle sourit en regardant le ventre de Gema. Leur rire envahit tout à coup le couloir qui menait à la salle de consultation de Patricia.

À l'intérieur, Patricia installa d'office Gema sur le lit d'examen.

– On va voir comment se porte ton enfant !

– C'est aussi pour ça que je suis venue.

– Commençons par le plus important et gardons le reste pour plus tard.

Patricia palpa le ventre de Gema et lui fit écouter, émue, les battements du cœur de l'enfant qui résonnait dans le stéthoscope.

– Tout a l'air parfait, lui dit-elle en souriant.

Les gestes adroits et rapides de Patricia impressionnaient Gema.

– À en croire la forme de ton ventre ça doit être un garçon, poursuivit Patricia. Enfin je te dis ça comme ça… je mélange mon expérience et un brin de sorcellerie, mais, pour être sûre, rien ne vaut une échographie. Tu peux en faire une la semaine prochaine, ne t'inquiète pas pour l'argent, je demanderai à un ami médecin qu'il te la fasse gratuitement. De toute façon, tu n'as pas de souci à te faire : nous ferons le nécessaire pour que ton petit vienne au monde dans les meilleures conditions. Le plus important, c'est que tout se passe bien. Tout va bien en tout cas ! Tu peux te rhabiller. Fais juste bien attention à bien te nourrir et à ne pas grossir trop vite !

Gema se releva et commença à s'habiller.

Patricia l'observait avec son ventre rond. La sage-femme avait l'habitude de voir ses patientes dans cet état, mais Gema lui inspirait une tendresse particulière. C'était déjà une jeune femme, mais son caractère jovial la rajeunissait et elle avait l'allure d'une très jeune fille. Gema s'assit face au petit bureau. Patricia termina d'écrire une lettre de recommandation pour l'échographie. Elle la lui remit et reprit :

– Raconte alors. Tu as un nouveau courrier pour moi ?

– Non, rien de tout ça. C'est plutôt personnel.

Gema s'installa mieux sur la chaise.

– Je ne sais pas comment annoncer à mon père que je suis enceinte de Pancho.

– Ne t'inquiète pas. S'il t'aime, ton père, il faudra bien qu'il assume que tu es heureuse avec Pancho.

– Oui, mais pour qu'il comprenne comment je suis tombée enceinte, ça va être un peu plus difficile ! Encore que je pense qu'il est capable de comprendre, mais ce qui va être dur ce sont les commentaires du reste de la famille…

– Ne fais pas attention. C'est comme ça dans ce pays. Nous, les Chiliens, nous sommes de vrais bigots, préoccupés par l'apparence et le qu'en-dira-t-on, gronda Patricia. On sait, tous les Chiliens savent, le monde entier sait, que, depuis quinze ans, on torture dans toutes les casernes du pays, et la plupart des gens refusent de croire à cette immoralité absolue. Il y en a même qui la justifient.

– Je sais, j'ai failli en ficher une bonne à un de mes oncles qui affirmait que ce n'était pas vrai, que les prisonniers politiques n'étaient pas torturés.

– Écoute-moi bien, Gema. Nous, les femmes, c'est à nous de faire la révolution dans ce pays. Il n'y a pas que la dictature qui soit responsable de la chape de plomb morale et stupide qui pèse sur les Chiliens. L'Église catholique n'a pas cédé d'un millimètre depuis plus d'un siècle. Le plus triste et le plus ridicule dans tout cela, c'est que la pratique sociale ne suit même pas les commandements de l'Église. Quelle hypocrisie ! Les gens ne divorcent pas, mais ils se séparent et ils annulent le mariage civil sous n'importe quel prétexte… que le témoin s'était trompé d'adresse, par exemple !…

– Exactement le cas de cet oncle dont je t'ai parlé.

– Et le plus tragique c'est la question de l'avortement : tout le monde a des relations extraconjugales, ou avant le mariage. Et si par hasard, ou plutôt si par malchance la femme tombe enceinte, elle préfère avorter clandestinement plutôt que d'affronter sa famille. La principale cause de mortalité chez les femmes entre quatorze et vingt ans ce sont les avortements bâclés, tu sais. Une loi qui légalise l'avortement… on en est encore bien loin. Les démocrates-chrétiens ne laisseront jamais faire. Mais bon, cela n'a rien à voir avec ta situation présente. Tu vas avoir cet enfant et ton père sera content…

Patricia l'aida à enfiler son manteau et elles se dirigèrent vers la porte. Alors qu'elles étaient déjà dans le couloir et que Gema savait pertinemment que Patricia était submergée de travail, elle ne put s'empêcher de demander :

– Bon, on n'a parlé que de moi. Mais toi ? C'est qui ton amoureux ? C'est un secret ?

– C'est un secret. Mais je ne peux rien te cacher…

Elles marchèrent encore quelques pas.

– C'est Hugo, l'Indien…

– Wouahhh !!! s'exclama Gema en étouffant son cri, la main devant la bouche. El Indio est une tête brûlée…

– … et un amant extraordinaire, dit en riant Patricia.

– C'est un drôle de type, très solitaire, je le vois peu, et en plus il n'est pas très loquace, vraiment il ne dit pas grand-chose.

– C'est drôle, je ne l'ai jamais imaginé en couple, tout le monde pense qu'il est marié avec la révolution et par conséquent avec Miguel, parce que ça, oui, il est fidèle en amitié. S'il en avait les moyens, il attaquerait la prison pour en sortir Miguel.

– C'est clair.

Patricia ajouta en évitant que le drôle de pressentiment qui lui venait à l'esprit ne se lise sur son visage :

– Il souffre du fait que ses camarades sont encore prisonniers et pas lui. Mais c'est un homme intelligent. J'espère que ceux qui vont remplacer Pinochet finiront par libérer tous les prisonniers politiques… sans eux, la dictature n'aurait pas cédé si facilement.

Elles approchaient de la sortie de l'hôpital.

– Bon, ma Gema, garde bien le secret et prends bien soin de toi.

– Ne t'inquiète pas. Et merci pour tout, et tes conseils.

Les deux amies s'embrassèrent et Gema vit Patricia se perdre au milieu de la foule des patients qui attendaient. La sage-femme se dirigea d'un pas rapide vers son bureau où elle entendait le téléphone sonner. Elle décrocha :

– Madame Patricia ? Don Carlos à l'appareil, je voulais vous dire qu'il n'y a pas de problème pour que vos amis qui viennent de France séjournent dans notre maison de campagne.

– Oh ! Merci beaucoup don Carlos ! Vous m'ôtez une belle épine du pied !

– Ce n'est rien ! Ma femme a de petits soucis de santé, rien de grave, mais je pense que nous passerons l'hiver et le printemps à Santiago. Ils arrivent quand vos amis ?

– En principe fin décembre, mais je n'ai pas encore de date précise.

– Cela ne fait rien. Dès que vous savez quand ils arrivent, venez chercher la clé.

– Merci, merci, don Carlos, ils vous en seront très reconnaissants.

– Vos amis sont mes amis et vous avez toujours été proche de nous, même dans l'adversité. Je vous laisse travailler tranquille. Ma femme vous envoie toute son affection, à très bientôt et, quand vous avez le temps, à l'occasion, venez boire un verre à la maison.

– Je n'y manquerai pas. Je vous embrasse tous les deux.

Patricia reposa le combiné. C'était la seconde maison qu'elle trouvait. Elle était contente, elle avait accompli une partie de la mission que lui avait confiée le Frente. La question de la voiture était, elle aussi, quasiment réglée et, au pire, elle n'hésiterait pas à utiliser la sienne. Tout allait pour le mieux. Mais alors pourquoi avait-elle une intuition pesante, presque désagréable ? Est-ce que l'agitation d'el Indio avait aussi à voir avec tout ça ? Mais elle n'oserait jamais lui poser la question, car ce serait la fin de leur histoire…

Gema prit le bus pour rentrer chez elle. Elle était décidée à parler à son père. Patricia avait raison, il finirait par comprendre et, de toute façon, il n'y avait pas d'autres solutions.

Lorsqu'elle entra, son père regardait distraitement la télévision. Il se leva pour l'accueillir. Ses yeux noirs brillaient avec intensité.

– Alors, c'est un garçon ou une fille ?

Gema, qui ne s'était pas encore débarrassée de son manteau, s'interrompit et le fixa, incrédule.

– Bon… ta mère s'est décidée à me confier ce que je soupçonnais depuis déjà quelques semaines.

– La sage-femme pense que c'est un garçon, mais je ferai une échographie la semaine prochaine et je saurai si le bébé va bien et aussi son sexe.

– Je t'accompagnerai. Nous irons à l'hôpital militaire. J'ai cotisé toute ma vie et autant que mon petit-fils – je suis sûr moi aussi que ce sera un garçon – en profite ! C'est son droit !

– Ne t'inquiète pas papa, la sage-femme, c'est une amie, elle a trouvé une solution.

– Rien de tout ça ! On ira à l'hôpital militaire et nous dirons que le père est à l'étranger.

– Mais papa tu es sûr ?

– Plus que sûr ! Mon petit-fils a droit aux meilleurs soins possibles. C'est bien clair pour moi, ma Gema. Si tu veux vraiment cet enfant, comme ta mère me l'a assuré, personne ne t'empêchera de le mettre au monde. Et surtout pas moi ! Et ce sera dans les meilleures conditions, j'y tiens !

– Mais tu as compris qui est le père ?

– Gema, ma chérie. C'est toi qui l'as choisi. J'espère juste que tu ne t'es pas trompée. Moi aussi je suis père et je serai toujours à tes côtés. Le reste, ma foi, je suis un peu vieux pour m'en préoccuper. Lorsque je me suis marié avec ta mère, je n'étais pas tout jeune et ce fut une immense joie de te voir naître. Et la naissance de ton enfant représente aussi un grand bonheur pour les quelques années qui me restent à vivre.

Gema se précipita dans les bras de son père. Sa mère, qui observait la scène un peu à l'écart, ne put s'empêcher de s'essuyer les yeux avec son tablier de cuisine.

CHAPITRE 35

Octobre 1989
Prison publique de Santiago. Tunnel, quarante-cinq mètres

Dans la cellule 4, un groupe de détenus jouait à la brisca, tandis que la radio déversait à tue-tête un nostalgique boléro.

– Compagnons ! s'écria Miguel, avant de baisser la voix. J'ai plusieurs nouvelles à vous annoncer, des bonnes et des mauvaises. Germán, la radio un peu plus fort s'il te plaît, que personne ne nous entende à l'extérieur. Je commence par la meilleure… Et c'est une vraie bonne nouvelle : nous avons franchi, sous terre, le mur d'enceinte ! Nous sommes… dehors ! Le tunnel fait déjà quarante-cinq mètres. Physiquement, ceux qui bossent au fond sont des hommes libres…

– Elle est plutôt humide et moisie ta liberté, Miguel…

– C'est une première étape. Qui a dit que c'était un job facile, la liberté ? On est tous bien placés pour le savoir, les gars. En tout cas, deux mètres sous terre, mais libres, et n'y voyez pas une blague de mauvais augure, ça se fête pas, vrai ?

« Et en attendant de vraiment respirer l'air des montagnes, nous ne devons pas relâcher notre attention. Je connais trop de tentatives d'évasion qui ont échoué au dernier moment. Vigilance les gars, vigilance. Nous avons réussi à garder le secret jusque-là et ce n'est pas maintenant qu'on doit faire les pipelettes. Au contraire. Ce qui veut dire qu'il faut être très présents sur tout le reste dans la tôle, ne pas former un groupe, ni avoir l'air de comploter quelque chose. Faudrait voir à pas gâcher les derniers mètres !

« Surtout, il y a encore une décision technique à prendre, une décision importante et c'est pourquoi je vous ai tous réunis aujourd'hui. Comme vous le savez, selon le plan initial, notre tunnel débouche dans le métro. Et on se fait la belle par le tunnel officiel. Vu comme ça, ça a l'air simple comme bonjour. On y est presque. Il manque à peine deux mètres, d'ici trois jours un gars va tomber sur les briques de la voûte du métro. L'équipe d'aujourd'hui a déjà senti vibrer les trains.

– Bon, accouche Miguel, c'est quoi ta mauvaise nouvelle ?

Miguel garda le silence un instant comme pour mieux prendre son élan. Le boléro diffusé par la radio s'était tu lui aussi, laissant place au jingle qui annonçait le flash d'information :

> Radio Cooperativa, la radio de toutes les idées et de toutes les positions. Le 14 décembre prochain, jour des élections, vous vivrez une date historique et vous aurez besoin, plus que jamais, d'objectivité. Pour connaître les faits, tous les faits, et entendre toutes les réactions, pour juger et voter en conscience, écoutez Radio Coopérative, la radio du Chili. 76 am. Stéréo. Aujourd'hui nous sommes avec Patricio Alwyn, le candidat unique de l'opposition, qui selon les sondages a toutes les chances d'être élu le 14 décembre prochain président du Chili…

– Germán, change donc de fréquence, je ne veux pas entendre ce démocrate-chrétien de m… Il a bien applaudi le coup d'État en 1973 et le voilà qui parle de démocratie !

– Candidat unique qu'ils disent. Leur Concertation, c'est n'importe quoi et, en tout cas, on n'en fait pas partie.

– Attendez, les gars, faut l'écouter quand même, c'est pas Pinochet et y a vraiment quelque chose qui est en train de changer.

– Tu rigoles ? Laisse tomber, on connaît son discours : il va dire qu'il est le candidat de tous les Chiliens et même des militants de gauche. Il a besoin des votes du peuple, mais on peut parier qu'il nous laissera au trou.

– Ouais et c'est pour ça qu'il faut qu'on se tire avant le 14 décembre. Miguel, continue et crache ta mauvaise nouvelle.

– Bon, c'est pas le moment de faire de la politique. Éteins cette radio, on te dit, Germán, et chante-nous quelque chose de réconfortant. Je voulais vous raconter que j'ai eu des nouvelles d'el Indio. Il se démène dehors comme un fou pour nous aider et il ne nous a pas oubliés. Il continue les contacts avec la direction du Parti, il a obtenu des vraies garanties : le Parti est bien décidé à nous aider. De ce côté, tout avance bien. Quand on sera sorti du trou, on ne sera pas à la rue ! Tout ça, ce n'est que du bon ! Mais la mauvaise nouvelle alors ? J'y viens : Hugo me fait dire qu'il est impossible de sortir par le métro. La station est gardée jour et nuit, il y a des patrouilles. De plus, la voûte du tunnel du métro fait douze mètres de haut, l'équivalent d'un immeuble de quatre étages. Vous imaginez le temps qu'il nous faudrait pour descendre de là à vingt-cinq avec une corde et les patrouilles qui rôdent… C'est trop risqué. El Indio n'a pas baissé les bras, évidemment, vous le connaissez. Il s'est donc procuré les plans de construction du métro et voici ce qu'il propose : il nous demande de continuer à creuser vingt mètres de plus…

– Vingt mètres ! on n'est pas rendus…

– Écoutez-moi : il s'agit de passer au-dessus du métro et d'atteindre la palissade qui entoure l'ancienne gare, pour pouvoir s'extraire à l'abri, sans témoins. Rassurez-vous, les travaux du métro sont récents, la terre va être moins dure, plus friable, ça va aller plus vite. C'est l'affaire de deux mois. On aura terminé à la fin de l'année, j'en mets ma main à couper et on profitera du 31 décembre pour se faire la belle vraiment en beauté. C'est un beau moyen de commencer l'année.

– Après l'élection alors, t'es sûr qu'ils vont s'occuper de nous après l'élection ?

– Et la chaussée, t'es sûr qu'elle ne va pas s'effondrer, qu'on a la place de passer ?

– Bon, une chose à la fois, et je n'ai pas vraiment le temps de vous faire un cours de sciences politiques. Le Parti a soutenu la Concertation pour le référendum d'octobre dernier et officiellement renoncé à la lutte armée. Le Frente n'existe plus. Mais le Parti communiste n'est pas sur la liste des dix-sept partis qui sont derrière Alwyn pour le 14 décembre. En plus, si ce vendu est élu, ce sera toujours mieux que le vieux, mais ça veut pas dire qu'on a gagné. Au contraire. Pour nous, ça ne changera rien. On sera toujours des terroristes. Alors je suis bien décidé à me casser d'ici par mes propres moyens et peu importe la date. Le plus tôt sera le mieux. Mais il faut qu'on soit prêts. Donc revenons à nos moutons. On se fout des discours des faux démocrates. Est-ce que la chaussée va s'effondrer ? C'est un risque évidemment. Mais je crois qu'on peut le prendre. Germán, tu as étudié les plans du métro, toi, tu as vu les travaux. Qu'en penses-tu ?

– Quand ils ont construit le métro et la station Cal y Canto, en 1987, je cherchais un moyen de faire évader Pancho qui était déjà dans cette putain de prison et j'ai bien observé les travaux. C'est vrai qu'à l'époque c'était un chantier. Il n'était pas gardé le soir et on aurait pu facilement passer par là. Mais je comprends les réticences d'el Indio. Ça a l'air trop risqué, surtout si on est vingt-cinq…

Ce que je peux vous dire c'est que les Français qui l'ont construit ont rudement bien travaillé. Je peux même vous faire un dessin.

Germán, joignant le geste à la parole, dessina avec une craie sur le sol.

– À l'endroit où la voûte est la plus haute, il doit y avoir au moins deux mètres d'espace jusqu'à la chaussée. Mais pas tellement plus. Je les ai vus remblayer. C'est risqué, mais ça doit passer. Je ne vois pas d'autre solution, au point où nous en sommes c'est le plus court chemin. Et sans doute le plus sûr car si on sort du côté de la vieille gare, on sera abrité. Faut voir ça avec el Indio.

– Et toi, l'ingénieur en chef, qu'est-ce que tu en dis, Manuel ?

– Il faudra bien consolider le tunnel et le faire encore plus étroit. Mais si ce que vous dites est vrai, la terre ne devrait pas être tellement tassée et ça sera facile. Il restera encore à évacuer la terre, la planquer là-haut et tassée ou pas, c'est du volume à transporter, et le boulot, vous le connaissez, les gars. Mais, maintenant qu'on est là, on ne va pas s'arrêter. Il va falloir surtout creuser de nuit, qu'on ne nous entende pas dans le métro le temps qu'on passe au-dessus. Et s'il y a un pépin, on a plus de chances de s'en sortir dans le noir !

– C'est parti ! soupira Miguel, on fait les équipes comme d'habitude et on y va. On fonce.

Manuel laissa tout le monde repartir. C'était l'heure de la tambouille. Les cinq compagnons s'efforcèrent de prendre leur air le plus innocent en sortant. Manuel, lui, ralluma la radio :

– Monsieur Alwyn, pendant toutes ces années, vous avez été très critique envers le Parti communiste. Quel rôle lui assignez-vous dans la transition ?

– Je crois que le PC a développé ces derniers temps une ligne sincère de compréhension de ce que signifie ma candidature, qui conduira à une transition vers la démocratie, et c'est pourquoi nous pensons qu'il doit jouer un rôle dans la politique du pays et ne pas rester sous la table, dans la clandestinité. Mais la transition sera difficile et il faut espérer qu'il n'y aura pas d'actions violentes, de grèves illégales, de manifestations qui rendront difficiles les devoirs du gouvernement…

CHAPITRE 36

14 décembre 1989
Santiago, journée démocratique

La victoire de Patricio Alwyn, candidat unique de l'opposition, était inéluctable. La défaite de Pinochet au référendum datait de plus d'un an et son résultat avait été sans appel. Le dictateur avait fini, malgré son immense déception, par se soumettre au verdict des urnes. Cela n'avait pas été facile pour ce despote impulsif, à l'instinct sanguinaire. La tentation du coup d'État n'était jamais très loin. Notamment lorsque l'opposition tentait de désigner les auteurs d'atteintes aux droits de l'homme. Mais Pinochet, sans aucune pudeur, n'hésitait jamais à menacer en public ceux qui demandaient des comptes aux militaires. Il disqualifiait d'emblée tous les hommes politiques qui ne reconnaissaient pas les succès du régime. Les militaires, affirmait le dictateur, s'étaient héroïquement battus contre les communistes et les terroristes. Lui et sa femme se plaignaient publiquement de l'ingratitude des Chiliens qui, disaient-ils, n'avaient aucune reconnaissance pour leurs quinze années de sacrifices et de labeur honnêtes. Ne se retiraient-ils pas du pouvoir plus pauvres qu'ils n'y étaient arrivés en 1973 ? Ce dont ils ne donnaient bien sûr aucune preuve…

Pinochet était en colère non seulement contre « son » peuple, mais aussi contre ses amis historiques de la droite conservatrice.

Certains étaient passés directement dans l'opposition, d'autres, sans discréditer complètement son régime, s'étaient délibérément éloignés de lui. Le général pouvait cependant compter sur une poignée de fidèles, dont, évidemment, ceux qui avaient gouverné avec lui, les complices de la terreur, ceux qui avaient défendu l'idée, devant le monde entier, que le 11 septembre 1973 n'était pas juste un coup d'État militaire, mais un appel des Chiliens à en finir avec le marxisme. Ce qui leur avait permis de construire un régime autoritaire et violent.

La nouvelle Constitution qu'ils avaient fait adopter ne servait qu'à ça : elle pérennisait l'autoritarisme, les privilèges et l'impunité des militaires. Pinochet pouvait aussi compter sur la fidélité et sur l'estime de certains intellectuels et économistes qui avaient utilisé le Chili comme terrain d'application du modèle économique ultra-libéral. La répartition des tâches s'était faite naturellement. Les militaires réprimaient, torturaient, assassinaient. Les civils, les fameux *Chicago boys*, géraient l'économie et les nouvelles règles sociales. L'économiste Milton Friedman représentait l'ami américain. Il avait servi d'éminence grise au général pendant de longues années, imposant non seulement de nouvelles règles économiques et sociales, mais aussi encourageant les nominations de ses anciens élèves de l'université de Chicago à la tête de l'économie chilienne.

Tout naturellement, la droite avait choisi l'ancien ministre de l'Économie de Pinochet, Hernán Buchi, pour la représenter à l'élection présidentielle. Mais elle s'était montrée incapable de s'unir. Le deuxième candidat de droite était un homme d'affaires assez louche qui s'était enrichi pendant la dictature grâce à ses relations privilégiées avec ses anciens compagnons de l'école d'officiers de l'armée. À l'instar de la plupart des nouveaux riches chiliens, Francisco Javier Errazuriz reconnaissait les limites politiques du modèle libéral, d'autant qu'il sentait que l'hostilité croissante de la communauté internationale envers le régime dictatorial allait inévitablement nuire à l'expansion économique dudit modèle. La division de la droite assurait la victoire de l'opposition.

Les dés étaient jetés. La défaite électorale de Pinochet était assurée. Seul un nouveau coup d'État aurait pu le sauver. La tentation existait, mais il était clair que les conditions d'une nouvelle investiture militaire n'étaient pas remplies.

Pinochet n'était pas le seul perdant dans cette élection. La gauche de la gauche aussi. Et c'était difficile à avaler. Quinze années de lutte armée contre le régime n'avaient pas suffi à provoquer l'insurrection populaire escomptée. Pour la majorité des Chiliens, la lutte armée n'avait pas été un facteur déterminant dans la chute de la dictature. Les combattants morts, ceux qui avaient été torturés, les prisonniers étaient considérés par l'Histoire comme des terroristes, des « ultras ». Dans ces conditions, deux questions clés se posaient à tous les membres du Frente : qui accepterait les nouvelles conditions politiques ? Qui continuerait de penser que seules les armes permettraient d'obtenir la vraie liberté et la justice ?

Heureusement, les membres de l'opération Exito avaient d'autres chats à fouetter, la seule vraie question du moment consistait pour eux à réussir à terminer le tunnel et à s'échapper avant que Pinochet ne quitte le pouvoir.

Hugo Neculeo s'était levé tôt ce matin-là, heureux de sentir la chaleur du soleil levant sur sa peau burinée. La journée s'annonçait belle. Des pères Noël à l'allure incongrue sous le soleil austral transpiraient déjà à grosses gouttes sous leurs manteaux rouges et leurs longues barbes blanches. Ils faisaient les cent pas devant les quelques magasins qui venaient d'ouvrir, espérant que les Chiliens allaient profiter de ce jour férié, non seulement pour voter, mais aussi pour faire leurs courses de Noël. L'économie va bien, martelaient satisfaits tous les candidats. Vive la consommation, chantait la majorité. Dans les rues, les affiches de propagande politique continuaient leur campagne, même si celle-ci était officiellement terminée depuis quarante-huit heures. *Gana la gente*, « C'est le peuple qui gagne », proclamait l'affiche de Patricio Alwyn, le candidat super favori de la Concertation.

Et les Indiens, t'es bien sûr qu'ils font partie de ce peuple ? se demandait en maugréant Hugo qui, en son for intérieur, n'arrivait pas à décider s'il pouvait ou non se sentir de bonne humeur en ce jour si particulier. Il se rendait bien compte qu'il se promenait quasi sans crainte dans Santiago, même s'il ne pouvait, par habitude, s'empêcher de changer de trottoir, pour vérifier qu'il n'était pas suivi. Se sentait-il plus libre qu'hier ? Le serait-il encore plus demain ? La journée avait été officiellement déclarée démocratique. Il aurait dû s'en réjouir. Mais c'est une fausse démocratie, soupirait-il, une démocratie qui allait encore laisser la majorité du peuple dans le fossé. Il ne suffisait pas d'en finir avec Pinochet, il fallait aussi changer le système.

D'ailleurs Hugo ne voterait pas aujourd'hui. On l'avait remis en liberté, mais il n'avait pas encore recouvré ses droits civiques. Tant mieux, se disait-il. Comment pourrais-je voter pour ce *pato* plus blanc que blanc, complice de la dictature ? Comment le Parti pouvait-il soutenir, tolérer cet épouvantail qui débordait d'ambition et qui se prenait pour le sauveur du pays ?

Hugo Neculeo était en colère. À son grand étonnement, comme s'il fallait s'en défendre, il sentait pourtant un grand soulagement. La guerre était-elle finie ? Plus de morts ? Plus de tortures ? Mais la colère reprenait, et la tristesse aussi. La guerre était perdue, oui, à tout jamais, un rêve de société qui ne viendrait jamais, les mêmes inégalités, les mêmes ennuis. Et tous ces morts pour rien, toutes ces douleurs…

Hugo passa devant un café qui lui rappela sa rencontre avec Patricia et il sourit. Il prendrait bien un remontant. La vente de boissons alcoolisées était interdite. Journée démocratique sans alcool et sans violence, leur avait-on promis.

Devant les bureaux de vote, des queues commençaient déjà à se former. Les vingt millions de Chiliens en âge de voter devaient élire non seulement leur nouveau président de la République, mais aussi leurs députés et leurs sénateurs. Il y avait trois urnes : une de couleur beige pour le président, une seconde bleu ciel pour les trente-huit sénateurs et la dernière blanche pour les cent vingt députés. C'était la troisième fois que les électeurs se rendaient aux urnes en quatorze mois depuis le plébiscite historique du 5 octobre 1988 et le référendum sur la réforme constitutionnelle du 30 juillet 1989. Et ça faisait près de vingt ans qu'ils n'avaient pas choisi de président… Hugo ne pouvait s'empêcher de sourire en voyant la foule bigarrée qui se pressait pour faire son « devoir ». Voter était obligatoire. La non-participation au scrutin était punie d'une forte amende.

– Hey, beau brun, l'interpella une gamine avec un bébé dans les bras, si tu ne veux pas faire la queue, file-moi trois pesos et je te prête le môme. Ils te feront passer devant tout le monde. C'est la démocratie : priorité aux femmes enceintes et aux familles nombreuses.

Hugo haussa les épaules.

Le stade national, l'emblématique centre de détention où les militaires avaient enfermé, torturé et tué des milliers d'opposants aux premières heures du coup d'État, était lui aussi transformé en un immense bureau de vote. Hugo n'y avait pas été détenu. À l'époque, il n'avait que treize ans et il se trouvait chez lui à Concepción.

Mais, en passant devant l'imposant bâtiment, l'image de cette foule assez joyeuse lui rappela plutôt un bon souvenir. Ce jour de décembre 1971 où, en pleine euphorie de l'Union populaire, tous les voisins s'étaient rassemblés devant l'unique télévision de leur pauvre quartier. Les yeux rivés sur l'écran, les oreilles attentives malgré le son grésillant et le cœur battant, le petit Hugo avait écouté le discours de Fidel Castro avec autant d'émotion que les adultes présents. Le leader cubain achevait alors une visite de trois semaines au pays d'Allende et soixante-douze mille personnes étaient venues l'acclamer au stade national de Santiago. Le voisin en pleurait, il aurait tant voulu y aller, voir *le barbudo* de ses propres yeux, maugréait-il dès que la télé avait des ratés. Les bons souvenirs chassent-ils toujours les mauvais ?

À l'entrée du stade, deux militaires plaisantaient :

– C'est assez drôle toute cette histoire, pour moi le Chili c'est comme une sorte de sale gosse. Pour qu'il comprenne la marche à suivre, on a dû lui donner une bonne raclée. Il en a eu pour son compte et maintenant que le gamin file droit, on le laisse aller…

C'est bien ce que je dis, pensait el Indio. Démocratie, mon cul… Le vieux et ses sbires ne lâcheront pas le pouvoir de sitôt. Et les résultats seront-ils vraiment ce que tout le monde croit ? Si je ne fais rien pour les en sortir, les copains resteront dans le trou… Au boulot !

Les copains justement : ils bossaient et ils crevaient de chaud.

Dans la prison publique de Santiago, la température s'élevait comme dehors à 30° à l'ombre ; mais sous les combles où les camarades travaillaient à plat ventre pour étaler la terre, c'était le double.

Miguel et ses compagnons avaient décidé de profiter de cette drôle de journée où les esprits semblaient sens dessus dessous pour avancer le plus possible. Dans les couloirs, il régnait une sorte d'ambiance survoltée, on ne savait pas quel sentiment prédominait, la joie, le soulagement, la tristesse, le désespoir, l'incrédulité ? Les conversations allaient bon train dans les cellules. Pour la plupart des prisonniers, la démocratie qui s'annonçait avait d'ores et déjà un goût amer. Aucun des détenus politiques, qu'ils soient du MIR, du Parti socialiste, du Parti communiste ou du Frente ne réussissait à se réjouir ouvertement. Ceux qui tentaient d'être optimistes, voire de défendre des positions politiques ouvertes, se voyaient le plus souvent rembarrés d'un air entendu par les autres.

– Tu rêves, tu crois que le président de la « concertation », comme ils disent, va faire ouvrir grand les portes de la prison et demander que le pays entier nous applaudisse comme des héros…

– Une fois au pouvoir, ils nous oublieront, ils nous laisseront moisir ici.

– Terroristes nous sommes, terroristes nous serons.

– Ils font comme si cette élection, c'était le mur de Berlin qui s'effondrait sous les assauts du peuple. Mais ils n'ont encore rien compris à l'Histoire.

– Tu as entendu, ils vont dissoudre la CNI et détruire toutes leurs archives. Aucune justice ne sera rendue. Nos camarades sont morts pour rien. Et nous, nous, qui n'avons même pas été jugés…

– De toute façon, Pinochet a encore une longue vie devant lui, il reste commandant en chef des armées. Et il a prévenu : « Si on touche à mes hommes, c'en est fini de l'état de droit. » Moi je ne crois pas qu'il va se laisser faire. Et il est bien capable d'en remettre une couche… de plomb. On n'est pas près de devoir abandonner les armes !

– Ne soyez pas si pessimistes les gars. Le Parti a officiellement demandé de baisser les armes. Volodia[1] a affirmé publiquement qu'il soutenait la Concertation et qu'il n'était pas question de mettre en danger le processus de démocratisation. Qu'il y aurait des négociations. Et les prisonniers politiques font évidemment partie de ces négociations.

– De quelles négociations ? De toute façon, Pinochet n'abandonnera pas le pouvoir. Tu as vu le dernier amendement qu'ils ont voté, il y a deux jours : il n'y aura aucune enquête parlementaire sur les actes commis par le régime militaire…

Dans la cellule 9, Manuel et Raúl étaient perplexes.

– T'en penses quoi, Raúl, de tout ça exactement ?

– Ce qu'on a toujours dit, Manuel. Qu'il faut sortir la tête haute. Il y a des choses qui changent, on ne peut le nier. On a vu tout et son contraire ces derniers mois. Ils ont assassiné le porte-parole du MIR, Jeghar Negme[2]. Et puis ils ont laissé rentrer Luis Corvalán[3]. Il a le même âge que Pinochet, c'était son ennemi irréductible et il a pu revenir au pays. Ça m'a fait chaud au cœur.

– Ouais ! Mais si c'est pour dire qu'il faut soutenir Alwyn…

– Je sais, je sais. Mais laisse les dirigeants faire de la politique. C'est normal, il ne faut pas que le Parti soit en dehors

1. Volodia Teitelboim, secrétaire général du Parti communiste.
2. Le 4 septembre 1989.
3. L'ancien secrétaire général du Parti communiste chilien, revenu le 10 octobre à Santiago après treize années d'exil à Moscou.

de la fête. Si fête il y a. Le mot d'ordre des dirigeants, c'est de n'être ni parti d'opposition ni parti de gouvernement. Cela ne veut pas dire qu'on s'écrase. Ils nous demandent de rester vigilants. Et personne ne nous a donné l'ordre d'arrêter l'opération. Ils continuent de nous soutenir. Grâce à el Indio. Tout ce que je sais, c'est que le 1er janvier, on sera dehors. Quoi qu'il arrive. Et ça lui fera les pieds à Pinochet !

CHAPITRE 37

24 décembre 1989 Prison publique de Santiago

Le jour de Noël 1989, les prisonniers politiques de l'opération Exito furent informés par un message de la direction du Frente que l'évasion était imminente. Les conditions nécessaires à l'opération étaient pratiquement réunies. La date du 31 janvier semblait convenir, c'était jour de fête, la ville serait moins sur ses gardes et s'il devait y avoir des tirs on pourrait les confondre avec des pétards.

À dix heures du matin, les responsables de l'évasion se retrouvèrent dans la cellule 8. L'objectif de la réunion était de déterminer – c'était urgent et délicat – le nombre de prisonniers politiques qui seraient invités à s'évader. Deux théories s'opposaient irrémédiablement : celle des directions du Parti et du Frente qui souhaitaient limiter les évadés à vingt-cinq, soit les vingt-deux hommes qui avaient creusé et trois invités ; et celle de Miguel et Manuel qui, après avoir longtemps rêvé de faire sortir tous les prisonniers politiques de la prison, estimaient qu'ils ne pouvaient être moins de cinquante à se faire la belle.

La discussion sur le sujet, resté le plus souvent tabou, avait été rude, les rares fois où elle avait éclaté. Pour les membres de l'équipe il s'agissait avant tout d'un problème de conscience. Que deviendraient les prisonniers politiques laissés à leur sort dans la prison ? Ils seraient les premiers à affronter la fureur de la dictature. Et les militaires étaient bien capables d'en massacrer un certain nombre en brandissant la loi sur l'évasion qui leur permettait de tirer pour arrêter toute tentative de fuite. Que faire ? Laisser des pistes aux camarades afin qu'ils puissent trouver l'entrée du tunnel et puissent, eux aussi, saisir leur chance ? La décision fut unanime : aucune information ne pouvait filtrer avant l'opération, le risque était trop grand, d'autant que si, pour des raisons techniques, l'évasion était retardée, la situation deviendrait incontrôlable. La plupart des futurs évadés vivaient très mal cette situation. Dans la prison, leurs compagnons d'infortune étaient pour la plupart de fidèles militants du Frente ou d'autres organisations, condamnés à de lourdes peines et qui ne seraient jamais amnistiés. Comment les abandonner ?

Cependant, les membres de l'opération Exito savaient bien que celle-ci ne réussirait que si le secret était bien gardé.

La réunion avait donc un caractère déterminant. Les hommes s'installèrent comme deux blocs opposés dans la petite cellule. D'un côté Raúl, le Vieux Melo et Pancho. De l'autre, Miguel, Manuel et Ricardo.

Raúl prit la parole de manière solennelle, comme à son habitude :

– Camarades, nous voici parvenus sans doute à l'un des jours les plus importants de notre histoire commune. Après dix-sept mois de travaux sous terre, nous avons atteint notre objectif, la liberté est à quelques mètres. L'union, le courage et la volonté nous ont permis de réussir, en dépit de nos différends, et d'obtenir ce résultat qui semblait improbable.

Tous les présents hochèrent la tête en signe d'approbation.

– En ce jour si grave, il serait injuste de ma part de ne pas reconnaître le travail réalisé par le camarade Miguel, son abnégation déterminante pour la construction du tunnel. Et nous devons aussi aujourd'hui prendre une décision difficile…

Dans le silence le plus absolu, Raúl poursuivit :

– La direction du Frente et celle du Parti ont décidé que le nombre maximal de combattants qui s'évaderaient ne pouvait être supérieur à vingt-cinq, les vingt-deux qui ont construit le tunnel, plus trois invités. La direction avance trois arguments que nous partageons.

« Un : la capacité matérielle du tunnel, argument déterminant. Chaque personne a besoin d'au moins deux mètres pour s'allonger à l'intérieur même de notre boyau. Vingt-cinq fois deux ça fait déjà cinquante mètres, et il ne reste donc plus beaucoup d'espace si on compte les bases où il faut pouvoir se retourner, le début et la fin du tunnel qui sont en pente.

« Deux : un argument qui concerne toujours la capacité du tunnel. Selon les plans, les hommes vont s'installer les uns derrière les autres pendant que le premier d'entre nous finit de creuser. Cela va prendre environ une demi-heure. Et il n'y aura pas d'oxygène pour plus de temps et plus de personnes.

« Trois : l'équipe extérieure ne peut assurer la sécurité que d'un groupe limité de militants, entre vingt et vingt-cinq à tout casser, a répété Teiller, le chef militaire du Parti, depuis le début. La logistique est importante, le Parti a bien fait les choses : maisons de sécurité, véhicules, faux papiers, chauffeurs, équipe de soutien. L'opération va mobiliser au total entre quarante et cinquante militants qui ne seront réellement informés des finalités que vingt-quatre heures avant l'opération, et pas tous. Il faut qu'aucune information ne filtre. L'opération Exito durera une heure. Le signal « Salmon » sera lancé le 31 janvier à 20 h 30 et, à 21 h 30, tout sera terminé.

Comme les négociations et les conversations se terminaient souvent très mal avec Miguel, Raúl s'adressa ensuite directement et volontairement à lui :

– Camarade Miguel, grâce à ta volonté et à ta force de travail, grâce aux sacrifices de tous, nous avons atteint notre objectif. La décision de la direction est irrévocable et non négociable, imaginer autre chose mettrait en danger l'évasion même. Au nom de ces deux années de travail commun, je te prie d'accepter cette décision sans plus de discussion, il n'y a pas de consultation, car c'est un ordre.

– Bien. Camarades, répondit Miguel avec un calme qui surprit tout le monde, la direction nationale a décidé pour nous tous, les arguments me semblent valables. Nous devons être conscients que si ces putains de militaires décident de massacrer des prisonniers politiques après la découverte de notre évasion, moralement, c'est nous seuls qui nous en sentirons responsables, et pas la direction. Que ce soit clair ! Mais les dés sont déjà jetés et je suis d'accord avec le camarade Raúl : nous rebeller contre cette décision ferait non seulement avorter l'évasion, mais aussi le coup politique qu'elle représente contre la dictature. Je vous propose donc de parler d'autre chose, notamment de l'ordre de passage dans le tunnel. Car je suis le chef de l'opération et, en tant que tel, je revendique le droit de déterminer l'ordre de sortie des camarades. Personne ne peut me refuser ça. Je vous connais tous, avec vos forces et vos faiblesses. Voici ce à quoi j'ai pensé.

« Manuel sera le premier à sortir, il est habile et calme. Au signal, il donnera le dernier coup de pioche, sentira la première bouffée d'air libre, verra le jour le premier. Il sera suivi de José, Eduardo, Iván et Pancho. Voici la liste qui, pour l'instant, comporte vingt-quatre noms, invités compris, car notre ami Santiago est toujours à l'infirmerie et nous ne savons pas s'il sera assez vaillant pour s'enfuir.

1 Manuel Fuenzalida
2 Jose Delgado
3 Eduardo Rosentreter
4 Juan de Dios Márquez
5 Francisco Pena
6 Marcelo Osses
7 Alfredo Malbrich (invité)
8 Humberto Vargas (invité)
9 Luis Quintana
10 Ricardo Contreras
11 Jorge Martín (invité)
12 Raúl Blanchet
13 Luís Melo (invité)
14 Mauricio Gomez
15 Rafael Pascual
16 Diego Lira
17 Ricardo Hermosilla
18 Eduardo Asenjo
19 Marcos Riquelmes
20 Luis González
21 Germán Alfaro
22 Juri Vargas
23 Daniel Alfaro
24 Miguel Montecinos

« Apprenez-la par cœur parce que dans trois minutes je la bouffe. Je sors le dernier. (Et il ajouta en regardant Raúl :) Pas de discussion possible. Comme tout capitaine qui se respecte, je quitterai ce fichu bateau le dernier. Je veux être bien sûr qu'il n'en reste pas un coincé et que personne ne se repent des mois passés à creuser.

Raúl acquiesça. Il comprenait Miguel. Et c'était tout à son honneur de sortir en dernier. L'idée l'effleurait que le fougueux capitaine avait quelque chose derrière la tête, mais il décida de faire comme si de rien n'était.

Pancho et Raúl restèrent assis tandis que les autres sortaient de la cellule. Miguel lança alors :

– C'est bon, les gars, vous avez l'encre noire ?

– Pas de problème. Nous ferons l'essai demain. On a une bonne seringue. On va faire un bon shoot de peinture dans la terre. Si on est bien à l'endroit qu'on pense, el Indio devrait voir la marque sans problème.

– Je t'avoue que le suspense me pèse. Ça fait dix-huit mois qu'on creuse maintenant, mais j'ai hâte d'entendre Hugo nous dire où on est ! Qu'est-ce qu'on fait, putain, si le tunnel ne débouche pas là où on croit ? répondit Raúl.

– T'inquiète, on a toujours choisi le bon chemin jusque-là. Et on a creusé bien droit !

Trois jours plus tard, la mauvaise nouvelle tomba comme un couperet. L'équipe des fugitifs potentiels avait laborieusement fait gicler de l'encre noire en surface à l'aide d'une grosse seringue à un endroit qu'ils pensaient être la fin du tunnel, mais la marque était sortie avant le mur qui séparait la rue du terrain de la vieille station Mapocho. Il manquait encore entre sept et huit mètres pour parvenir à l'endroit décidé par la direction extérieure. Malgré la déception, la réponse fut unanime : continuer de creuser !

CHAPITRE 38

30 mars 1990
Convention de la magistrature à Pucón

Le 30 mars 1990, le juge Amaya se rendit à Pucón, à l'extrême sud du pays, où le président élu, Patricio Alwyn Azócar, qui venait à peine de prendre ses fonctions, inaugurait la XVIIe Convention de la magistrature.

Quelques semaines plus tôt, le secrétaire du ministre de la Justice, en visite au Parquet, avait bien fait comprendre au juge Amaya que le président *et* le ministre comptaient sur sa présence à Pucón. Il s'agissait de la première rencontre du gouvernement avec les magistrats depuis l'avènement de la nouvelle ère démocratique. Le secrétaire avait insisté plusieurs fois, affirmant que les nouveaux dirigeants avaient besoin du soutien des juges qui s'étaient comportés honnêtement pendant la dictature. Car les relations entre la hiérarchie de l'institution judiciaire et le nouveau gouvernement étaient tendues. La Cour suprême de justice, qui avait toujours reçu l'appui inconditionnel de Pinochet et des militaires en général, ne comptait ni remettre en question le rôle joué par la justice chilienne pendant les quinze années de dictature ni exprimer d'autocritique.

Les changements ne sont pas à l'ordre du jour, avait affirmé le président de la cour au président Alwyn, lui laissant clairement entendre que les sages s'opposeraient avec force à toute tentative d'intervention du nouveau gouvernement. Le directeur de cabinet avait, pour sa part, annoncé au juge Amaya que la réforme de l'institution serait envisagée « dans la mesure du possible » et que tous les mécanismes constitutionnels « possibles » seraient utilisés pour démettre de leurs fonctions les juges corrompus et malhonnêtes. Il avait, de manière très laconique, réaffirmé ce que la grande majorité des Chiliens pensait : peu de juges méritaient de figurer dans la catégorie « honnête ». Le nouveau gouvernement avait conscience que la tâche serait difficile et qu'il faudrait de longues années pour en venir à bout… La Constitution, héritée de la dictature, laissait peu de marges de manœuvre au nouveau gouvernement. Le président élu avait un pouvoir limité et il n'existait aucune institution externe au monde judiciaire capable d'imposer les changements. Le juge Amaya annonça qu'en dépit de sa charge de travail il se rendrait à Pucón. Au moment de prendre congé, le secrétaire lui confia sur le ton de la confidence que le président comptait amnistier un certain nombre de prisonniers politiques, du moins ceux qui n'étaient accusés d'aucun crime de sang. Il ne posa aucune question sur les procès en cours et le salua avec un « nous nous verrons à Pucón, monsieur le juge » entendu.

Cette visite avait remonté le moral du juge Amaya et la bonne humeur se lisait sur son visage. Après ces longues années de peur et de silence nécessairement complices, il pouvait enfin espérer un changement du système judiciaire.

Le juge songeait non seulement aux grandes transformations qui permettraient évidemment de consolider la démocratie chilienne, mais aussi à de simples améliorations dans le fonctionnement quotidien de la justice. Par exemple, il était impossible aux néophytes, aux simples citoyens, de comprendre les nombreux tableaux qui rythmaient les couloirs du palais pour indiquer les salles. Les huissiers y traçaient, à la craie blanche, de véritables hiéroglyphes censés signaler les procès, les décisions. Cette forme de communication montrait la dérive de l'institution, devenue un monde à part, dirigée par des juges siégeant au sommet de leur tour d'ivoire. L'indépendance de la justice était un leurre. Le pouvoir judiciaire s'était transformé en un modèle d'autoritarisme parallèle au pouvoir politique et qui suivait la même idéologie. Les sbires de la dictature et les juges semblaient obéir aux mêmes ordres. Les premiers poursuivaient des opposants au régime que la justice se chargeait de sanctionner de manière exemplaire, s'ils n'avaient pas été tués auparavant.

La définition du terrorisme telle qu'imposée par Pinochet était confirmée de manière systématique par la justice chilienne. Les accusations portées par des organismes internationaux ou des avocats chiliens s'aventurant à déposer plainte contre l'État qui assassinait et torturait ses citoyens n'étaient pas seulement rejetées pour des questions de procédure, mais aussi à cause des convictions de la plupart des juges.

Cette situation, familière pour le juge Amaya, avait exacerbé le climat de méfiance et de peur qui s'était installé entre magistrats et prévenus et, finalement, entre la justice et le peuple.

Le voyage à Pucón permettrait au juge Amaya non seulement de s'éloigner quelques jours du climat étouffant du palais de justice et des différentes procédures dont il avait la charge, mais aussi d'échapper à la pollution de Santiago.

Il connaissait mal le sud du pays. Toute sa carrière professionnelle s'était déroulée à Santiago et il passait la plupart de ses vacances à Horcón dans la maison familiale. Le trajet jusqu'à Pucón, située à 789 kilomètres au sud de la capitale, au pied du volcan Villarica dans la précordillère des Andes, donnait l'occasion de mesurer l'étendue, la richesse et la variété du pays. Installé dans un élégant hôtel, le juge observa pendant un long moment le volcan, endormi depuis des décennies, qui était au centre de l'imaginaire mapuche et porteur de l'histoire et des croyances de ce peuple. L'une d'elles dit, par exemple, que le volcan finira un jour par exploser et par détruire tout ce que l'homme blanc a construit. Les colonisateurs espagnols ne parvinrent jamais à soumettre le peuple Mapuche. Mais d'autres hommes blancs, qui émigrèrent après les crises et les guerres européennes, Allemands, Yougoslaves, Italiens, finirent par s'approprier les terres, avec la bénédiction de l'Église catholique et de l'État chilien. Humilié par l'alcool, soumis par la pauvreté, le peuple Mapuche se désintégra et accepta de travailler pour quelques *pesos* pour les nouveaux colons. Le juge connaissait l'histoire, mais le sentiment indigène le laissait quasiment indifférent, comme la plupart de ses concitoyens. Il regarda sa montre. Il était temps de se diriger vers la salle du Congrès où le président allait parler.

Il constata dès son arrivée que la plupart des membres de la Cour étaient absents, certains s'étaient fait excuser pour de prétendus problèmes de santé, mais la plupart n'avaient même pas pris cette peine. La totalité des membres de la Cour suprême avait été nommée par le gouvernement de Pinochet auquel ils restaient fidèles – ceci expliquait sans doute leur absence ce jour-là. Le discours de Patricio Alwyn dura quarante-cinq minutes, dont le juge retint surtout ceci :

> Mon gouvernement a pris la ferme décision d'affronter directement et à fond les problèmes, dans le but de porter la justice à son niveau le plus élevé, et pour cela de renforcer l'institution en lui conférant

> un caractère effectif de pouvoir public, réellement indépendant. Nous allons mettre en œuvre une réforme de fond, qui touchera à la fois l'organisation de l'institution et ses procédures, dans le but de la transformer en instrument efficace de justice dans l'harmonie sociale.

Le président avait osé mettre sur le tapis la grave et flagrante crise de confiance dont souffrait le pouvoir judiciaire auprès du peuple chilien. Le juge Amaya se sentait à la fois offensé et réconforté. Son silence, pendant toutes ces années, lui pesait sur la conscience. Son travail de juge honnête était sali par l'attitude globale de la justice – et pas seulement sur les questions de droits de l'homme, mais aussi sur celles de la corruption et des compromissions de certains juges face à la délinquance de niveau international qui avait étendu sa main sur le Chili dans les années 1980 : trafic de drogue, blanchiment d'argent, prostitution, etc. Concrètement, se disait le juge, la situation actuelle du pouvoir judiciaire n'est pas celle d'un pouvoir respecté pour son impartialité et sa moralité. Malgré la douloureuse réalité, seule une partie de l'assemblée approuvait cette analyse. Pour la plupart des juges de la Cour suprême, le pouvoir judiciaire était le seul qui était sorti indemne de la traumatisante expérience de l'Unité populaire et qui s'était maintenu indépendant et légaliste sous le gouvernement militaire. Pour eux, créer de nouveaux tribunaux et augmenter les salaires représentaient les seules améliorations dignes d'intérêt. Les nouvelles autorités devaient applaudir l'héroïsme de la magistrature avant de la critiquer.

Alwyn termina son allocution en disant :

> Il est certain qu'il y a une crise de la justice au Chili et une perte de confiance collective envers elle. Mais il est tout aussi certain qu'il

> existe au sein du pouvoir judiciaire des personnes préparées, efficaces, honnêtes qui, en dépit des contraintes qu'elles ont subies, se sentent aujourd'hui responsables et souhaitent dépasser cette crise afin de remplir désormais le mieux possible leur grande mission qui consiste à rendre la justice déposée par le peuple entre leurs mains. Sur ceux-là reposera le principe de la rénovation et des réformes que nous réaliserons. J'ai confiance en eux, j'ai confiance en vous et je me sens optimiste.

La réunion s'acheva sans ovation, ni euphorie et encore moins d'enthousiasme. Tous les protagonistes savaient qu'entre les conservateurs et la nouvelle démocratie venait de s'installer une lutte appelée à durer. Le juge ne voulait pas prendre part aux agapes prévues dans ce luxueux endroit. Il s'éclipsa. En sortant, un homme élégant à la calvitie prématurée lui sourit et lui tendit la main : « À bientôt, estimé collègue. » C'était le juge Guzmán, un magistrat à la réputation d'honnête homme.

De retour à Santiago, le juge eut une longue conversation avec son secrétaire. Après deux mois de travail, il tenait toutes les conclusions de son enquête. L'évasion avait été organisée par une vingtaine d'hommes, sans grande aide extérieure, et le 29 janvier une équipe du Parti communiste avait protégé leur fuite et les avait aidés à se cacher. Les évadés n'avaient bénéficié d'aucune complicité des gardiens. Le système pénitentiaire avait été incapable d'assumer ses responsabilités par manque de moyens et de formation de ses fonctionnaires. Mais l'évasion avait surtout été rendue possible grâce à l'incroyable audace des prisonniers eux-mêmes. Il serait facile et dérisoire d'en faire porter la responsabilité aux gardiens. La société chilienne, qui avait laissé ces hommes vivre dans de telles conditions d'inhumanité, avait elle aussi sa responsabilité. Le juge ne consignerait pas ces dernières réflexions dans son rapport, quoi qu'il en pense vraiment.

Sa conclusion serait donc que ce n'était la faute de personne. Quant aux procès annexes, Martinez serait amnistié dans les prochains jours, les gardiens avaient déjà été sanctionnés et la plupart renvoyés de l'administration pénitentiaire. Si le juge commençait à écrire ses conclusions cette semaine, la résolution définitive serait connue dans un an. La justice chilienne était lente, et personne n'espérait une exception.

CHAPITRE 39

6 janvier 1990
Prison publique de Santiago, cellules 7 et 9

Certains jours, dans la monotonie de la prison, la discussion surgit, comme un étrange objet. Les réflexions des prisonniers prennent des chemins qu'ils n'auraient jamais songé emprunter. Le ton est sérieux, parfois docte, la philosophie proche. Ce 6 janvier 1990, cela faisait déjà plusieurs heures que les habitants des cellules 9 et 7 discutaient. Loin des mots d'ordre politique, ils songeaient aux Rois mages de leur enfance, au Vieux Pascuero, comme on appelle aussi le Père Noël dans certaines régions du Chili, et plongeaient dans une discussion sans fond sur l'origine des croyances.

Lautaro Cruz était assis sur sa couchette, à deux mètres du sol. Ce petit Indien sec avait été instructeur du Frente dans le Sud. Il n'avait peur de rien alors : spécialiste des explosifs, l'organisation lui devait quelques-uns des attentats les plus spectaculaires de ces dernières années : destructions de pylônes, de ponts et surtout les grandes coupures d'électricité qui avaient plongé le pays dans le noir en 1984. Sans doute, était-ce pour cela que Miguel Montecinos l'avait approché il y avait de cela plusieurs mois. De temps en temps, les mots flous de Miguel repassaient furtivement dans la tête de Lautaro, « partir… fugue… tunnel… viens… », et s'effaçaient aussi sec. Lautaro avait répondu avec véhémence : « Je ne te crois pas Miguel, je ne veux rien savoir, oublie-moi, je ne sais déjà plus ce que tu m'as dit. » Car Lautaro, comme de nombreux militants du Frente, se méfiait d'une évasion. La situation politique était confuse et s'embarquer dans une aventure incontrôlable avec Miguel aurait pu coûter la vie à un grand nombre de militants. L'attentat raté du 7 décembre, auquel Lautaro avait pris part, et ses conséquences avaient pesé, bien entendu, dans sa décision. À quoi bon rêver aux lendemains ? Pinochet était inamovible. La société aussi. Il en avait pour vingt ans, rien n'y changerait, un point c'est tout. Tout le reste était chimère : l'égalité, la révolution, un monde nouveau, la liberté… Il avait donc repris le train-train de la prison, s'interdisant toute réflexion sur les possibles activités de ses camarades de la cellule d'en face. Pour l'heure, il terminait un tableau en tissu, un patchwork dédié à la lutte des femmes des prisonniers.

En face, assis sur le bord de son lit, Jorge Martinez avalait, entre chaque phrase, une grande gorgée de maté, tandis que le Vieux Melo, à moitié allongé, lisait, en gardant une oreille attentive, *J'avoue que j'ai vécu* de Pablo Neruda.

Pour Lautaro, Noël et la Pâque des nègres [1] étaient des fêtes dédiées aux cadeaux, bien plus qu'à la naissance de Jésus.

– Ce sont les capitalistes qui ont inventé cette histoire pour faire fonctionner le commerce.

– Bien sûr, mais tu te souviens de ton enfance ? Et de l'anxiété avec laquelle on attendait le Père Noël et ses cadeaux ?

– Bien sûr que je m'en souviens, le Vieux Pascuero mort de

1. Le 6 janvier, jour des Rois mages et de l'Épiphanie catholique, on célèbre aussi dans certaines provinces du Nord du Chili la « Pâque des nègres ». Cette tradition remonte à l'époque de l'esclavage, lorsque les Africains amenés de force en Amérique adoptèrent certains rites chrétiens.

chaud avec son habit d'hiver ! Ils nous ont même fait avaler ça, en plein été, le vieux qui descend du ciel en traîneau, entre par la cheminée, te laisse les cadeaux. Le mensonge est si énorme que tu n'as pas d'autres solutions que de le croire.

– Mais les peuples ont besoin de mythes pour rêver et exister collectivement.

– D'accord, mais le problème avec ce type de croyances, c'est que leurs origines sont totalement étrangères à notre propre histoire et qu'on les accepte malgré leur absurdité.

– Ce n'est pas facile de les abandonner. Regarde les Cubains. Ils ont beau avoir effacé Noël du calendrier, les anti-révolutionnaires le célèbrent comme un acte de résistance et, dans de nombreux autres foyers, même chez ceux qui ont fait la révolution, on attend le Père Noël.

– C'est la vérité, c'est le triomphe incontestable du colonialisme. Les Espagnols ont su y faire. Ils ont tout dévasté, emporté, et ils nous ont même fait croire au Père Noël.

Le Vieux Melo se décida enfin à intervenir :

– Le problème, camarades, c'est que nous ne sommes pas un produit totalement étranger à la colonisation. Regardez nos noms, nos visages, personne ne peut dire que nous sommes indiens, même toi, Lautaro, qui a des traits marqués par tes origines indiennes, tu possèdes du sang espagnol ou européen dans les veines, c'est notre faiblesse et notre force. L'Amérique latine est une véritable tour de Babel, où toutes les civilisations se sont rencontrées : asiatiques, européennes, africaines, arabes, indiennes. Toutes sans exception ont contribué par la raison ou par la force à construire ce continent. Toutes unies par une seule force : l'ambition. Alors c'est normal de croire au Père Noël puisqu'il est inscrit dans nos gènes.

– Je trouve que c'est un peu simpliste comme manière de

raconter l'histoire. Pour moi, c'est la lutte des classes qui est le moteur de l'histoire.

– À première vue, tu as raison. Ma vision est assez éloignée du matérialisme historique. Mais comment expliquer de manière rationnelle les empires, les guerres, la bestialité des hommes, comment expliquer le nazisme, le fascisme ou simplement Pinochet ? L'ambition est un sentiment extrêmement puissant dans l'histoire de l'humanité, c'est l'essence de l'idéologie qui fait bouger le monde. Pour se rassurer, on pourrait dire qu'il y une bonne et une mauvaise ambition, mais je pense que c'est une illusion, toutes les ambitions portent les mêmes virus : le pouvoir, la richesse, le culte de la personnalité…

– Et nous, les résistants, on se situe où dans ton analyse ?

– Nous, on croit, dur comme fer, qu'il faut changer la société, que l'État doit être le garant des droits de chacun et de tous, les droits individuels et collectifs. La démocratie, la plupart du temps, garantit surtout les droits des puissants qui distribuent leurs miettes à la grande majorité. Le socialisme doit assurer les besoins de tous et une juste répartition des richesses, je l'affirme, mais sans être aveugle : l'homme nouveau acclamé par le Che n'existe pas, les dirigeants des régimes socialistes se sont servis du pouvoir pour pérenniser leurs propres ambitions. La chute du mur de Berlin signifie la fin du socialisme autoritaire.

– Mais, camarade, il n'y a donc aucune solution ? répondit en gémissant Lautaro.

– Je n'ai pas dit ça non plus et, si j'étais si désespéré, j'aurai quitté le Frente, puis le Parti. À mon âge, je constate juste qu'il faut être vigilant et je sais qu'un pouvoir conquis par les armes se maintient par les armes.

Assis sur sa couchette, terminant son patchwork – la maison, les arbres, les enfants qui jouent et même un immense soleil –, Lautaro poursuivit :

– De toute façon, ici, en prison, nous n'avons pas beaucoup de choix !

Il regardait en même temps, par la porte de la cellule qui donnait sur le couloir, l'entrée des cellules 8 et 9 d'où l'étrange va-et-vient qu'il s'était interdit de voir et de commenter se poursuivait.

– J'en ai pour vingt ans de prison et je ne crois pas que la démocratie va me libérer, il n'y aura pas de révolution, on est en plein dans la merde ici et on n'est même pas à la Bastille !

– Et si tu avais la possibilité de te barrer ? demanda tout à coup le silencieux Martinez.

– Je me barrerai. Mais le problème, c'est que je ne crois pas aux miracles, camarade ! conclut Lautaro en s'esclaffant.

CHAPITRE 40

Lundi 29 janvier 1990
Prison publique de Santiago, cellules 8 et 9

Les hommes étaient assis dans la cellule. Les uns sur une couchette, jouant une éternelle brisca qui ne les intéressait pas. Les autres s'étaient accroupis, à même le sol, songeurs et silencieux, comme rarement. Miguel se leva avec sa tête des grands jours, prêt à prononcer un de ces discours dont il avait le secret.

– Camarades, l'autre jour c'était un essai. Cette fois-ci, les dés sont jetés. Et je vous prie de ne pas prendre ces airs de conspirateurs à la noix. Un peu d'entrain, bon Dieu… Vous avez tous l'air troublé aujourd'hui, à moins que vous ne soyez fatigués ?

Germán fit non de la tête, d'un air las, sans interrompre Miguel qui continua :

– C'est bon, le grand jour est proche. Cette fois-ci, il n'y aura pas d'encre, ni rien d'autre, ce serait trop dangereux. Avec ce que nous venons de creuser, nous sommes proches de l'endroit décidé. Et, de toute façon, il n'y a plus de place dans les combles pour la terre.

« Dans quelques dizaines d'heures au plus tard, on aura d'autres chats à fouetter. Tout est prêt. Je suis prêt, vous êtes prêts. Et dehors ils nous attendent aussi. Dès qu'ils me donnent le feu vert, on se casse, les gars. Pour notre part nous avons fait un bon boulot. Le tunnel de la liberté touche à sa fin. C'est un trou de luxe avec climatisation et électricité. Nous pouvons être fiers de nous. Je suis fier de nous. Le grand luxe ce sera surtout le ciel sans barreau ni grillage qu'on apercevra en sortant. Et la tête que feront Pinochet et ses sbires. Je m'en réjouis d'avance. En attendant, pas question de baisser la garde. Prudence, prudence jusqu'au dernier moment. C'est donc un dernier effort immense – peut-être le plus grand –, que je vous demande. Rien ne doit filtrer, vous entendez, rien.

Manuel tenta de dire quelque chose, mais se ravisa sur un geste de Miguel, laissant juste un rictus se former sur ses lèvres.

– Je continue. C'est jour de visite. Cet après-midi, les femmes, les parents, les amis, les enfants vont débarquer. Vous penserez en les embrassant que c'est peut-être la dernière fois que vous les tenez dans vos bras. Ils ne doivent pas s'en rendre compte. Personne ne doit savoir. C'est un ordre. Le secret doit être gardé jusqu'au bout. Nous ne voulons aucun débordement, rien qui puisse laisser soupçonner quoi que ce soit. Je sais que ces moments vont être difficiles. Peut-être plus encore que de creuser, de ramper. Vous avez tenu sous la torture, vous avez gardé tous les secrets du Frente. Je vous demande encore un effort. Je sais que, pour certains d'entre vous, ne pas dire à sa femme ou à sa mère que c'est peut-être le dernier jour est plus difficile que de ne rien dire sous la torture de ses ennemis. Je sais que de ne pas dire adieu à son enfant est éprouvant. Et qu'au bout du tunnel, il n'y a pas que la liberté. Il y a le danger aussi. Nous pouvons être pris, tués, et même si tout va bien, comme je l'espère, nous risquons tous de passer de longues semaines, de longs jours, cachés, en fuite, clandestins, sans pouvoir revoir ceux que nous aimons, sans pouvoir les contacter. Qui sait où ce tunnel nous mènera ?

« Vos familles s'inquiéteront, elles vous en voudront de n'avoir rien dit, mais elles comprendront. Vous savez tous combien la vie de clandestin peut être plus difficile, parfois, que la vie de prisonnier. Mais elle conduit à la vraie liberté, celle que nous voulons.

« Si tout se passe comme prévu, il y aura un message de Hugo lors de la visite cet après-midi. Rendez-vous ce soir, comme d'habitude. En attendant, je compte sur vous. Pas un mot, putain, pas un ! Ou je vous envoie en enfer… et vous savez que j'en suis capable.

« À tout à l'heure les gars ! C'est bon pour tout le monde ? Pancho et Manuel seront de garde et tourneront avec Germán et Ricardo pendant les visites. Il faut être sûr que personne ne nous gâche la fête.

Pancho sortit blême de la cellule.

– Laisse-le, laisse courir, c'est sa nature, le calma Raúl.

– Ouais, mais il sait bien que Gema est l'une des premières à entrer pour les visites, et dans l'état où elle est, je ne peux pas arriver en retard ou partir avant elle !

Pancho continuait à s'énerver.

– Ça va m'embarrasser, elle verra bien que je cache quelque chose, et comme je ne dirai rien, elle risque de se fâcher et peut-être que je ne la verrai plus jamais après… Miguel sait tout ça, c'est pour ça qu'il me met encore de garde alors qu'il passe son temps à clamer qu'il n'a pas confiance en moi.

Raúl tenta de le rassurer :

– Peut-être, peut-être. En tout cas ce qui est sûr c'est qu'il n'a pas envie que les gars s'inquiètent. Il veut être le maître de l'opération, comme d'hab'. C'est pour ça qu'il m'a demandé de choisir quelqu'un de confiance, il savait très bien que c'est à toi que je demanderai. Et, crois-moi, il sait aussi combien tu es fort. Ce qui explique, enfin… ne tergiversons pas. Je sais combien tu l'aimes, ta Gema. Et surtout laisse tomber Miguel et ses humeurs, l'important c'est de s'en sortir. Il faut bien reconnaître qu'il a tout organisé avec une méthode quasi scientifique, qu'il ne laisse rien au hasard et que c'est une opération rudement bien montée.

– Ok, ça va. Dis-moi, Raúl, je peux te poser une question ?

– Vas-y, dis toujours…

– Euh… T'as déjà été amoureux ? Enfin je veux dire, vraiment amoureux ? Parce que tu sais c'est moi qui ai demandé à Gema qu'on ait un enfant. Elle a accepté avec tous les risques que ça comporte. Tu as vu à la dernière visite ? Ça commence à se voir beaucoup. Elle est enceinte de cinq mois. Ma mère est au courant, je sais qu'elle prendra soin d'elle et de l'enfant si besoin. Mais…

– Je comprends, Pancho. J'ai confiance, je sais que tu ne lui diras rien. Dis-toi que c'est aussi un acte d'amour ce tunnel, quand votre fils naîtra, toi, son père, tu seras libre, tu te seras encore une fois battu pour la liberté et n'est-ce pas le plus beau don qu'on puisse faire à la femme qu'on aime et à son enfant ? Et comme je voudrais que tout ça tourne bien, dépêche-toi un peu. Ton dernier rendez-vous ne sera sans doute pas le meilleur, mais rêve à un avenir, à un après, car même s'il semble encore lointain, à partir d'aujourd'hui on s'en approche un peu plus, je te le promets.

CHAPITRE 41

Lundi 29 janvier 1990
Prison publique de Santiago

Miguel marche dans les couloirs qui conduisent à la grille du parloir. Pour la première fois, il a la certitude qu'il ne verra plus jamais les murs opaques et rustiques de la prison de Santiago. La mort l'attend peut-être à la sortie du tunnel, mais, si vie il y a, ce sera une vie différente, une vie de combat toujours, mais différente. Ses pensées vagabondent toutes seules.

« Merde, c'est évident, rien ne peut ressembler à ce que j'ai vécu ces cinq dernières années, j'ai l'air d'un môme qui va voyager pour la première fois. Je me souviens quand on prenait le train, avec ma mère, de Concepción à Santiago… j'avais oublié ce sentiment délicieux d'aventure et l'angoisse de l'inconnu. Évidemment, ma mère ne me lâchait pas la main. Comme tout ça est loin. »

Il regarde les mains qui font tourner la clé dans le cadenas et ouvrent la grille pour le laisser passer.

« Quel con ce gardien ! Et si je le rencontre dans la rue un jour ? Je me souviendrai du calvaire qu'il nous infligeait, de son pouvoir d'ouvrir et de fermer les grilles. Je me souviendrai de son odeur amère et de son haleine altérée par l'alcool et des dents mal lavées. M'en souviendrai-je suffisamment pour lui tirer une balle dans la tête ? Quel con ! On le paye pour être enfermé ! Évidemment, le jour où on lui demandera des comptes, il dira “Je n’étais rien qu’un petit fonctionnaire qui obéissait aux ordres”. Et merde ! L’appareil entier de la répression n’est fait que de cons de fonctionnaires : le type qui m’a battu à mort, celui qui m’a pendu pour me balancer des décharges électriques, celui qui a violé nos compagnes, étaient aussi fonctionnaires et ont été payés pour ça et, le comble, c’est qu’ils achetaient du lait pour leurs enfants avec ce salaire. Ce lait qui sera toujours blanc, jamais rouge. Je ne sais pas si ce crâne rasé qui m’ouvre les grilles mérite la haine ou la pitié. Pitié ! Quel mot ridicule, il n’y a que les imbéciles comme moi qui l’utilisent. L’Église catholique nous a seulement donné le goût de la culpabilité. Et nous a inculqué des principes moraux qu’elle ne pratique jamais, aimez-vous les uns les autres, ne désire pas la femme de ton prochain et tant d’autres stupidités. Ce con de Pinochet ne rate jamais la messe du dimanche. Moi, je ne crois en rien, grâce à ma mère, depuis le jour où je l’ai entendue dire à une voisine qu’elle n’allait plus à l’église parce qu’elle avait le sentiment que Dieu avait abandonné les pauvres. “Pourquoi je souhaiterais une meilleure vie au ciel ? Pour y être seule ? Sans mes fils ?” disait-elle. Le sens commun est quelque chose qu’on n’achète pas dans une boutique. Il vient lentement, avec la vie. Ça ne sert à rien de le dire, mais ma mère avait fondamentalement raison. Bien sûr que c’est la peur irrationnelle qui nous pousse à croire en un Dieu tout-puissant. Quand ils me torturaient, je me demandais si quelqu’un comme Dieu pourrait m’aider. J’ai rapidement compris qu’il n’y avait que deux possibilités. Un : mon attitude était opportuniste parce que je n’avais pas la foi suffisante pour demander une telle aide. Deux : j’étais simplement seul. J’ai opté définitivement pour la seconde de ces possibilités.

« Ouf ! J’entends les nôtres qui nous attendent. J’ai dit à ma femme de ne pas venir, j'ai eu peur de ne pas pouvoir lui cacher la vérité. C'est pour ça que j'ai tant insisté pour qu'on garde le secret. La souffrance de ceux qu'on aime nous rend si fragiles. »

Raúl sentit deux pressions légères et amicales sur son épaule. C'était Miguel qui passait. Lui non plus ne pouvait empêcher ses pensées d'errer.

« Quel idiot ce Miguel ! Il y a une heure, il donnait l'impression que rien ni personne ne lui importait. Et voilà qu'il fait ce geste, le premier salut amical en quatre ans. Tout le monde respecte cet homme-là, mais personne ne le comprendra jamais. Qu'est-ce qu'il cache derrière sa rudesse ? Une blessure mal cicatrisée ? Une trahison mal digérée ?

« Bon, ce n'est pas le moment de faire le psy sinon je vais devenir cinglé. Il y a beaucoup de monde aujourd'hui au parloir. Et dire que c'est un grand jour. En principe, ce lundi est un jour de visite exceptionnelle – obtenu de haute lutte – pour que les pères voient leurs enfants. J'espère que personne ne dira rien. Nous avons tous cherché et trouvé une excuse pour faire venir nos proches aujourd'hui. J'ai dit à ma belle-sœur de venir, c'est mieux, je ne dirai rien non plus à ma femme, les choses ont changé, tout le monde me dit qu'elle a pris beaucoup de liberté pendant ces cinq années. Je ne dis rien, pas par lâcheté, plutôt par compréhension. L'attente est difficile surtout quand elle n'a pas de fin. Pénélope, celle d'Ulysse, devenait folle en l'attendant, et je ne souhaite pas la même chose à ma femme, chaque être humain à ses limites et ses vertus, le pire c'est de ne pas savoir assumer les siennes, ni reconnaître celles des autres. La fidélité conjugale est-elle une vertu ? Je ne sais pas, en tout cas pas pour les hommes, c'est peut-être même le contraire. Une chose est sûre : tous les êtres humains finissent par se retrouver face à eux-mêmes, la plupart attendent malheureusement le jour de leur mort pour le faire, ça doit être horrible quand la mort arrive sans prévenir. C'est incroyable cette sensation de tristesse... l'être humain est un drôle d'animal, franchement, comment puis-je avoir de la peine à l'heure de quitter ces murs délabrés qui ne me laissent voir que ça, des murs ! Peut-être parce que demain nous n'aurons déjà plus l'impression de vivre en permanence sur le fil du rasoir, alertes jours et nuits, écoutant le moindre bruit, scrutant les visages pour savoir s'ils se rendent compte, s'ils savent ce qui se passe dans la cellule 4.

« Non, en fait ce qui me manquera demain, ce sont les autres, mes compagnons. Pas parfaits, non, mais je les admire, tous sans exception, nous sommes différents, nous avons nos caractères, nos angoisses, nos peurs... mais ce que nous avons accompli ensemble est absolument incroyable. »

Manuel Fuenzalida, lui aussi au parloir, vit passer Raúl songeur :

« Je me suis toujours dit que ce type avait quelque chose de plus que les autres dans le crâne. Je n'hésiterai jamais à partir au combat avec Miguel, mais si j'avais une décision politique importante à prendre, c'est à Raúl que je demanderai. Évidemment je ne dirai jamais ça à Miguel, il ne le supporterait pas. »

De loin, Manuel aperçut enfin sa mère qu'il alla prendre dans ses bras, empêchant les pensées qui se bousculaient de passer ses lèvres.

« Ah ! Maman ! Quelle vie tu as à cause de nous, tant de souffrances ! Si tu avais pleuré tout ce que tu dois pleurer, tu te serais dissoute, transformée en fleuve, mais tu as serré les poings et tu as tout supporté. Mon frère a disparu d'abord et tu as continué, debout. Et lorsqu'ils m'ont attrapé, tu m'as cherché partout, sans cesse, et tu leur criais sans peur "Rendez-moi mon fils, l'autre, vous me l'avez déjà tué". Mamita, je ne peux pas te dire que nous nous verrons bientôt, je ne peux pas te le dire parce que ce serait une erreur et sans doute un mensonge, je ne sais pas comment tout va finir cette nuit, mais, même si tout se passe bien, je ne sais pas quand je te verrai. Je voudrais que tu me passes la main dans les cheveux, que tu lises mes pensées. Quand tu te réveilleras demain matin, tout sera passé déjà, c'est le chemin que j'ai choisi pour vivre, je le sais, pour toi, il n'y a pas de bonnes solutions, mais il va falloir à nouveau que tu comprennes que, pour moi, il n'y en a pas d'autre. C'est la vie, c'est ça, mamita. »

Luis González, qui venait de dire au revoir à sa femme, regardait du coin de l'œil Manuel serrer sa mère dans ses bras. L'amour et l'admiration de ces deux-là ne faisaient aucun doute.

« Si j'étais père, j'aimerais avoir un fils comme Manuel, c'est un homme qui vaut quelque chose, il est intelligent et il sait voir les choses simplement, sans penser à lui, contrairement à la plupart des gens. C'est lui qui connaît le mieux Miguel, le seul qui peut le contrôler, humainement. Manuel aime sa mère, il ne lui dira rien. Moi, je ne pouvais pas partir la conscience tranquille sans en parler à ma femme, si ça finissait mal elle ne me pardonnerait jamais ce manque de confiance, après toutes ces années ensemble. Aujourd'hui je ne lui ai rien dit, mais je lui ai écrit une lettre. Je lui ai dit que l'évasion est un acte politique, qui nous permet de continuer le combat, mais j'ai ajouté que j'avais une autre motivation : elle, et pouvoir la retrouver dans d'autres conditions que cette maudite prison. Pourvu que, comme tu me l'as promis, tu ne lises cette lettre que demain matin. Ce n'est rien d'important je t'ai dit, j'ai juste envie que tu la lises demain à l'heure où je me réveille, c'est une éternelle déclaration d'amour, je te jure qu'il n'y a rien d'autre, de l'amour, que de l'amour. Je sais que je peux te faire confiance et pardonne-moi l'insuffisance de la mienne. Ce que j'ai fait est un compromis, je sais que si quelqu'un d'autre que toi lisait cette lettre, ça pourrait coûter de nombreuses vies, j'ai fait un pari, je compte sur la chance même si je sais que celle-ci est ennemie de la sagesse. »

Pancho avait enfin réussi à se libérer. Il avait un peu de retard. Gema était déjà là, impatiente. En entrant dans le parloir, il ne put éviter le regard de Luis, un regard de complicité, qu'il lui rendit.

« Luis comprend tout. Luis et sa femme sont un exemple pour beaucoup d'entre nous ! Gema ! Pardon, je suis en retard mais je voulais terminer ce médaillon, c'est un soleil et, de l'autre côté, il y a la lune, la terre, ce sera notre fils ! »

Il se tait, lui aussi, regarde la mère de son enfant et s'exprime en silence.

« Je veux te dire mais je ne peux pas, rien ne pourra nous séparer, arrive ce qui arrive, mon fils t'accompagnera, même si je ne suis pas là. Demain, tu te réveilleras peut-être en pensant que je ne verrai jamais mon fils en liberté, tu entendras sûrement très vite que je me suis échappé ou que j'ai voulu m'échapper et c'est vrai mon amour, je le savais déjà quand je t'ai demandé d'avoir un enfant avec moi. Ce n'est pas de l'égoïsme pourtant, juste de l'amour. Gema mon amour, tu t'imagineras peut-être que je n'ai pas pensé à vous en essayant de m'évader, mais ne regrette jamais notre histoire, si je ne t'ai rien dit, c'était pour te protéger, pour vous protéger, Gema, tu es le plus beau cadeau que la vie m'ait fait. »

CHAPITRE 42

29 janvier 1990 Banlieue de Santiago, départ pour le Sud

Hugo Neculeo se leva tôt, comme d'habitude, et prépara le café. Étalée sur la petite table de la cuisine, la première page du journal *La Tercera* présentait les portraits des ministrables du nouveau président Patricio Alwyn. El Indio poussa le vase posé sur la table et étala les feuilles de papier journal sur toute la surface. En s'asseyant, il vérifia que personne, aucun voisin, ne pouvait le voir depuis la fenêtre. L'odeur du café avait envahi la cuisine. Hugo sortit de son sac à dos un objet enrobé dans une écharpe noire. Comme s'il enlevait précautionneusement un bandage, il déballa l'objet. C'était un pistolet Beretta automatique, douze balles, qu'il tenait dans ses mains, l'observant comme un bijou. Avec des gestes rapides et précis, il démonta l'engin et posa les pièces selon un ordre qui démontrait de l'expérience. Il sortit les balles qui restaient dans le chargeur, en compta huit. Il prit le plumier en bois, qui se trouvait dans son sac, ôta les crayons qui s'y trouvaient et découvrit le double fond. Il y avait là une douzaine de balles, une boule de graisse et un pinceau spécial pour nettoyer l'âme du canon.

Hugo remplit le chargeur et commença à brosser minutieusement toutes les pièces.

Patricia reconnaissait parfaitement les bruits provenant de la cuisine. Au bout de quelques mois de vie commune, il ne lui semblait cependant pas anodin que Hugo prenne moins de précautions pour nettoyer son arme. Elle avait appris à déchiffrer un peu le caractère d'el Indio et elle eut peur ; ses yeux brillèrent et devinrent humides, puis, incapable de se contrôler, elle se mit à pleurer comme une petite fille abandonnée.

« Merde, merde, merde. Cette histoire ne finira jamais », répétait-elle, en noyant ses paroles dans l'oreiller humide qui gardait intacte l'odeur de Hugo. Patricia avait compris que les militants du Frente continuaient le combat en dépit des élections démocratiques. Elle savait aussi que son histoire avec el Indio n'était plus qu'une question d'heures. Au bout de quelques minutes, les yeux secs, elle se leva, ôta les draps et le dessus-de-lit en les roulant en boule, retourna le matelas et secoua les oreillers. Elle prit en vitesse une douche, les poings serrés contre le carrelage, laissant l'eau froide lui recouvrir le corps, sans pleurer, sans plus vouloir pleurer.

Lorsque Patricia entra dans la cuisine, el Indio terminait son café. Son sac était visiblement plus rempli que d'habitude.

– Un café ? lui demanda-t-il.

– Évidemment, ça me fera du bien !

En lui servant le café fumant, el Indio commença :

– Je dois te dire quelque chose d'important.

– Je crois que je me l'imagine, répondit Patricia en regardant le sac à dos.

– Je pars vers le Sud, le Frente m'envoie…

– Ne m'en dis pas plus, interrompit Patricia en posant sa main sur sa bouche. C'est mieux comme ça.

Hugo la prit dans ses bras et l'embrassa intensément.

– Tu as raison, c'est mieux comme ça, répondit-il en enfilant son blouson.

Il prit son sac et se dirigea vers la porte. Patricia se retourna pour ne pas le voir partir. Alors qu'elle buvait la dernière gorgée de son café, elle entendit la porte de la maison se refermer. Elle mit les tasses dans le lavabo, passa par la chambre, ramassa le paquet de draps et le journal dans la cuisine et, dans le patio de la maison, enfourna le tout dans un tambour qui servait à brûler les feuilles mortes et les mauvaises herbes. Elle y jeta un liquide inflammable et mit le feu avec une allumette.

Longtemps elle regarda les flammes qui s'étiraient vers le ciel de Santiago, déjà illuminé par le soleil qui annonçait une chaude journée.

CHAPITRE 43

20 heures, 29 janvier 1990
De l'air frais dans le tunnel

Aujourd'hui nous nous sommes habillés, rasés, préparés comme pour un jour de fête. Il est vingt heures, personne ne viendra nous voir, et nous ne verrons personne, non plus, pendant longtemps. En tout cas, plus nos proches, ceux qui pendant ces longues années ont fait des queues interminables, ont supporté d'être humiliés pour passer quelques instants, parfois pas plus de dix minutes, avec nous. Comment ne pas penser à eux ? Nos parents, nos enfants, nos femmes qui nous ont permis de survivre pendant ces années – cinq, six, sept – de prison. Comment leur dire du fond obscur de la terre, que c'est l'amour qu'ils nous ont généreusement offert qui nous a donné la force et le courage de retrouver cette liberté que nous ne partagerons même pas avec eux ?

La force d'un engagement se mesure parfois, malheureusement, à la capacité que nous avons d'éviter le rapprochement avec les êtres que nous aimons. L'ennemi le sait, il connaît la fragilité des sentiments qui ont souvent mené les militants à leur perte.

Nous sommes ici, enterrés et anxieux, la bouche sèche, les mains humides, personne ne prononce un seul mot, les corps parlent tous seuls, tout ce qui doit être dit a été dit.

Il faut respirer lentement et brièvement. Il faut se détendre et contrôler les battements du cœur qui semble vouloir exploser.

Le système d'aération que les camarades ont mis en place fonctionne encore, bien sûr. Mais avec vingt-cinq hommes dans le tunnel, l'oxygène est précieux et ne se renouvellera pas plus d'une heure. S'il vient à manquer, ce tunnel sera notre tombe.

Tout est clair. Nous ne pouvons pas revenir en arrière. C'est l'heure ou jamais.

Il est rare dans la vie d'être conscient de se trouver dans une situation irréversible. Les faits nous surprennent et nous cherchons toujours des sorties possibles, lorsque nous avançons dans une direction.

Nous pensons immédiatement que seule la mort est irréversible et c'est ce qui nous attend sûrement si nous ne sortons pas aujourd'hui.

Nous continuons à attendre, le ventre collé à la terre, accroché aux chevilles de l'autre, devant nous, comme une chaîne humaine qui ne veut ni ne peut se rompre.

Nous avons protégé nos vêtements avec des sacs en plastique. Les chaussures aussi. Quelqu'un prend une douche dans la galerie 12. L'humidité suinte, glisse sur le plastique, la boue s'accumule. Sait-il celui-là qu'il se douche sur sa liberté ?

Nous avons l'impression que le temps passe lentement. Nous ne sommes sûrs que d'une chose, c'est que, dans ces moments-là, le cerveau est en surchauffe et projette sans arrêt des images, le film de nos vies.

Durant cette angoissante attente, ce serait bon de ne penser qu'aux choses agréables, aux baisers, aux caresses reçues dans le secret de la tente que les copains tendaient dans la cour le temps des visites. Mais nos corps sont aussi marqués par la douleur, conservant, visibles et invisibles, les traces laissées par la torture. Aucun d'entre nous, aucun prisonnier politique de la dictature, ne pourra jamais oublier les jours passés dans les centres de torture. Et c'est alors que la peur s'impose et nous frappe au ventre, comme attisée par notre espoir. La mémoire ne pardonne pas. Le passé revient en force.

Si les hommes de la CNI nous attendent à la sortie du tunnel, serons-nous encore capables de supporter les brûlures à l'électricité, d'être pendus, violés, noyés dans nos propres déchets ? Quelle barbarie ? Comment est-ce possible d'en arriver là, d'avoir tant de haine ? Cette haine qui nous embarque nous aussi est devenue le moteur principal de notre combat. C'est facile de dire que ce sont eux qui ont commencé, que nous n'avons fait que nous défendre. Mais c'est la vérité et, si cela n'en avait pas été ainsi, nous n'aurions jamais eu la force de creuser ce maudit tunnel et d'aller nous fourrer dedans.

Et puis pourquoi avoir peur de la torture ? Le plus probable, s'ils nous prennent, c'est qu'ils nous tueront, immédiatement. Ils nous tireront une balle dans la tête et ils diront ensuite qu'ils n'ont fait qu'appliquer la fameuse loi de l'évasion, celle qui dit qu'on ne punit pas les prisonniers qui ont voulu s'échapper, mais qui permet aux gardiens, pour empêcher la fuite, de tirer sans préavis. *El Mercurio* en fera ses gros titres : « Des terroristes meurent lors d'une tentative d'évasion ».

De toute façon, il n'y a pas d'autre solution, enterrés ici nous n'existons pas, la seule chance qu'il nous reste de vivre, c'est de sortir.

Emballés dans ces sacs en plastiques nous transpirons comme des bœufs. Nous allons tous perdre au moins deux kilos. Malgré la bonne alimentation que nous avons tenté de nous offrir pendant ces dix-huit mois de travail, certains camarades n'ont plus que la peau sur les os.

La tension nerveuse a atteint son maximum lorsque, comme une vague invisible, un écho, un murmure accompagné d'une brise fraîche passe au-dessus de nos têtes. On sent même l'odeur de l'herbe fraîche. Le tunnel, enfin, est ouvert ! Tout change alors, les vingt-quatre corps vibrent à l'unisson, la joie nous secoue. Le long cauchemar est terminé, nous allons voir le ciel étoilé, les arbres, les couleurs de la nature ! Notre bonheur va bien au-delà bien sûr. Notre aventure est magnifique, c'est l'échec de la dictature.

L'air frais commence à inonder le tunnel. Devant moi, mon camarade avance sur les coudes, je le suis, en lui touchant les talons jusqu'à ce que je le voie disparaître, j'avance plus vite, il y a de la lumière, je tente de monter, c'est difficile, et j'entends une voix ferme me dire : « Donne-moi la main ! » C'est Hugo qui me sort du trou, avec la force d'une grue.

Épilogue

Entre 22 h 00 et 22 h 30 ce 29 janvier 1990, vingt-quatre hommes se sont donc extraits tour à tour de l'étroit boyau. Seul Santiago Monténégro, atteint de tuberculose et gardé à l'infirmerie depuis plusieurs mois, n'a pu participer à l'opération.

En apercevant la lueur de la lune et l'ombre des mouettes, qui venaient d'émigrer de la côte au Rio Mapocho, Germán se mit à pleurer. Il n'était pas le seul.

L'émotion de ces hommes aspirant la première bouffée de liberté restera pour toujours indescriptible. Curieusement, c'est à ce moment-là que la peur – présence permanente plus ou moins maîtrisée selon les moments – a envahi certains. Ils ne savaient pas ce qui les attendait, cela faisait des années qu'ils étaient enfermés, qu'ils n'avaient pas marché dans la rue.

Sous les palmiers, les hommes ont ôté leurs habits souillés, les bâches de plastique avec lesquelles ils s'étaient protégés de la terre du tunnel, et sont apparus en tenue de jogging. Par groupes de deux ou trois, ils sont partis à petites foulées dans les rues de Santiago, à un pâté de maison du siège de la CNI, conformément aux instructions qui leur avaient été données. Des militants du Frente avaient observé que certaines équipes de la CNI faisaient régulièrement du jogging sur ce même parcours… Il n'y avait qu'à les imiter. Les hommes commencent alors à guetter le bus affrété par la direction du Parti, un de ces *collectivo* comme il y en a tant dans la capitale… qui n'arrive pas. Il est en retard. Ces dix minutes valent un siècle… Enfin, le voilà ! La sinistre prison publique de Santiago s'éloigne. Chacun des évadés reçoit une enveloppe avec de l'argent et des instructions. Ils descendent par groupe de trois à des arrêts différents, prennent des transports publics vers diverses directions. Chacun a un rendez-vous bien précis. À l'autre bout de Santiago, une bombe a explosé au palais de justice… pour donner le change.

Patricia, qui récupère Pancho et Iván à l'un de ces arrêts afin de les conduire dans la maison de sécurité qui leur a été attribuée, leur pose d'emblée, dès qu'ils sont assis dans la voiture, une seule question :

– C'était propre oui ou non ?

Iván et Pancho répondent en chœur d'une voix claire et définitive :

– Affirmatif.

Traduit en langage militant, cela signifie qu'il n'y a pas eu de coup de feu, pas de morts. L'opération, pacifique, est un succès total, un ultime pied de nez à la dictature.

Au même moment, dans la prison publique, l'ambiance est tout à coup devenue étrange. Une réunion politique assez houleuse a rassemblé la plupart des prisonniers un peu plus tôt. Mais les galeries semblent bien désertes… Juan Carlos Cancino, occupant de la 7, en fait la remarque à un de ses camarades. Tous deux se rendent à l'évidence : il manque des hommes, beaucoup d'hommes ! Où sont Pancho ? Miguel ? Raúl ? Germán et les autres ? Pas de doute, ils ont filé ! Eux qui avaient toujours pensé qu'il était impossible de faire un tunnel se mettent à chercher le trou, qu'ils découvrent, effarés, dans la cellule 4.

En partant, Miguel a refermé la porte de la cellule, mais il n'a pas complètement rebouché le tunnel, ni éteint le moteur du système de ventilation.

La nouvelle commence à faire le tour de l'aile de la prison où sont enfermés les prisonniers politiques. Les militants du MIR se réunissent pour savoir s'il faut s'enfuir ou non. Jorge Angulo, petit mais qui n'a pas froid aux yeux, s'enfonce à 23 h 40 dans le tunnel. Il n'y a pas de lumière, il ne sait ni où mène cet étroit boyau ni s'il est piégé. Il arrive au bout, regarde les étoiles, respire l'air de la liberté un bon coup et fait demi-tour pour rechercher ses camarades. Ceux qui décident de partir s'engouffrent alors, tels qu'ils sont, dans le tunnel : sans préparation, sans argent, sans plan. Certains ne connaissent même pas la capitale chilienne.

Dans l'urgence, on décide de faire sortir en premier les prisonniers du Frente les plus lourdement condamnés, ainsi que ceux du PS et du PC. Les militants du MIR continuent pour leur part à discuter vainement. À force de passage, le tunnel devient de moins en moins praticable, la terre s'est éboulée en plusieurs endroits.

Cette fois-ci, Lautaro qui avait refusé plusieurs fois d'écouter Miguel ne se le fait pas répéter. Il pense à sa fille d'un an et demi, née après son arrestation et qu'il n'a presque jamais vue et, en un clin d'œil, il prépare un sac dans lequel il fourre tous ses papiers. À 23 h 00, ils sont sept ou huit à emprunter le tunnel avec lui. À peine sortis, ils décident de se séparer en petits groupes. Lautaro connaît bien Santiago, mais la seule chose qui lui passe par la tête est de se rendre chez ses parents.

– Papa, c'est moi !

Sa mère est pétrifiée d'angoisse. Son père l'envoie chez son frère, qui fait aussi parti du Frente et se débrouille pour lui trouver un endroit où se cacher. Dans la ville, les sirènes hurlent déjà.

Vers 1 h 30, au matin du 30 janvier, Pedro Marín se rend aux toilettes. En passant devant la cellule 4, il voit deux personnes devant la porte entrouverte et se dit qu'ils n'ont rien à faire là. Il entre, découvre le trou, l'odeur d'humidité, un drôle de bruit qui bourdonne à l'intérieur. Il s'introduit avec difficulté, tombe de trois mètres et aperçoit un long tunnel illuminé qui semble se perdre au loin. Incroyable ! Est-ce un rêve ? Pedro, un médecin assez corpulent, n'en revient pas. Il pense à *La Grande Évasion*, puis à sa famille. Il lui traverse l'esprit que rester est peut-être plus dangereux que sortir. Les matons n'ont-ils pas tué des détenus de la prison de Valparaiso après une évasion ? Il commence à se déplacer lentement, à plat ventre, en bougeant des coudes. L'air commence à lui manquer. Il se repose dans l'obscurité puis repart plus rapidement. Peu à peu l'air revient. Il commence à entendre des tirs. La sortie est proche. Sitôt dehors, il court jusqu'au parapet qui protège le fleuve et se jette à l'eau. Malgré la chute de cinq mètres, il se reçoit sans trop de mal et nage jusqu'à un pont où il retrouve quatre autres fugitifs.

À 2 h 40, après avoir longtemps – trop longtemps – tergiversé, Jorge Martinez se lance lui aussi dans le tunnel. Il progresse avec difficulté, s'arrête, reprend son souffle plusieurs fois jusqu'à parvenir à la sortie. Il aperçoit les palmiers mais, en même temps, deux silhouettes de gardiens qui l'arrêtent. Il est le cinquantième évadé du 29 janvier et le dernier. À cette heure-là, l'alerte a été donnée depuis longtemps, les hélicoptères survolent la prison, des tirs retentissent. Ceux qui se sont jetés dans le fleuve viennent aussi d'être repris.

Le 30 janvier, le père de Gema, matinal comme à son habitude, écoute la radio en buvant son café. Un flash d'information le fait sursauter.

– Gema ! Ma fille ! crie-t-il au risque de réveiller toute la maison, il s'est passé des choses à la prison publique ! Une évasion massive ! Mais cela m'étonnerait que ça concerne ton fiancé ?

Aussitôt, Gema, fonce à la prison.

8 h 00. Devant la porte, plus de cent cinquante personnes, frères, sœurs, épouses, parents de prisonniers politiques se pressent, attendant des nouvelles des leurs. Des tanks ont pris position autour de l'établissement pénitentiaire, et des carabiniers lourdement armés observent la scène. Un cri retentit d'une fenêtre de la prison.

– Il y a dix morts !

Des plaintes retentissent, des larmes jaillissent.

Vers 9 h 30, un militaire apparaît et annonce que cinquante prisonniers politiques ont tenté de s'évader, et que sept ont été repris. Il n'y a ni mort ni blessé. Une femme de l'association des familles des prisonniers politiques lit la liste qu'on lui remet à haute voix.

La mère de Manuel Fuenzalida fond en larmes à l'annonce du nom de son cadet : quand le reverra-t-elle ?

– Combien de temps celui-là va-t-il encore me faire souffrir ? s'exclame celle d'Iván.

Gema, elle, regarde fébrilement la liste. Son Pancho est le dernier nom inscrit. Elle est enceinte de cinq mois et ne sait si elle doit rire ou pleurer.

– Ne pleure pas, se dit-elle, ne pleure pas ! Ou alors de joie…

Personne à l'extérieur ne s'y attendait… La plupart des personnes mobilisées par le Parti ou par Hugo Neculeo pour préparer l'opération Exito ignoraient – comme Patricia qui l'apprit au dernier moment – qu'il s'agissait d'une évasion.

Et quelle évasion : 49 prisonniers politiques se sont fait la belle au nez de la police de Pinochet, sans violence, sans coup de feu.

1 Jorge Angulo González
2 Daniel Alfaro Bassano
3 Germán Alfaro Rojas
4 Manuel Araneda González (repris)
5 Arnaldo Arena Bejas
6 Mauricio Arenas Bejas
7 Eduardo Asenjo González
8 Raúl Blanchet Muñoz
9 Ricardo Campos Urzúa
10 Juan Cancino Acevedo
11 Juan Caro Morales
12 Ricardo Contreras Sánchez
13 Lautaro Cruz Sandoval
14 José Delgado Zapata
15 Victor Diaz Caro
16 Carlos Escala Ilianes
17 Manuel Fuenzalida Navarrete
18 Mauricio Gómez Rogers
19 Luis González Silva
20 Ricardo Hermosillo Díaz
21 Heriberto Inostroza Espinoza
22 Jorge Lara Silva
23 Diego Lira Matus
24 Alfredo Malbrich Baltra
25 Pedro Marín Hernández (repris)
26 Juan Márquez Miranda
27 Jorge Martín
28 Jorge Martinez Martinez (repris à la sortie même du tunnel)
29 Luis Melo Mendoza
30 Claudio Molina Donoso
31 Oscar Molina Ossandón
32 Miguel Montecinos Montecinos
33 Juan Moreno Avila
34 Italo Moya Escanilla
35 Marcelo Osses Albornoz
36 Rafael Pascual Arias
37 Francisco Pena Riveros
38 René Peralta Veliz
39 Carlos Pino Molina (repris)
40 Luis Quintana Contreras
41 Marcos Riquelme García
42 Horacio Rodríguez Herrera (repris)
43 Marcelo Rodríguez Herrera (repris)
44 Eduardo Rosentreter Zamora
45 Jorge Saldivia Espinoza (repris)
46 Claudio Salinas Fernandez
47 Yuri Tabilo Jara
48 Yuri Vargas Araya
49 Humberto Vargas Caldeón
50 Florencio Velásquez Negrete

Ils étaient détenus dans les galeries 5 et 6, 7 et 8, 11 et 12. Treize d'entre eux étaient accusés d'avoir participé à l'attentat contre Pinochet en 1986, d'autres d'avoir participé à l'affaire dite de l'« Arsenal », l'introduction clandestine et massive d'armes à feu découvertes à Carrizal en 1986, d'autres encore d'enlèvement ou d'opérations terroristes. Certains étaient en prison depuis 1984. Les uns étaient condamnés à mort, à perpétuité, à des années de détention, d'autres n'étaient même pas encore jugés. Tous avaient été torturés.

Les voilà libres. L'évasion fait les gros titres des journaux. La nouvelle passe en boucle sur les radios et les télévisions. Agitant l'éventail de la peur, le porte-parole du gouvernement, le colonel Cristian Labbé, déclare sur les ondes : « Il s'agit d'une situation d'une extrême gravité », et il précise que les fugitifs sont « extrêmement dangereux ». Le directeur du corps de la gendarmerie est obligé de remettre sa démission. Tandis que le général Paredes, directeur de la police judiciaire, annonce un déploiement de forces sans précédent dans les aéroports, à toutes les frontières et demande à la population de signaler aux autorités la moindre anomalie.

Les ministres du futur gouvernement de Patricio Alwyn, qui doit prendre ses fonctions en mars, sont eux aussi sollicités. S'exprimer sur cet événement les met dans l'embarras. Le futur ministre de l'Intérieur, Enrique Krauss, décrit l'évasion comme un « fait anormal », tout en notant que « la situation des prisonniers politiques est certainement hors normes vu la forme prise par leurs procès et la réalité à laquelle ils ont été soumis ».

Le président du Parti pour la démocratie et futur ministre de l'Éducation, Ricardo Lagos (qui sera élu président en 1999), qualifie l'évasion de « lamentable ». Le Parti communiste émet pour sa part un communiqué clair :

> Nous comprenons l'attitude assumée par ceux qui ont exercé leur droit légitime à la liberté. [...] Ce fait réaffirme la nécessité absolue de libérer tous les prisonniers politiques le plus vite possible. Leur maintien en prison relève uniquement de l'arbitraire avec lequel ils ont été traités, des procès viciés des tribunaux militaires et de l'allégeance de la Cour suprême envers le régime dictatorial.

Les avocats des prisonniers politiques s'inquiètent publiquement du sort qui pourrait être réservé aux fugitifs s'ils étaient repris, car ils craignent, notamment après les déclarations de Labbé, que ne leur soit appliquée la loi dite de l'évasion.

Un représentant du vicariat de la Solidarité, qui a pris en charge nombre de prisonniers politiques depuis le coup d'État, explique de son côté que, parmi les évadés, seize sont défendus par l'organisme, que les accusations à leur encontre ont « un caractère clairement politique » et que « tous les procès ou condamnations ont été dénoncés comme injustes, arbitraires et prononcés par des juges militaires dépendant de la volonté du régime militaire ». Il ajoute :

> Ces prisonniers se sont vu nier des droits reconnus dans le monde entier et qui l'étaient auparavant dans le Chili démocratique, comme la liberté sous caution et la présomption d'innocence. [...] Il est raisonnable et humain de penser que des détenus qui craignent l'application de la peine de mort cherchent à recouvrer leur liberté par tous les moyens possibles.

Les évadés sont désormais libres certes, mais pas au bout de leurs peines.

Passée l'euphorie de la liberté, bien d'autres épreuves les attendent : le retour à la clandestinité, l'exil, la fin des illusions. Car si l'opération proprement dite est un succès indéniable, *Exito !*, on ne peut en dire autant du long combat pour lequel ils ont fait tant de sacrifices et supporté tant de morts, de disparus, de vaincus…

Tous les évadés souhaitent rester au Chili – au pays, leur pays, où ils se sont battus, où ils ont leur famille, leurs amis et où il y a tant à faire encore. Mais, en cette fin de janvier 1990, la situation politique reste extrêmement instable, entre la fin officielle de la dictature qui s'approche et les manœuvres politiques du régime de Pinochet pour garder le plus de pouvoir possible. Poursuivis par la justice pour des actions terroristes, les évadés de la prison publique de Santiago sont considérés comme « fugitifs ». Ils sont très encombrants pour le tout nouveau gouvernement qui est en train de poser, à force de compromis, les bases d'un retour à la démocratie. D'autant que si le général Pinochet est apparemment décidé à transmettre le pouvoir le 11 mars à Patricio Alwyn, il demeure commandant en chef des armées et a verrouillé soigneusement toutes les institutions grâce à la Constitution sur mesure adoptée en 1980 et qui n'est pas remise en question.

Pour le Parti communiste, qui souhaite reprendre une activité normalisée et retrouver la légalité, maintenir ses cadres fugitifs en clandestinité est un risque politique et cela coûte cher. Tous les militants qui ont encore des comptes à rendre à la justice doivent donc inexorablement sortir du pays. Mais comment ?

Début mai, à l'hôpital San Bernardo de Santiago, Gema a mis au monde son enfant sans avoir revu Pancho. Elle l'a appelé Gonzalo. Pancho n'a pas assisté à l'accouchement. Trop risqué.

Un mois plus tard, la toute jeune famille réussit à se retrouver pour un court week-end à Cartagena, au bord de la mer. Juan Carlos Cancino, évadé de la seconde fournée, avec qui Pancho partageait la clandestinité dans une maison en dehors de Santiago, y retrouve aussi sa femme. Pancho est ému et nerveux, il tient son premier enfant dans les bras tout en annonçant, mortifié, à Gema qu'ils doivent rester séparés et qu'ils ne se retrouveront sans doute que dans un pays étranger.

En septembre 1990, Gema et Pancho réussissent cependant à vivre sous le même toit, à Santiago, pendant deux mois, comme un jeune ménage. Mais le danger se rapproche et l'angoisse de la clandestinité doit reprendre. Pancho doit se résoudre à préparer son exil, dont le chemin passe par une seule frontière : celle du Chili avec l'Argentine. La route est longue et dure, elle impose de traverser la cordillère des Andes, ses sommets enneigés, le froid. Pancho promet à Gema qu'il la fera venir avec l'enfant dès qu'il aura trouvé où se poser.

En ce même septembre 1990, Manuel Fuenzalida, qui vient de passer sept mois à changer sans cesse d'abri et de maison à Santiago, prend le premier le bus en direction de l'Argentine. Il part avec le passeport d'un ami. En une journée, il a dû apprendre les noms de ses soi-disant parents, qu'il est marié, qu'il a deux enfants. À la frontière, en pleine cordillère, tous les passagers descendent. Il y a beaucoup de douaniers et de policiers. Manuel fait la queue, comme tout le monde. Il est nerveux. C'est à lui. Derrière le guichet, le douanier le regarde, regarde la photo de la carte d'identité et demande :

– Votre adresse à Santiago ?

Tétanisé, Manuel finit tout de même par répondre… juste. Le douanier lui fait signe de passer.

À Buenos Aires, selon les instructions du Parti, Manuel a

deux rendez-vous. Mais personne ne vient. Il passe un mois et demi à attendre dans la capitale argentine. Il finit par obtenir un nouveau passeport et se retrouve face à plusieurs alternatives : il peut aller à Paris ou à Madrid en tant que réfugié, mais il faut trouver l'argent et se débrouiller. Pour Cuba, en revanche, les billets d'avion sont payés et, à l'arrivée, tout est pris en charge par le gouvernement.

À Cuba, Manuel suit une formation à l'Académie militaire. Il aurait préféré faire des études civiles, mais pourquoi pas ? Et si la lutte continuait au Chili ? Au bout de trois ans, il peut encore poursuivre sa formation dans l'armée et devenir instructeur, ou ingénieur. Mais il préfère abandonner et suivre des études de dentiste. La « période spéciale » cubaine a déjà commencé. Sur l'île, les habitants manquent de tout, il n'y a pas de matériel dentaire, et le cursus est très vite annulé. Manuel devient finalement kinésithérapeute. Ce qu'il est toujours…

Manuel Fuenzalida a opté pour Cuba, ainsi qu'Eduardo et Iván. D'autres se sont envolés pour l'Espagne. Et d'autres encore vers Paris, grâce au consul de France à Buenos Aires.

Pancho a fini par rejoindre, en bus, la capitale argentine en janvier 1991. En un mois, grâce au Haut Commissariat aux réfugiés de l'ONU et à la Croix-Rouge, il y obtient des papiers pour la France et s'envole quelques jours plus tard pour Paris, laissant derrière lui le continent américain. Gema et Gonzalo le rejoignent en septembre, grâce au regroupement familial. Ils prennent le même avion que la femme de Lautaro, ce dernier étant lui aussi réfugié à Paris. Ils y sont tous encore. Juan Carlos Cancino et Jorge Angulo vivent dans la banlieue parisienne. Les familles se sont agrandies, d'autres enfants sont nés sur le sol français. Mais Pancho et son fils Gonzalo, toujours considérés comme réfugiés politiques et apatrides, ne peuvent voyager qu'avec un passeport de l'ONU et l'autorisation du préfet…

Miguel, de son côté, a été repris par la police chilienne peu de temps après l'évasion. Il a passé quelques mois en prison, puis a été libéré grâce aux pressions de plusieurs personnalités. Réfugié d'abord en France avec sa femme et ses deux enfants, qui y sont encore, il a rejoint Cuba, puis le Mexique où il est devenu conseiller du maire de Mexico de l'époque, Andrés Manuel Lopez Obrador, et où il a fondé une nouvelle famille. Plus tard encore, il a entrepris des études de droit et est devenu avocat.

Tous ces militants ont quitté le Chili en pensant que ce ne serait que pour quelques mois, que l'exil serait provisoire. Mais cela fait vingt ans ! Peu à peu, par la force des choses, ils ont construit une nouvelle vie. Leur projet collectif de changer la société s'est éloigné, même si la plupart n'ont jamais cessé de militer. Ils ont parfois changé de point de vue sur la lutte armée. Confrontés à cet exil forcé, le combat qu'ils mènent depuis vingt ans pour survivre ou simplement vivre est devenu un combat quasi individuel. Ce qui n'est pas la plus facile des choses à accepter. Mauricio Arenas, évadé de la deuxième fournée, est mort, seul, sous un faux nom, clandestin toujours, dans un hôpital de Buenos Aires.

Ceux qui n'ont pu se résoudre à l'exil ont vécu des années dans la clandestinité, sous une fausse identité, fugitifs dans leur propre pays. Diego Lira est mort ainsi, malade et clandestin à Santiago, tandis que Hugo Neculeo s'est fait tuer lors d'un braquage de banque.

Les rares d'entre eux qui ont réussi au bout de plusieurs années à résoudre leur situation juridique – certains délits étant prescrits – à sortir de la clandestinité ou à rentrer au Chili ont perdu leurs droits civiques : ils ne peuvent pas voter et ont du mal à trouver un emploi. Pire, personne ne reconnaît le combat qu'ils ont mené.

Cesar Bunster a dû attendre le 19 janvier 2004 pour retrouver sa véritable identité. Jamais arrêté, il n'a pas été condamné et a attendu la prescription des faits. Après l'attentat raté contre Pinochet, il lui a fallu « oublier » le Chili, comme le lui a ordonné un de ses compagnons du Frente. De Buenos Aires, il est parti à Cuba en passant du nord de l'Argentine au Brésil, puis en avion à Panama et enfin à La Havane. Mais l'envie de rentrer était trop forte. En 1991, il a décidé de rentrer au pays, avec de faux papiers. Là, il s'est rendu compte que légaliser sa situation était impossible et que vivre sous une fausse identité devenait à long terme beaucoup trop risqué et insoutenable. Il a voyagé alors jusqu'en Suède pour retrouver un de ses demi-frères, sorti du pays juste avant le coup d'État.

Les deux frères imaginèrent alors un drôle de scénario. Pour accentuer leur ressemblance ils se firent pousser barbe et moustache. Le demi-frère accepta de revenir au Chili, d'abandonner ses papiers, son identité à Cesar, puis de ressortir avec d'autres papiers falsifiés. Cesar, devenu un barbu aux cheveux frisés, a ainsi vécu de 1991 à 2004 à Santiago sous l'identité de Pablo Enrique Miriel Ariztía. Grâce à sa maîtrise de plusieurs langues, il finit par devenir un traducteur de renom dans les milieux diplomatiques, travaillant pour nombre d'ambassades et de services officiels du gouvernement. Au point qu'en 1998, puis en 2000, il fut chargé de traduire certains des documents concernant l'arrestation de Pinochet à Londres. Sa double vie ne prendra fin qu'en 2004, après trois ans de procédures judiciaires pour lever le mandat d'arrêt lancé contre lui en 1986 et qui était prescrit, quinze ans après les faits, depuis 2001.

Aujourd'hui, vivent encore au Chili Raúl, devenu journaliste à Santiago, Marcos Riquelme, syndicaliste, Luis González, Luis Melo et Pedro Marín qui exerce la médecine dans le nord, à Antofagasta.

À l'étranger, Miguel fait une brillante carrière politique et juridique à Mexico, Manuel vit en kinésithérapeute tranquille à Cuba, Eduardo, lui aussi à Cuba, est vétérinaire, Juan Carlos Cancino, qui vit dans la région parisienne, s'occupe des tournées en Europe de plusieurs groupes cubains, Pancho a monté une entreprise en bâtiment, dans la banlieue parisienne également, avec Germán et Lautaro, et vit toujours avec sa femme Gema, coiffeuse, avec laquelle il a eu un autre enfant. Jorge Angulo est plombier dans la banlieue parisienne, Ricardo est au Luxembourg, Jorge Martín et Daniel Alfaro vivent en Suède. Les autres ont pu, enfin, rester au Chili ou y revenir.

Condamnés à l'exil, ils sont considérés au mieux comme des « fugitifs », au pire comme des « terroristes » par la justice chilienne. Éparpillés dans le monde entier, réfugiés politiques, apatrides, ou devenus de banals immigrés, ils risquent toujours la prison s'ils foulent le sol de leur pays. Interdits de démocratie, ils n'ont, pour la plupart, pas ou peu revu leurs familles.

La démocratie chilienne, elle, continue son chemin. Trois élections ont eu lieu. La période dite de « transition » semble, pour les observateurs, terminée, même si les séquelles de la dictature sont loin d'être effacées. Et, pour les victimes, le sera-t-elle jamais ? Le travail de « vérité » avance lentement, mais sûrement. En 1991, le rapport de la commission Rettig a fait état de 3 500 personnes disparues ou assassinées entre 1973 et 1990, puis, en novembre 2004, la commission Valech a reconnu officiellement qu'au moins 35 000 personnes avaient été victimes de la torture sous la dictature. Le 5 novembre 2004, le général Juan Emilio Cheyre, commandant en chef des armées, a, dans un virage spectaculaire, reconnu et condamné publiquement le rôle de l'armée sous la dictature. Depuis, plusieurs personnalités chiliennes, passives ou complices pendant les années de plomb, ont enfin ouvert les yeux et fait publiquement leur *mea culpa*.

En 2005, la Constitution de Pinochet a été amendée, réduisant notamment le mandat présidentiel de six à quatre ans, éliminant les « sénateurs à vie » – dont il faisait partie depuis 1998 – et habilitant le président à mettre à la retraite les commandants des forces armées.

Augusto Pinochet, lui, est mort le 10 décembre 2006 sans avoir été jugé, malgré les efforts de la justice internationale, puis ceux de la justice chilienne.

Mais d'autres procès ont eu lieu et auront lieu. Ainsi l'ancien directeur de la CNI, Hugo Salas Wenzel, a été condamné à la prison à perpétuité, le 25 janvier 2005, pour les crimes commis dans le cadre de l'opération Albania, en juin 1987. Les deux militaires responsables de cette opération, qui consista à exécuter douze dirigeants du Frente dans différents lieux de Santiago, puis à organiser une mise en scène macabre destinée à montrer que les opposants s'étaient entre-tués lors d'un règlement de comptes, ont pour leur part été condamnés à quinze et dix années de prison.

Quant aux enfants des évadés de Santiago, dont beaucoup ont été conçus sous la tente, ils ont grandi… Certains parlent mal l'espagnol, ils ne connaissent pas forcément le Chili, leur pays, parfois ils s'ennuient à écouter les histoires de leurs parents vieux combattants, d'autres fois cela les passionne. Ils ont vingt ans, l'âge qu'avaient leurs parents quand ils ont pris les armes.

À tous ces résistants et à leurs descendants, ce livre est dédié !

Décembre 2009

RÉALISATION : PAO ÉDITIONS DU SEUIL
IMPRESSION : NORMANDIE ROTO IMPRESSION S.A.S. À LONRAI
DÉPÔT LÉGAL : MAI 2010. N° 82690 (101319)
Imprimé en France

PLAN
DE L'ÉVASION